Michael Stavarič

DAS PHANTOM

Michael Stavarič

DAS PHANTOM

Roman

Luchterhand

»Die Schwierigkeit bestehe ja nicht darin, etwas im Kopf zu haben, im Kopf hätten alle das Ungeheuerlichste und zwar ununterbrochen bis an ihr Lebensende, das Ungeheuerlichste, sondern die Schwierigkeit sei, dieses Ungeheuerliche aus dem Kopf heraus auf Papier zu bringen. Im Kopf könne man alles haben und tatsächlich habe auch jeder alles im Kopf, aber auf dem Papier habe fast keiner etwas …«

(Das Kalkwerk, Thomas Bernhard)

24. März, 10:44 Uhr

Eingebung, die … plötzlich auftauchender Gedanke, welcher den Betroffenen in einer bestimmten Angelegenheit sinnvoll handeln lässt, um die Verdammnis ein gehöriges, gar gehörigstes Stück hinauszuzögern.

Ungeheuerliches geschieht.

Hatte ich immer schon so ein Gefühl im Mund gehabt … wie Insekten auf einer Windschutzscheibe?

Wenn man stirbt, zieht das ganze Leben an einem vorüber, in wenigen, auf einen einprasselnden, zeitlich nicht unbedingt geordneten Augenblicken.

Gewiss bin ich das eine oder andere Mal ohnmächtig geworden, sogar schon als Kind, wenn ich zu lange auf dem Boden herumsaß, plötzlich aufsprang und nur noch Sternchen sah.

Die Augen kippten dann nach hinten, als würden sie höchstpersönlich im Kopf nachschauen wollen, was zum Teufel denn los sei, der Kreislauf, ach ja, der schon wieder, ich hätte eben die Neigung dazu, Beine hochlagern, kurz den Körper ruhen lassen, einen kühlen Lappen auf die Stirn, wieder zu Bewusstsein kommen, das sei nun mal die übliche Vorgangsweise.

Heute fühlten sich die Umstände anders an, ich meine mich zu erinnern, vor der eigentlichen Misere endlich mal wieder gelesen zu haben, ganz und gar in einem Buch versunken zu sein, um diesen Ort (und hoffentlich auch mich) zu vergessen, denn gerade hier auf diesem mir angeborenen, von den Eltern beackerten Todesboden, bin ich zu Hause, und mehr noch in dieser (tödlichen) Stadt und in dieser (tödlichen) Gegend zu Hause als andere, und wenn ich heute durch die Straßen gehe und glaube, dass diese Stadt nichts mit mir zu tun hat, weil ich nichts mit ihr zu tun haben will, so ist doch alles in mir aus ihr, was sich nicht ablegen lässt, soll heißen, eben da hatte es im Stiegenhaus geraschelt, vielleicht auch schon zaghaft an der Tür geklopft, möglicherweise sogar laut geknallt, als würde sie eingetreten, und plötzlich stand die Wohnungstür sperrangelweit offen, und ich erkannte nichts mehr, wähnte mich wie an einer Garderobe wartend, oder genauer gesagt, ich wähnte mich wie an einer mir nicht näher bekannten, gar unbekannten Garderobe verweilend, wo man für gewöhnlich den wärmenden Mantel abgibt, um irgendeine Vor- oder Ausstellung aufzusuchen, doch reichte ich stattdessen nonchalant den eigenen Körper über die fleckige Theke und ließ diesen achtlos wie ein unliebsam gewordenes Kleidungsstück an einem mattierten Haken zurück, ohne auch nur die Idee eines Abholscheins erhalten oder eingefordert zu haben.

Ich meinte weiter, ein paar Stufen hochgegangen zu sein, vielleicht auch hinunter, ich konnte nichts mehr einschätzen oder unterscheiden, ich wollte wohl unbedingt etwas zum Ausdruck bringen, zu wem auch immer, doch kamen dabei lediglich ein Stöhnen und schauerliches Stammeln aus meinem Mund, als wäre ich eben aus einem mir gar nicht ähnlich schauenden, weil gewöhnlichen Tiefschlaf erwacht, ich hätte natürlich etwas abstrus Verworrenes geträumt, einen weltweiten, gar weltvernichtenden Stromausfall zum Beispiel, denn da war so ein »technisches« Klicken gewesen, als wären alle Sicherungen auf einmal in und aus mir herausgesprungen, es surrte befremdlich und roch nach verschmortem Metall, Schmorbraten wäre mir eindeutig lieber gewesen, dachte ich noch, und mir lief tatsächlich das Wasser im Mund zusammen, bevor es zusehends dunkler und immer noch abgedunkelter wurde, als wäre das Leben nur ein überdimensionierter, übergroßer Bildschirm, der nie das zeigt, was man sehen möchte, eine zusehends rissiger werdende Leinwand, die unweigerlich an Leucht-, besser noch Strahlkraft einbüßt, die von Umwelteinflüssen verun- und nie gereinigt, vielleicht auch mutwillig mit Werbebannern abgedeckt oder gar übermalt wird, vermutlich längst überflüssig geworden ist, und das Leben ist doch insgesamt ein anfälliges, gar anfälligstes System, das der Mensch liebend gern befingert, doch wirklich begreifen tut er nichts, freilich, man meint schon, mit der Zeit alles besser in den Griff zu bekommen, sich alltäglich über alle Ungereimtheiten hinwegsetzen zu können, und wenn einem etwa die Vor- oder Ausstellung, die Vor- oder Ausführung missfällt, macht man sich eben von dannen, löst seinen »Körpermantel« an der rund um die Uhr besetzten Garderobe aus, streift sich diesen wohlig über, draußen nur schön ordentlich den wattierten Kragen hochziehen bei dem für diese Jahreszeit üblichen Scheißwetter, und bloß nicht mehr daran denken, dass man erneut seine Zeit und am Ende gar einiges an Geld verschwendete, doch warum man plötzlich nichts mehr von der Welt sieht, warum da nichts mehr zu erkennen, ja nichts mehr vorhanden ist, das kann man sich in tausend Jahren nicht erklären, vollkommen egal, wie naheliegend es vielleicht auch sein mag, und man riecht also dieses »Schmorkabeldings«, als wäre man mit allem verlötet worden, hört einen frenetischen, gar frenetischsten Lärm, wobei es sich möglicherweise nur um Applaus handelt, der einen dazu bewegen will, sich zu verneigen, untertänigst, bescheiden und dankbar in Anbetracht des einem entgegenbrausenden Wohlwollens.

Ich wüsste vielleicht, wie mir geschieht, wäre da nicht dieses Gefühl der Losgelöstheit, der Abgekapptheit von sich selbst, als hätte einen ein übermotivierter Zauberer in der Mitte durchgesägt, so einer von früher, im schwarzen Anzug und mit einem großen, obendrein stetig größer erscheinenden Zylinder, aus welchem er natürlich sein obligatorisches Kaninchen ziehen muss, die Löffelohren mit einem kräftigen Ruck packend, sich verbeugend, und mir das zweifelsohne sanftmütige Tier in den Schoß werfend, während ich mich wegzuducken versuche, weil es noch nie meine Art gewesen war, Teil einer »Show« zu werden, in der Pflicht zu stehen, mich am Ende vielleicht wirklich wie der Zauberer vor und beim Publikum bedanken zu müssen, etwa dass mich dieses in seinen Kreis aufgenommen und geduldet hatte, dass ich meine Sache freilich nicht schlecht angegangen bin, alles zufriedenstellend löste, wenn auch einiges zu bekritteln, ja schon übelst zu bemängeln gewesen wäre, und allein die Vorstellung, sich das samt detaillierteren, gar detailliertesten Ausführungen anhören, mir dabei auf die Schultern klopfen lassen zu müssen, während ich mich nervös am Kaninchen festkralle und der plüschrote Saal sich zusehends leert, wäre mir zutiefst und entschiedenst zuwider, ein plüschsamtenes Saalungetüm wohlgemerkt, das wie eine unverschämt sich aufblasende, eigentlich sich aufplusternde Gebärmutterhöhle wirkt, die nunmehr alle hier Versammelten so rasch wie nur irgend möglich zu verlassen gedenken, selbstverständlich abgesehen vom zum ewigen Repertoire zählenden Zauberer, der leidenschaftslos in seiner Versenkung verschwindet, bestimmt um sich in den Katakomben einen gehörigen Schluck zu genehmigen, bevor man ihn erneut aus den Tiefen der Unterbühnen bemüht, ja heraufhievt, damit er eine weitere illustre Zusammenkunft bespaßt, immer weitere sich auf die Schenkel klopfenden, sich dem Müßiggang hingebenden, schlichten, gar schlichtesten Gemüter, in deren Mitte für gewöhnlich ein blasser und schüchterner Junge, der man selbst einmal gewesen ist, sitzt, und das Licht wird zähnefletschend von einem vorüberhuschenden Gespinst ausgeknipst, man fühlt sich plötzlich einsam wie noch nie zuvor in seinem Leben, das alles andere als schön verlief, eher noch wie aus purem Trotz aufgesprühte Farbkleckse an einer räudigen Hinterhofwand beschaffen ist, die mittlerweile von Wind und Wetter heimtückischst aus-, ja »zugebleicht« worden sind, eine undefinierbare, graublasse Farbpalette stellt man fortan also dar, die obendrein am Abblättern, eher noch sich im schmerzlichen und zeitlupenhaften Abplatzen befindet, als würden sich maßgeblichste Hautpartien von einem ablösen wollen, die, wenig überraschend, ein trostloses, wenn nicht gar trostlosestes Mauerwerk preisgeben, das unmittelbar davor steht, zur Gänze in sich zusammenzufallen, vollständig wegzukippen und -zuklappen, und eben da, während dieser mir von überall her einschießenden Farce und

Heuchelei, das ganze Leben höhnisch an einem vorüberzieht, eigentlich eher an jener unscheinbaren Mauernische vorbeiläuft, die einem von Geburt an vorbehalten blieb, in welche sich der Körper einst (und bald) resigniert zurückgezogen hatte, sich selbst freilich zunächst als »ge- und beschützt« bezeichnend, doch spielte sich nunmehr alles Bedeutsame und Außergewöhnliche irgendwo fern dieser Mauer ab, die immer doch andere um einen hochzuziehen gewusst haben, wo rasende, ja rasendtolle Moleküle und Atome in- und aufeinander prallten, um neue und fantastische Universen zu generieren, während man selbst, zweifelsohne mutwillig auf dem Abstellgleis geparkt, weiterhin einer schmierigen und rissigen »Leinwandmauer« gleicht, die nichts von dem großartig Hehren und Beflügelnden zeigen will, weil ihr schließlich nichts davon beschieden gewesen ist, und nur die in einem sich weiter verzweigenden und aufspaltenden Gedanken bleiben auf diese Unterlage gebannt, mich prägt ein be- und eingeschränktes Denken, das sich aus einem nicht näher ersichtlichem Grund nicht mehr stoppen lässt, das sich unfassbar und unnötig in die Länge zieht, als wäre man ohne normalem Bewusstsein und einer zweifelsohne angebrachten Scham zu solchem verurteilt, nämlich komatöse und »phantomeske« Hirngespinste einer Randexistenz abzusondern, die über und hinter alle Ränder gefallen ist, deren Gesundheit man (also die Gesellschaft) einst möglicherweise noch herzustellen gedacht hatte, um fortan auf einen zu zeigen, mich demnach mit dem Zeigefinger förmlich aufzuspießen, um sich einer guten Tat rühmen zu können, denn die Gemeinschaft findet immer den Schwächsten in ihrer Mitte und setzt ihn skrupellosem Gelächter, immer neuen und fürchterlicheren Verspottungs- und Verhöhnungstorturen aus, wo sie doch darin besonders erfinderisch veranlagt ist, und alles in mir wurde endgültig schwarz, als hätte man mich auf einem Rost abgelegt und dort angeblich nur vergessen, verkohltes, gar verkohltestes Seelenschwarz kam dabei allmählich zum Vorschein, das man nie wieder würde berühren oder in seiner Nähe haben, geschweige denn liebkosen wollen, vielleicht ja nur um des genüsslichen Abwischens, gar Abwaschens willen.

24. März, 10:45 Uhr

Verdüsterung, die … das absolute Gegenstück zur Helligkeit, eine fehlende Beleuchtung oder Abwesenheit von sichtbarem Licht, eine in sich lichtabsorbierende Oberfläche, früher gern mit sich verdichtendem, ja anschwellendem Nebel kombiniert, der eine zunehmende Orientierungslosigkeit mit sich bringt.

Selbst das Gemüt war mir verdüstert, als hätte jemand vorsätzlich die ganze Welt aus einer üblen und nie doch wirklich gänzlich nachvollziehbaren Laune heraus mit Terpentin überschüttet, sie einer zähen, aus frischen Harzausflüssen unterschiedlicher, gar unterschiedlichster Koniferen bestehenden Masse ausgesetzt, vornehmlich Kiefern und Lärchen freilich, die einem jeden für ihre ätherischen Öle bekannt sein dürften, ja bekannt sein müssten, wo sich doch das Gemisch beim Eintrocknen und unter Verlust der flüchtigen Stoffe in milchiges Harz verwandelt, wodurch all das, was darin eingeschlossen, das vielleicht nur versehentlich hineingeraten war, unweigerlich immer weiter in den Bewegungen abgebremst und verlangsamt wird, bevor es endgültig zu erstarren hat, man also noch störrisch die träger werdenden Arme und ausgelaugteren Beine bemüht, sich abmüht, den Kopf dabei vorwurfsvoll in alle Richtungen wendend, als müsste einem einer beispringen, irgendeine Form von Beihilfe leisten, um einen aus der misslichen Brühe zu befreien, in welcher man freilich längst versinkt, dem klebrigen Film ausgeliefert, zunächst wohl nicht ahnend, wie unangenehm alles noch werden wird, sich möglicherweise noch denkend, ach, es ist wie nach einem Liebesspiel, wo man ebenso erschöpft kaum mehr die Glieder bewegen, sich nicht unmittelbar erheben kann, sich vielmehr dieser bleiernen Schwere in jenem Bewusstsein hingibt, jederzeit, wenn es denn wirklich erforderlich wäre, aufspringen und das Weite suchen zu können, und jawohl, wenn das alle in eben diesem Moment in einem beispiellosen, ja beispiellosesten Akt von Solidarität täten, also nicht aufzuspringen, sondern einander in dieser Situation beizustehen, sich gegenseitig beim Aufspringen zu helfen, anstatt einander in diesem weltlichen Höllenloch unentwegt und von frühester Kindheit an zu behindern, ließe sich doch möglicherweise das absehbare Erstarren der harzigen, ja harzigsten Masse verhindern oder zumindest so weit »erweichen«, dass man sich gemeinsam Wege aus diesem unerträglichen Zustand bahnen könnte, Käfern gleich, die ihren misslichen Lagen entkommen, ohne für die Ewigkeit konserviert zu werden, sodass einen nämlich alle Außenstehenden künftig beliebig betrachten und mit einem sonstwas tun könnten, während man selbst über keinerlei Gestaltungsräume mehr verfügt, starr da liegt oder schwebt oder ruht in seinem Harzverließ, keine Ahnung, wie man das benennen müsste, wenn man mit der ganzen übrigen, einem durchaus noch vertrauten, ja unter die Haut gehenden Welt in Harz gegossen worden ist, nichts mehr sieht oder schlimmer noch, nur diesen dunkelharzigen Wulst in seinem Gesichtsfeld erkennt, als hätte einem der Teufel höchstpersönlich zehntausende, ums Verrecken verdreckte und schmiergetönte Brillengläser hintereinander auf die Nase gesetzt, deren bloßes Gewicht einen Kopf zu zermalmen vermag, doch kann nunmehr nichts mehr nachgeben oder gar von einem weichen, weil man längst zu diesem nur gelegentlich aufflimmernden Harzklumpen geworden ist, in welchem man nichts spürt, nichts mehr fühlt auf der Haut, weil alle Stofflichkeit unter einer wachsenden Kruste verschwindet, und nur die hinter, ja unter einer solchen, davon unabhängig operierenden Gedanken, als Repräsentanten einer jenseits dieser aller Stofflichkeit liegenden Welt, in einem weiterkreisen, kleinen Kreissägensatzgefügen nicht unähnlich, die freilich machtlos gegen das Terpentingelage, vielleicht ja sogar Terpentingelege oder Terpentingelee sind, in welchem sich etwas eigenständig und ohne jedwedes weitere Zutun auszubrüten versucht, irgendein abstruses Unheil sich auszuformen gedenkt, ich meine, beinahe wäre ich in diesen verworrenen, gemütszersetzenden Umständen unverzüglich zugrunde gegangen, die sich allerdings auch nicht sonderlich von jenen unterschieden, in denen ich zuvor mein Auskommen zu finden versuchte, und diese allgemeine Gemütsverdüsterung und Gemütsverfinsterung als Gemütszerstörung ist von niemandem, von keinem einzigen Menschen je wahrgenommen, beziehungsweise bestenfalls gönnerhaft registriert, beziehungsweise nur wie von einer seelenlosen Maschine beiläufig und beiläufigst aufgezeichnet worden, die stoisch diverse elektrische und nunmehr auch meine Impulse dokumentiert, welche handzuhaben sie nicht konstruiert worden ist, ja die Welt war schlicht an diesen ganzen sich über einen (und sie) stülpenden Auswüchsen erkrankt, und wir alle blieben in diesem in sich geschlossenen, sich zu Tode kreiselnden Universum fixiert, wogegen niemals ernsthaft etwas unternommen worden ist, was jedoch jemand dringend hätte tun müssen.

Hatte ich also immer schon so ein Gefühl im Mund gehabt, wie zerquetschte Insekten auf einer Windschutzscheibe, soll heißen, vielleicht fühlt sich noch jemand bemüßigt, sich vorzustellen, wie denn so ein an einem zehrendes, niemals nachlassendes Zerquetschen vonstattenzugehen pflegt, denn eines bleibt evident, die Anfälligkeit unserer Spezies, für diverse »Verunglimpfungen«, etwa für allerlei Anfeindungen und Verunmöglichungen und Verschaukelungen und Verladungen und Auslöschungen und Heimsuchungen und Bevormundungen und Abtötungen und was man sich sonst noch gegenseitig antut, hat Milliarden, ja Abermilliarden schwere Industriezweige geformt, und eine alles verzehrende Globalität hervorgerufen, die unentwegt darauf aus ist, uns mit neu hinzukommenden »Ungereimtheiten« und, uns zunichtemachenden »Kontaminationen«, verrückt zu machen, weil wir unentwegt alles in uns aufnehmen, es dort »einspeichern«, wie an einer Klebefolie bleiben solche »Verunglimpfungen« schließlich an uns hängen, und ein jeder von uns, ein jeder sogenannte Familienmensch, eine jede noch so kleine Küchenschabe oder sich im Leben sonstwie verwirklichende Existenz, wünscht sich nichts anderes, als ein glückliches, ja möglichst unbehelligtes Leben zu führen, man möchte wie ein Forscher die Welt entdecken, wodurch man freilich die eigenen Lebensumstände aufwertet, sie quasi rechtfertigt, und man gräbt vorbehaltlos selbst undenkbarste Ideen aus den Versenkungen seines Kopfes und trägt damit aktiv zur Bewusstwerdung immer weiterer Verunglimpfungen und Bedrohungen bei, weil auch das Grauen, das gerne dem eigenen Kopf entstammt, erkannt und benannt und es diesem also ermöglicht wird, ins Licht der Welt zu treten, und plötzlich werden dann Ideen existent, die zu immer neueren Untergangsszenarien, zu immer weiteren Verzweigungen eines immer sich weiter verzweigenden Lebensverwirklichungs- und Fortschrittsirrsinns führen, und man wird dabei ja unweigerlich dem Wahnsinn verfallen müssen, man erliegt doch immer der Versuchung, die Windschutzscheibe reinigen, die breiigen und klebrigen Insektenreste loswerden zu wollen, den widerlichen Geschmack im Mund wegbürsten, ja auskratzen zu können, doch ist ein solches Vorhaben immer zum Scheitern verurteilt, weil einem ein kranker Geist innewohnt, ein sich aus dem tief in einem selbst befindlichen Bodensatz erhebendes, sich ausformendes und über einen ausstülpendes Monstrum.

Freilich meint man nach wie vor über die alleinige Kontrolle zu verfügen, ja glaubt weiterhin, eine einigermaßen klare Sicht auf die Welt zu haben, ein paar Käfer und Nachtfalter im Sichtfeld würden einen schließlich niemals ein- und abbremsen, wie ein routinierter, gar routiniertester Pilot wähnt man sich nur allzusicher am Steuer, weil man glaubt, den Weg genau zu kennen, als würde es auf einem sanften Gleitpfad in die Tiefe gehen und alles, was oben ist, bleibt weiter erkenn- und zuordenbar, ja alles scheint absolut einleuchtend, und man weiß schließlich genau, wo man hingehört, wovon man abstammt, wo die Erde und wo der Himmel beheimatet sind, wo sich das Dach befindet und wo der Keller, und keiner denkt daran, dass alles wie das Wetter umschlagen könnte, dass die Welt gegen einen wettert und wettet, und dass einem »Basisorientierungen« schnell abhandenkommen, das hat in Wahrheit niemand auf seiner Rechnung, am ehesten vielleicht noch fast verunfallte Piloten, solche, die in ihren Flugzeugen in finstersten Nächten schon mal auf ihren sicher erscheinenden Gleitpfaden die Kontrolle verloren haben, plötzlich nicht mehr wissend, wo oben, wo unten, wo links und rechts ist, weil sich alles plötzlich anders anfühlt, und selbst Bordinstrumente einen mit den widersprüchlichsten Signalen fluten, deren Auswertung nur weitere Irritationen gebiert, bis nichts mehr davon einen Sinn ergibt, sodass ein Flugzeug unweigerlich am Boden oder im Meer zerschellen müsste, und erst im allerletzten Augenblick blitzt es möglicherweise im Kopf auf, wo man sich nunmehr befindet, und dass man doch bislang alles falsch eingeschätzt und eigentlich nur verschlimmert hat, obwohl man jedwede Anstrengung unternommen zu haben glaubt, sich selbst und das Leben der einem anvertrauten Passagiere zu retten, und es also offensichtlich reichlich Situationen gibt, die so eine «Kopflosigkeit« zu beschreiben wissen, als würde man beispielsweise die Wörter Macht und Ohnmacht unentwegt in gleicher Tonlage aussprechen, einmal laut und einmal leise, einmal deutlich und dann wieder so undeutlich wie nur möglich, und plötzlich versteht man ihre Bedeutung nicht mehr, oder vermag sie nicht mehr voneinander zu unterscheiden, was man sich niemals auch nur ansatzweise hätte ausmalen können, dass so etwas wirklich passieren und sich dermaßen konfus anfühlen wird, man sich ja vielleicht noch die Überlappungen diverser krankhafter Symptomatiken vorzustellen vermag, die einen fragilen Gemüts- und Geisteszustand unverhältnismäßig, ja immer unverhältnismäßiger aufzuwühlen wissen, und man hört sich plötzlich Sätze sagen wie »Gerechtigkeit, das ist wenn einer den anderen umbringt« oder man blickt aus dem Fenster und hört den Satz »Vogelschwärme, immer mehr Vogelschwärme schwärzen den Park« oder »Man macht sich an den Menschen nur schmutzig«, mehrere Male hallen sie in einem nach, es ist ein Echo, größer noch als die kindliche Vorfreude auf den Heiligen Abend, und man ist absolut überrascht von der fremden Stimme, die man nicht mehr zuzuordnen weiß, ob sie noch einem selbst, oder doch schon irgendwem anderen gehört, der nur neben einem steht oder liegt, der Pflegerin oder der Ärztin, die neue Infusionen montiert und immer weitere und dickere Schläuche in einen schiebt, als wäre das ein untrüglicher Liebesbeweis, dass man sich, ganz egal was sonst noch passiert, weiter um einen kümmert und alles, was da noch in einen Körper geschoben werden wird, einem klaren, ja allerklarsten Procedere folgt, bis hin zur künstlichen Beatmung und künstlichen Ernährung und zum künstlichem Koma und was weiß ich einer Künstlichkeit, die man freilich nicht mehr bewusst wahrnimmt, weil sich inzwischen der ganze Körper mit der ganzen leidigen Welt so weit von einem entfernt hat, dass man nichts mehr abschätzen kann, wo man sich zum Beispiel befindet, wenn einem die Augenlider erst endgültig zugefallen sind, und man kann diese allmählich nicht mal mehr aus eigener Kraft anheben, man verliert allem Anschein nach vollständig das Bewusstsein, ohne aber dieses Bewusstsein jemals wirklich abzulegen, was die fürchterlichen, gar fürchterlichsten Ausmaße eines solchen Blindflugs aufzeigt, es ist alles in allem wie ein Totsein, ohne die eigentlichen Vorzüge eines solchen genießen zu dürfen, nämlich das Denken und die einem in seinen Erinnerungen eingebrannte Verdammnis ein für allemal ein- und abstellen zu können.

Man schließt ja vielleicht durchaus frei- oder auch bereitwillig die Augen, um jenes selbstzerstörerische Unwohlsein auszublenden, das einen bei einer jedweden, in Frage kommenden Gelegenheit befällt, man versucht die damit einhergehenden Ungeheuerlichkeiten willentlich abzulegen, die sich wie Parasiten in einem festzusetzen beginnen, bis schließlich überall nur noch Zerstörung herrscht, wo die Menschen, einmal von der Leine gelassen, aus sich heraus und absolut agieren dürfen, was freilich durchaus Faszinationen auf den Plan ruft, wenn nicht gar tiefgründige Gedanken in diesem »Abwärtsstrudel« hervorkehrt, als würde man den absoluten, ja absolutesten Brutalitäten fasziniert begegnen wollen, wortlos und beinahe andächtig in Anbetracht der Geschehnisse verharren, als hätte jemand in einem Museum die schönsten und wertvollsten Gemälde von den Wänden gerissen und zu Boden geworfen, wäre auf diesen herumgetrampelt und hätte sie sogar in Brand gesetzt, während man selbst nur daneben stand und wusste, man müsste eigentlich eingreifen, dieses ungeheuerliche Verhalten, ja diese Barbarei unterbinden, die schließlich an einem aufgeklärten Selbstbildnis der Menschheit rüttelt, oder als hätte einem ein noch kränkeres Gehirn plötzlich den Befehl erteilt, zum Strand zu gehen, während überall Bomben und Granaten explodieren, und Hubschrauber über einem kreisen, als wäre heute irgendein »Hubschrauberfeiertag«, und man breitet sein Badehandtuch, richtet seinen Schwimmreifen aus, der Kopf des Einhorns muss freilich dorthin zeigen, wohin man zu schwimmen gedenkt, und stürzt sich in die Fluten, ich meine, es ist beinahe so, als wäre man fortan nur noch ein entbehrlicher Statist in einem über uns alle hereinbrechenden Unwetter, einer kriegerischen, uns von unsichtbaren Mächten aufgezwungenen Handlung, die leichtfertig, gar leichtfertigst weiteres Terpentin und Napalm und was weiß ich verspritzen, immer noch reichlich Öl ins Feuer gießen, in welchem wir uns bereitwillig selbst entzünden, als würden wir uns längst danach sehnen, unterzugehen, uns selbst und die Erde mitzureißen, keinen Stein auf dem anderen zu belassen, um diese Trümmerlandschaften in eben jenem »göttlichen« Harz zu konservieren, das wir ironischerweise noch als Mahnung verstanden wissen wollen, um unsere Schwächen zu kaschieren, ja zu rechtfertigen, welchen wir beliebig nachgeben und vom Augenblick unserer Geburt an auch nachgehen wollen.

Man kann seinen Geist wie ein Wetterphänomen betrachten, für das niemand verantwortlich gemacht werden darf, das tut, was es will, das Wetter, die unscheinbaren, gar die unscheinbarsten Wetterumschwünge vollziehen sich ja ununterbrochen, man erkennt sie an den Bäumen, den Felsvorsprüngen, dem Wasser oder an den Mauern, jene durch Wetterumschwünge hervorgerufene Schmerzen, ja Phantomschmerzen, ohne dass sich jemand ernsthaft daran stoßen würde, weil sich alle Lebewesen an diese Unvermeidlichkeiten angepasst haben, dass einer jeden Verdüsterung eine Aufhellung folgt, dass Gewitterzellen und Gewittertürme ihre Opfer einfordern, dass sie wie der Sturmwind zwischen die Bäume fahren und sich so lange an einigen von uns reiben, bis diese einknicken und als Fußabstreifer und -treter für die Tiere des Waldes, die Tiere der Ebenen, überhaupt alljenige dienen, die dort künftig noch entlangstreifen werden, und ich will damit ja nur zum Ausdruck bringen, dass der Geist ein ebenso fragiles, ja fragilstes Pflänzchen im Kreislauf der Natur darstellt, das gehegt und gepflegt werden muss, sollte jemals etwas aus diesem werden, weil ein jeder Geist, der unseren Körpern innewohnt, zunächst einmal von sich selbst überzeugt werden muss, dass er eine Verbesserung hervorzurufen imstande und seine Existenz in der Welt erwünscht ist, obwohl er in Anbetracht der schieren Masse an Körpern und darin enthaltenen »Geisterscharen« freilich vornweg unterzugehen droht, restlos verschreckt von den auf einen einprasselnden Gewittern, die manchen von uns stärker zusetzen als anderen, begraben von Muren und Felsstürzen, die einen wie auch jenes Harz zu konservieren imstande sind, die alle in die Tiefen ziehen und dort vielleicht sogar verwandeln, unsere Körper allemal, doch was mit der »Geisterseele« passiert, die auch ich in mir zu verspüren glaube, ob diese wie ein laues Lüftchen zum Himmel steigt, um sich dort einem Hoch oder Tief anzuschließen, ob sich aus dieser oder gar aus der schieren Masse solcher Seelen Gewitterwolken zusammensetzen, die ständig in meinem Kopf aufzublitzen scheinen, als befände sich das gesamte Universum, die gesamte Atmosphäre bis hin zur Stratosphäre, innerhalb meines Denkens und Fühlens, den einzigen mir zur Verfügung stehenden Regulatoren in der Dunkelheit, bleibt ein Rätsel.

24. März, 10:46 Uhr

Verstörung, die … eine unerwünschte Beeinträchtigung, eine absehbare, mehr oder minder vorübergehende Fehlfunktion, allemal deutlich stärker als ein »entschuldigen Sie bitte die Störung, aber können Sie mir sagen wie spät es ist«, ein mit Besitz-, Betriebs-, Ruhe-, Verkehrs-, Zirkulations-, Anpassungs-, Durchblutungs-, Entwicklungs-, Erektions-, Gleichgewichts-, Konzentrations-, Zyklus-, Bild-, Empfangs-, Oberleitungs- und Oberstübchenstörung einhergehender Zustand, ein pathetisches Fiasko.

Hatte ich immer schon dieses abartige Gefühl im Mund gehabt, wie Insekten auf einer Windschutzscheibe, die ich mit meiner Zunge von einer Seite auf die andere schob, als wären der ganze Mund und Rachen ein über die Zähne gleitender Scheibenwischer, und wider allen Erwartungen sehe ich mich dabei von oben, wische mit der Zunge die gelblichen Zahnreihen entlang, höre den einfältigen Ansichten noch einfältigerer Menschen zu, spreche selbst, wo ich schweigen sollte, kritzele allerlei auf, wo ich mir dieses ebenso sparen könnte, gestatte vielen, was ich nicht gestatten müsste, stelle mich vor und aus, setze mich hin und ab, einen jeden Tag meines Lebens bin ich am Verzweifeln, weil Menschen hierzulande (und andernorts) nichts taugen und endlich als das akzeptiert werden sollten, was sie unzweifelhaft und unbedingt aus freien Stücken zu sein entschieden haben, Zeitvernichtungsmaschinen einerseits, und Gemütsverfinsterungsmaschinen andererseits, deren jeglicher und jeglichster Gesinnungs- und Haltungsmüll bloß die Erde besudelnd aus allen Fugen und Spalten einer Gesellschaft quillt, eine Schlamm- und Drecksschicht folgt unabdingbar der nächsten, eruptive Wort- und Patronenhülsen, die man später möglicherweise in Fachbereichen wie Geologie oder Ethnologie oder Volkswirtschaftslehre oder politische Bildung oder Geschichte zu legitimieren suchen wird, freilich voller kluger

Ausdrücke, ausgefeilter Formulierungen und Haltungen, an die ich oft genug denke und über die ich nach- und die ich tagtäglich bedenke, sorgfältig alles Weltliche abwägend, um nicht vollkommen verrückt zu werden, während ich also wie ein Roboter durch alles watend und darauf achtend, dass nichts oder nur homöopathische Dosen von der Misere an mir haften bleiben, allem zu entkommen versuche, was erfahrungsgemäß schwerlich gelingen kann, weil es sich bei allem in dieser Welt um einen sprichwörtlichen, gar sprichwörtlichsten Kampf gegen »Windmühlen« handelt, deren geisteszersetzende und gemütsverfinsternde Wirkung allmählich selbst den stumpfsinnigsten Mitläufern aus der Literatur bekannt sein dürfte, man erinnere sich an Sätze wie »Narrheit hat gewiss mehr Genossen und Schmarotzer als die Gescheitheit« oder »Die Freiheit, Sancho, ist eine der köstlichsten Gaben, die der Himmel dem Menschen verliehen« oder »Das Abenteuer lenkt unsere Schritte besser, als wir uns wünschen könnten, denn sieh' nur da, mein Freund, dort warten dreißig oder mehr ungeheure Riesen, die ich zur Schlacht herauszufordern gedenke«, doch die sich freilich auch anhand anderer und praktischerer Beispiele beweisen ließe, wie etwa der Tatsache, dass sich neuerdings ein Sportschützenverein namens »Germania« in meinem Souterrain einmietete, oder, besser gesagt, höhnisch einnistete, sich gewiss jedoch an alle in näherer und nähester Umgebung wandte, um sie mit diversen »Lockangeboten« zu überschütten, dass sich also ein solch berückender Sportschützenverein bei uns im Hause festsetzte und sich sowohl in mein Leben als auch in die Lebensumstände anderer Wohnparteien drängte, wo es doch fortan unablässig unter und neben uns allen lärmt, vornehmlich ausgiebigst raucht und knallt, an allen Wochentagen und auch am Wochenende, gewiss aber morgens und abends besonders ausladend, sofern ein Lärmpegel überhaupt als ausladend bezeichnet werden darf, also morgens hauptsächlich zwischen fünf und acht Uhr früh, und spätnachmittags zwischen vier und elf Uhr abends, und sollte unerwarteter- jedoch erfreulicherweise zufällig etwas Ruhe einkehren, oder sich eine wahrnehmbar leisere Schießphase anbahnen, dann läge es meines Erachtens und Beobachtens daran, dass viele der Schießwütigen späteren vormittags und nachmittags doch einem Brotberuf nachzugehen haben, respektive etliche während der saisonal bedingten Grippewellen erkranken, um bedauernswerterweise zu früh oder überhaupt zu genesen, allesamt jedoch offenbar darauf hoffend, endlich den leidigen Broterwerb und das lästige Bett abschütteln zu können, um sich unverzüglich, nach den polierten Schusswaffen langend und hurtigst alle Utensilien in die Trainingstaschen packend, in den Sportschützenverein »Germania« aufzumachen, mit dem Auto loszubrausen, um das sorgfältig eingepackte und ordnungsgemäß Verstaute auch schon wieder aus den Trainingstaschen zu zerren, es zu reinigen, zu polieren, durchzuladen, zu repertieren und fortan also zu »trainieren«, denn ohne Drill und Übung lässt sich bekanntlich nichts gewinnen, ja ist auch sonst kein Staat zu machen.

Und im Sport und Staat gehe es doch vornehmlich um erste und vielleicht noch zweite, mal dritte Plätze, ob am Podest oder bei sogenannten demokratischen Wahlen, doch hat es sich damit dann auch schon, es raucht und kracht und knallt demnach unablässig, bestenfalls variiert die gefühlte Lautstärke, je nachdem welches Kaliber wer im Souterrain, demnach also eigentlich »Schießkeller« bevorzugend, und, ich kann kaum fassen, was ich da von mir gebe, denn mit der Zeit kam ich tatsächlich selbst mit mir überein, mich im besagten Sportschützenverein »Germania« einzuschreiben, regelmäßig eine Gebühr zu entrichten, und mich gleichfalls an einer Waffe ausbilden zu lassen, zum Sport- oder auch nur Gelegenheitsschützen, denn das Schlafen, Lesen oder Fernsehen musste ich in der elterlichen Wohnung, ergo Haus über dem Sportschützenverein, ohnedies stark einschränken, und obwohl mir der Schusswaffengebrauch an sich zuwiderst und ich es freudigst begrüßt hätte, diese Leute allesamt zu delogieren und irgendwohin umzusiedeln, gelte ich nunmehr selbst als aktives, gar aktivstes Vereinsmitglied, da eine Delogierung und Umsiedlung weder in Aussicht noch sonstwie wahrscheinlich scheint, soll heißen, ich zähle also seitdem zu diesen mehr Sport- denn Gelegenheitsschützen, wie ich unumwunden einzugestehen habe, ich lasse es so oft rauchen und knallen und krachen, wie ich nur kann, und das ganze Anvisieren und Abfeuern sind sogar ansatzweise befriedigend, vornehmlich dann, wenn man also etwas »erreicht«, man ins Schwarze trifft und sich bei den Zielscheiben sonstwas oder sonstwen vorstellt, wie man den Betreffenden oder der Auserwählten zwischen die Augen oder einfach nur in die blöde, gar blödeste Fresse schießt und einem die fremde Hirnmasse um die Ohren zischt, was, wie ich weiß, viele so handhaben und befürworten, sich also freudigst solchen Vorstellungen und Fantasien hingeben, ich meine, es missfällt mir nach wie vor als Tätigkeit, das reaktionäre Geballere, doch trage ich endlich teuren Schallschutz an den Ohren, der die Salven und Schusstiraden filtert und dämpft, es demnach im Schießkeller paradoxerweise leiser als im gesamten Haus scheint, und auch wenn der Sportschützenverein »Germania« weiterhin etwas absurd Idiotisches darstellt, akzeptiere ich es anstandslos, diesem an- und zuzugehören, und genau das beweist und veranschaulicht doch allemal nach- und ausdrücklich jene »Gemütsabsetzung« und Geisteszersetzung, die ich beanstanden will, und die alles und jeden anzu- und befallen vermag, sobald, wie ich sie für mich gekennzeichnet habe, schmähliche, gar schmählichste »Windmühlen« ins Spiel kommen, vollkommen egal, wie sich diese für gewöhnlich in der Realität manifestieren und »ausgestalten«, all die Wind-, Tret- und Geistesmühlen oder dergleichen, die auf den ersten Blick gar nicht wie solche wirken, doch auf einen zweiten Blick schon blankes, ja blankestes Entsetzen hervorrufen, ähneln sich frappierend, wie etwa Begegnungen mit verbliebenen Bekannten, die sich so gar nicht damit anfreunden können, dass mir ein stechender, in ihren Augen brennender und durchwegs durchdringender Schießpulvergeruch anhaftet, welchen restlos abzuwaschen mir stetig misslingt, weil doch das ganze verdammte Haus und selbst mein Gemüt mit diesem schwefligen, ja schwefligsten »Räuchermief« durchzogen ist und man augenscheinlich pausenlos duschen oder die Haut bis aufs Blut abschmirgeln müsste, um wirklich Abhilfe zu schaffen, und warum ich mich also nicht gleich aus- und umquartiere, besser noch losspreche von der Vereinsgesellschaft, wollen die Bekannten wissen, deren Einflüsse sich allmählich auch anderweitig bemerkbar machen, der Schimmel und die Spinnen in manchen Ecken zählen zweifelsohne dazu, wo ich doch meinen häuslichen Umständen nur noch wenig Beachtung schenke, über sie hinwegsehe, ausdrücklich darüber hinweggehe, und dadurch etwas zum Ausdruck brächte, dass ihnen, den wenigen mir verbliebenen Ex-Saufkumpanen, förmlich Gänsehaut verursache, als wäre ich ein anderer, ihnen unvertrauter, gar unvertrautester Mensch, dem zu begegnen eine wachsende Überwindung darstelle, was sich in den anfallenden Verspätungen und zögerlicheren Zusagen zu selten werdenden Treffen widerspiegele, und ja wann immer von mir andernorts die Rede sei, verfalle man in ein sich zunehmend ausweitendes, kollektives Schweigen, als hätte ich meine Waffe zwischen die Betreffenden am Tisch abgelegt, um so allfällige Diskussionen darüber im Keim zu ersticken.

Man schnappe also nach Luft wie anderswo ausgehungerte Hundsviecher nach ihnen zugeworfenen Leckerbissen gieren, sich dabei immer weiter im Kreis drehend und unverschämt bettelnd, sich insgeheim von einem lossagend, doch aus freilich falsch verstandener Anhänglichkeit einem weiterhin nach- und zulaufend, wie man das für gewöhnlich ausdrücken würde, man beuge sich wohl förmlich bis zu einem nachvollziehbaren Grad der latenten Unheimlichkeit und Unzurechnungsfähigkeit, der fortwährenden Ungeheuerlichkeit und Unglaublichkeit, die mit der eigenen Persönlichkeit einhergeht, doch könnte ich (man) nicht gänzlich aufgeben, ohne alles Menschenmögliche versucht zu haben, sich wieder in den Griff zu bekommen, das sei man sich selbst offenbar schuldig, wobei mich dieser ganze Vorgang, mein Innerstes fühlbar mit Wut erfüllend und dieses noch unzugänglicher machend, förmlich in den Schießkeller treibt, welchen ich nach weiteren, rasend schnell verstreichenden Monaten wie ein dort ansässiges Phantom immer seltener zu verlassen pflege.

Ich muss mich freilich der Tatsache vergegenwärtigen, dass ich jahraus jahrein an weihnachtlichen und überhaupt Feiertagen (und mitunter gewöhnlichen Sonntagen) meine Zeit mit den Eltern verbrachte, als wäre das wie eine Krankheit in mich eingeimpft worden, um also mit ihnen diese festlichen, gar festlichsten Tage gebührlich zu ver- und durchzubringen und ich dieser zeitvernichtenden und lebenszersetzenden Geistesumnachtung selbst nach ihrem Tod munter weiter frönte, soll heißen, zu ihren Lebzeiten hätte man durchaus argumentieren können, dass es sich dabei um keine einen umnachtende Geisteszersetzung, vielmehr aber um Tradition oder profane Gewohnheit handelte, doch war nach ihrem Tod das weiterhin an mir zu beobachtende und beobachtbare Verhalten zu einer krankhaften, nunmehr unerwiderten und in seinem Kern widernatürlichen Geistesäußerung geworden, weil ich, im gewissermaßen verwaisten und allmählich auch im Dreck versinkenden Wohnhaus, das aufzusuchen mir schon unter normalen Umständen, abseits von Feiertagen und Sonntagen, Kopfschmerzen bereitete (ich wohnte bis zur Abklärung der erbschaftlichen Angelegenheiten mittelfristig zur Untermiete), weiterhin trotzig zu ihnen sprach, für sie kochte und den Tisch aufdeckte, rechtzeitig den Weihnachtsbaum mit dem von der Mutter eingelagertem Firlefanz schmückte, Vaters Lieblingszeitung beim mir unsympathischen, gar immer unsympathischer werdenden Trafikanten holte, oder Mutters Lieblingstorte in der Konditorei besorgte, dieses und einiges mehr war offenbar nicht mehr aus meinem Kopf zu dreschen, wohin man es von frühester Kindheit an mit verderblichem Nachdruck verfrachtet hatte, und bald konnte ich also nach ihrem Tod überdeutlich in allen Räumen die eigenen Fußabdrücke im Staub erkennen, was mich nicht weniger zu einem Phantom machte, das seltsamste Verhaltensweisen mittels verloren wirkender Fußabdrücke dokumentierte, und daher weiß ich in Anbetracht der Umstände auch nicht mehr, welcher drastischer Maßnahmen es bedurft hätte, um mich von diesem unglückseligen und keinesfalls von einem gesunden Menschen tolerierbaren Verhalten abzuhalten, und die Tatsache, dass ich schon seit Jahren dem Fräulein Gretchen in meinem Stammlokal gelegentlich, eigentlich sogar regelmäßig Avancen unterbreitete, machte es auch nicht besser, ein sachtes, nahezu dezentes Ansinnen stellten meine pathetischen Wortmeldungen freilich dar, dennoch waren sie als Andeutungen keinesfalls misszuverstehen, wo ich doch das Fräulein Gretchen von unserer ersten Begegnung an, diese überaus sympathisch findend, redlich und redlichst umwarb, und ich mich also wiederholt im Laufe der Zeit um ihre Gunst bemühte, immerzu ein ordentliches, wenn nicht gar fürstliches Trinkgeld gebend und mich sogar dabei nützlich machend, wenn zu viele Gäste sie um- und »zuschwirrten«, dann war ich mir nicht zu schade dafür, ihr ein paar der eingegangenen Bestellungen abzunehmen, Bier und Schnitzel und Gulasch aufzutragen, ja man könnte sogar konstatieren, dass ich mit meinen regelmäßigen Besuchen den ganzen Laden mit am Laufen hielt, und das alles nur, um eines Tages wie aus heiterem Himmel zu erfahren, dass das Fräulein Gretchen plötzlich geheiratet habe, es wäre ein wildfremder und keinesfalls Stammgast gewesen, zweimal nur hätte er zuvor das Lokal aufgesucht und alles just in jener Woche, in der ich kränkelnd und elendig vor mich hinsiechend, im Bett liegend, die gesamte Zeit über an das Fräulein Gretchen denkend, meine Angina verfluchte, jedenfalls sei alles Liebe auf den ersten Blick gewesen und schon am Sonntag in besagter Woche habe sie den im Wirtshaus Anwesenden freudestrahlend verkündet, sie kündige fristlos, selbstverständlich alle anwesenden Stammgäste spontan zur Vermählung einladend, dass diese doch im Standesamt vorbeischauen und sie hochleben lassen dürfen, nur ich war damals eben nicht zugegen, weil ich ja kränkelnd und elendig vor mich hinsiechend, schwitzend im Bett liegend und die gesamte Zeit über an das Fräulein Gretchen denkend, weiterhin und kurzatmigst meine Angina verfluchte, wohingegen anderweitig alles schnell vonstattenlief, und ich also just in jener verwunschenen Woche, und selbst noch in die nächste hinein, kränkelnd und leidend dem Wirtshaus fernbleiben musste, sodass mir alles erst später und viel zu spät zu Ohren kommend gehörig den Tag vermieste, und ich das Fräulein Gretchen auch nicht mehr im Gasthaus antraf, als ich wieder in der Lage war, dieses aufzusuchen, und eben dort erfuhr ich erst die wahren Ausmaße der Geschehnisse, was sich im Detail während meiner Abwesenheit alles zugetragen hatte, und was soll ich noch sagen, in mir waren nur noch Wut und Gekränktheit, mein Kopf dröhnte wie ein vollbesetzter Flug- und Fluchzeugträger, meine Gliedmaßen bebten derart, dass ich schon meinen musste, endgültig dem Irrsinn verfallen zu sein, ja ich konnte mich des Eindrucks nicht erwehren, wie eine Rassel geschüttelt zu werden, und da es mit der Zeit nicht wirklich besser wurde, verlor ich auch jegliche Hoffnung auf Wiederherstellung eines ohnehin nie gekannten Normalzustandes, soll heißen, ich fing mich freilich äußerlich wieder, das lästige Zittern hatte ich irgendwann wieder in den Griff bekommen, doch etwas war in meine Seele gekrochen, eine implodierende Unruhe und Hast, eine modrig riechende, lodrige Feuersbrunst, ein Nichtmehraushalten meines Wesens, meines Kopfes und meines Köpers, sie alle einer Geisteszersetzung mehr als förder- und zuträglich.

Es hatte vermutlich einen noch schlechteren Menschen aus mir gemacht, wie wohl ich, weiterhin andächtigst des Fräulein Gretchens gedenkend, beinahe regelmäßig, den alten Zeiten nachspürend und -träumend, das Badezimmer betrat, etwa an den Tagen, an denen es nicht ausgeschlossen war, dass ich aufgrund mir nicht einsichtiger oder nachvollziehbarer Umstände das Haus (in dem ich damals schon wieder wohnte) zu verlassen be- und gedenken könnte, um mich, sorgfältig zu waschen und zu rasieren, und mich also danach wieder unter die Leute zu mischen, vielleicht ja sogar im Stammwirtshaus vorbeizuschauen, wo mich längst keiner mehr vom Personal so richtig würde zuordnen können, weil doch, rückblickend betrachtet, das Fräulein Gretchen die einzige Person gewesen ist, die dort wirklich von mir Notiz nahm, meine Anwesenheit mit freundlichen Blicken und Worten überhaupt erst ermöglichte und befeuerte, die sich also nicht von mir angewidert gab, was damals schnell zu allerlei Tratsch führte, ja freilich war es nicht zu fassen, wie viele Schnitzel und Gulasche und überbackene Schinkenfleckerln ich dort, mich um sie bemühend und sie mit glühendsten Blicken umschmeichelnd, für das Fräulein Gretchen servierte oder kurzum selbst verspeiste, ohne richtig Appetit darauf zu verspüren, und erst die vielen Biere und Spritzer und Schnäpse, rückwirkend gar nicht auszudenken, wie wenig Freundlichkeit bei einem wie mir ausreicht, um ihn in einen hoffnungslosen und zu allem bereiten Säufer zu verwandeln, gewiss nicht, dass ich nicht schon zuvor einer gewesen wäre, aus mir ebenso kaum einsichtigen oder nachvollziehbaren Gründen, obwohl ich freilich doch alles auf das Elternhaus zurückführen kann, die spröde und immerzu ver- und beschämte Mutter, die mich nicht stillte und nie stillen wollte, weil es ihr zu »persönlich« oder peinlich oder beides war, wie ja auch schon der ganze leidige, gar leidigste Geburtsvorgang, dass die Ärzte da unten bei ihr zu- und anpacken mussten, während sie sich bei dieser Prozedur ganz weit weg wünschte, und erst der Gestank und triefende Schleim im Kreißsaal, der ja eigentlich ein »Kreischsaal« ist, wovon der Vater manchmal, verbal um sich schlagend und permanent unqualifizierte Bemerkungen nachlegend, gerne zu berichten wusste, dass sie mir jedenfalls all das Auf- und Hervorquellen niemals verziehen hätte, wie ich mir doch selbst vorstellen könne, und zum Vater (dem Versicherungsvertreter) wäre damit auch schon das meiste gesagt, mich von der Schule direkt auf den Bau befördernd, um irgendein zupackendes Manneshandwerk zu erlernen, dabei las ich damals noch gerne Bücher, deren Titel und Inhalte mir heute zwar nicht mehr ganz geläufig sind, doch blieb allemal etwas davon zurück, eine Erinnerung nämlich, an mich selbst als eine lesende und keinesfalls nur trinkende oder wütende oder in eigener Pein ertrinkende Person, die sich tagtäglich mindestens einmal dabei ertappte, ans Fräulein Gretchen zu denken, deren Leben ich mir zwangsläufig in bunten und noch bunteren Farben ausmalte, womit sich auch hinlänglich erklären ließe, warum ich damals das Haus meistens nur gedanklich oder tatsächlich nur noch dann verließ, um die allernotwendigsten lebenserhaltenden, eher noch -verlängernden Maßnahmen zu setzen, da es mir für einen wie auch immer gearteten und ausgeführten Selbstmord offensichtlich an Courage mangelte, soll heißen, die Außenwelt und ich standen uns als pathologische Widersacher gegenüber.

Als ich mich Jahre später nach einem unausweichlich anstehenden Friedhofsbesuch bei den an einem Gehirnschlag synchron verstorbenen Elternteilen unversehens vor meinem einstigen Stammgasthaus wiederfand, mich eigentlich auf dem Heimweg vermutend und leise einen belanglosen Polka- oder Walzertakt vor mich hinbrummend, um-ta-ta, um-ta-ta, lief ich rein zufällig und unversehens vor dem Gasthaus dem Fräulein Gretchen in die Arme, die soeben dabei war, ins Wirtshaus einzutreten, und sich zufälligerweise kurz umwandte und mich sofort erkannte, wie ich verdattert registrierte, unverzüglich freundlich grüßend, mir zuwinkend und verlautbarend, dass sie schon seit Monaten vor Ort ihrer alten Serviertätigkeit nachgehe, und sich auch bereits gewundert habe, wo ich, einer der treuesten und somit vermeintlich wichtigsten Stammgäste abgeblieben sei, und dass sie schon das denkbar Schlimmste (also wirklich Übelstes) befürchtete, soll heißen, sie sprach unablässig weiter zu mir und lächelte mich dabei an, und einen unendlich scheinenden Moment lang erblühten weitere und immer noch mehr mirakulös anmutende Sprechblasen zwischen uns, bis sie mir schließlich die Hand reichte und förmlich darum (und um mich) warb, doch mit ihr ins Gasthaus einzutreten, wo sie mir unverzüglich mein obligatorisches Gulasch und Bier kredenzen würde, alles wie in den guten alten Zeiten, und ohne eine Antwort meinerseits abzuwarten, zog sie mich auch schon wie ein Stück Vieh hinter sich her und mit sich in den Wirtshausmief hinein, in die schon damals und selbst heute noch stickigen, desperaten und zum Teil desolaten Räumlichkeiten, und, während sie weitersprach, dass ich niemals doch den Fehler begehen dürfe, zu heiraten und dann auch noch so einen verkappten, gewaltbereiten Trunkenbold und Nichtsnutz, als welcher sich der vormals ihrige augenscheinlich nach einer unstrittig wohlwollenden Einigkeitsphase entpuppte und die Ehe somit frühzeitig in die Brüche befördert hatte, zum Glück sei sie von ihm nie geschwängert geworden, und das sei auch schon das einzig Gute an dieser unglückseligen Liaison, die sie zwei Jahre ihres Lebens gekostet hätte, und ja doch, was soll ich schon groß zu meiner eigenen Verteidigung anführen, ich ließ mich bereitwillig, als das Stück Vieh, das ich offenbar bin, mit- und hinter sich herziehen, trat leichtfüßigst über die Schwelle und gewöhnte mich rasch an den üblichen Mief und die einem aufs Gemüt drückenden Licht- und Raumverhältnisse, und es war nach einigen Stunden fast schon wie früher, ich saß also wieder an meinem Stammplatz, in einer der immer noch mit Spinnweben durchzogenen Ecken, trank gierig mein Bier und freute mich auf das Gulasch, welches mir das Fräulein Gretchen mit einem Lächeln und allerlei freundlichen Worten in Bälde angedeihen lassen würde, als ich plötzlich, einen stechenden

Schmerz im Kopf verspürend und auf dem Tisch niedersinkend, gerade noch den Satz »Ich-fühle-mich-wohl-in-dieser-Spelunke« zu Ende denkend, resümierte, echt jetzt ein Gehirnschlag wie bei meinen Alten, bestimmt sei das auch noch einer, wo das ganze Leben an einem vorüberziehen werde, an sich also erblich unbedingt auf die Kosten der Eltern gehend, aber vielleicht wäre es insgesamt ja besser, endlich ein relativ moderates Ende (in vertrauter Umgebung) zu finden, nachdem ich ironischerweise erst vor wenigen Stunden den Friedhof aufgesucht hatte, um das dort verrottende, sich wie Schleim verhaltende und über alles legende Laub vom Grabstein meiner mir kosmisch zugeteilten Familie zu wischen, mir unweigerlich Vater und Mutter, die nur wenige Meter unter mir in der Erde lagen, vorstellend, ob diese etwa noch Haarbüschel auf ihren Köpfen trugen, oder ob die Schädel, bereits bis auf die Knochen abgenagt und im endgültig skelettierten, gar skelettiertesten Stadium verharrend, das wahre Ende der Welt herbeisehnten, und wie gerne hätte ich doch in jenem Moment mein Leben mit irgendeinem anderen beliebigen Dasein getauscht, nicht zuletzt mit der von Mikroben, Viren, Bakterien, ja sogar Pilzen, Pilzgeflechten und pilzverwandten Flechtwerken, Faden-, Bandwürmern oder ähnlich gallertartigen, gar gallertartigsten Verknotungen durchsetzten Erde, nur nicht mehr dieses Ich sein zu müssen, nicht mehr dieser Thom sein zu brauchen (was für ein Name auch), der wie ein unscheinbares Phantom, über einem Schießkeller wohnt, sich über das Leben und sich selbst wundernd, in Wirklichkeit auf ein Wunder wartend und wider besseren Wissens darauf hoffend, es möge doch bittschön eine andere Wendung nehmen, irgendein famoser Weg solle sich für ihn auftun, der tatsächlich, und nicht nur oberflächlich betrachtet, gangbar bleibt, einer dieser formidablen Fluchtwege, die einen nicht mehr in den Schießkeller, nie wieder ins Wirtshaus, nie mehr auf mit Eltern gedüngte Friedhöfe und schlimmere Orte geleiten, wie etwa in die vermaledeite, eigene und eigentlich zu vergessende Vergangenheit, die einem selbst ohne »Nahtoderfahrungen« ständig aufs Gemüt drückt, eine für mich hinfällige und hin- und hirnfälligste Örtlichkeit verkörpernd, ein in ihrem beklemmenden Wesen mich seit jeher begleitender und sich wie ein grauenvoller, gar grauenvollster Tinnitus in der Ohrmuschel ausbreitender, im Kopf und in allen Nebenhöhlen kreisender und kreischender Abgesang, der meinem Elend (und Dasein) vorsteht und den als höllische Tonfolge zu hören, freilich nur mir vorbehalten bleibt.

Es ist frappierend, dass ich selbst im Angesicht des Todes, während eines ordentlich aus- und durchgeführten Gehirnschlages, im Zustand gröberer, ja größter Panik nicht mit dem Denken und Grübeln aufhören, und auch nicht einfach loslassen kann, denn das freimütige Klammern ans eigene Dasein, ein Quäntchen noch am Leben teilhaben zu dürfen, nicht zu den Eltern befördert und in der Familiengruft verstaut zu werden, es hält meine zuckenden, sich windenden und nach wie vor in Aufruhr befindlichen Synapsen weiter in Alarmzustand, bis es mich schließlich siedendheiß durchläuft und ich in diesem kolossalsten Gedankenkarussell hören kann, wie jemandes kräftige Stimme zu mir dringt, mich freilich auslachend, ja eigentlich verspottend, die obendrein lapidar einwirft, es sei doch gar kein Gehirnschlag, was sich bei näherer Betrachtung keinesfalls als voreilige oder unangebrachte Aussage abtun, vielmehr jedoch unverzüglich nachweisen lässt, und ich es freilich selbst verspürend und am eigenen Körper, demnach Kopf, verorten könnend, unbedingt und unausweichlich zu akzeptieren habe, dass es sich also bei dem »störendstechenden«, ja verstörendst zustocherndsten Schmerz, der mich ergo befallenden tückischen Übelkeit, einhergehend mit besagter und zeitweiliger (einstweiliger) Bewusstlosigkeit, unwiderleglich um einen für jeden ertastbaren und tief in meinem Kopf eingedrungenen Dartpfeil handelt, der all die Ungemach bei mir auslösend, von einem der angeheiterten Wirtshausgäste freilich unabsichtlich, allerdings mit brachialster Wucht in den Raum geschleudert worden ist, vornehmlich, wie sich später eruieren lässt, um eines lässlichen, an einem benachbarten Tisch um einen Suppenteller kreisenden »Rieseninsekts« habhaft zu werden, doch geriet ebenda mein Kopf fatalerweise in die nicht einwandfrei oder überhaupt bedachte Schuß- besser noch Wurfbahn, und der Pfeil durchstieß folgerichtig meine sich am Hinterkopf befindliche Schädelabdeckung, genauer gesagt das Hinterhauptbein, und dort eine der verwundbarsten Schädelnähte, präzise gesagt handelte es sich dabei um eine aus medizinischer Sicht durchaus konventionellere Verwachsung namens *Lambdanaht*, die angeblich dem elften griechischen Buchstaben *Lamda* in ihrem Wachstumsbild nachempfunden ist, bei ausladender Gewalteinwirkung zu einem Fehlverhalten neigend, und sich nämlich also genau dort an der *Sutura lamdoidea* am *Os occipitale* die Knochenteile nun punktuell nachzugeben und aufzuklaffen entschlossen hatten, soll heißen, ich war schwer verletzt.

Wenn ich es bedenke, traf mich einer dieser gewöhnlichen, jedoch nicht minder tückischen Dartpfeile an einer absolut neuralgischen Stelle, und selbst wenn ich mir aus falsch verstandenem Stolz und demnach Selbstschutz vorgenommen habe, nicht weiter über die Details spekulieren zu wollen, ob also mein Kopf, vornehmlich der Hinterschädel, irgendwelche zusätzlichen, unscheinbaren oder grobmechanischen Mängel aufwies, die evolutionär keinesfalls gewollt sein konnten, die demzufolge ein leichtes Eindringen eines Dartpfeiles hinlänglich erklären oder rechtfertigen würden, tat ich es doch, und wäre ich selbst ein passabler Chirurg gewesen, ich wäre im Falle eines dergestaltigen Unfalls, während einer mir obliegenden Obduktion nach einem solch auffälligen, zweifellos kuriosen Todesfall, bestimmt ebenso erpicht gewesen, mich bei diesem Patienten auf eine ab- und voraussehbare mechanische Schwäche des Schädels zu versteifen, weil ja ein gewöhnlicher, im absoluten Normbelastungsbereich agierender Kopf gewiss mit links (und rechts) einen Dartpfeil abwehren, beziehungsweise diesem standhalten können müsste, und so war ich logischerweise im Wirtshaus der bis auf die Knochen blamierte Säufer, ein augenscheinlich auch schon äußerlich Verwesender, wie es sich an diesem Ereignis aus- und nachdrücklich demonstrieren ließ.

Natürlich gäbe es eine Menge anderer Dinge zu benennen und anzuführen, doch wo solle man da überhaupt anfangen, denn selbst wenn die Pfeilspitze einen lediglich unbeachteten und niemals restlos genutzten oder ausgelasteten Teil meines immer träger werdenden Gehirns durch- oder, genauer gesagt, anstach, blieb etwas davon zurück, soll heißen, es haftete mir wie so manches im Leben an, ein kleines, sich zwar rasch schließendes, mit den üblichen Körperflüssigkeiten auf- und zufüllendes Loch, kaum dass irgendwer, mit einem beherzten Ruck den Dartpfeil entfernend und im selben Atemzug schon nach einem weiteren Bier brüllend, diesen seinen Alltag also routiniert fortsetzte, während ich, nach wie vor ziemlich neben mir, halb ohnmächtig, dieses Missgeschick, genau wie auch weitere Unpässlichkeiten und Unzumutbarkeiten, die mich in einer penetrantest auf mich ein- und durchströmenden Regelmäßigkeit ereilten, nicht fassen konnte, nicht einmal inmitten einer unfassbaren und unter aller Menschenwürde liegenden Peinlichkeit, wollte ich das Anprangern meines gesamten Lebens sein lassen, weil eben doch jenes Grübeln, jenes leidend am Leben bleiben und nicht zu den Eltern in die Familiengruft verfrachtet werden wollen, die in mir zuckenden, sich windenden und nach wie vor in Aufruhr befindlichen Synapsen tatsächlich zusammenhielt, soll heißen, ohne die Möglichkeiten eines stetigen Nachdenkens und Erfassens der weltlichen Komplexität würde ich augenblicklich zerbröseln, direkt vor Fräulein Gretchens zierlichen, ja zierlichst ausgeformten Füßen wie eine hirnlose Qualle verdampfen, und selbst wenn also besagte Pfeilspitze ein (in meinem Fall) nicht weiter beachtenswertes Hirnareal, einen ohnehin nicht sonderlich ansehnlichen, weil viel zu flachen Hinterkopf durch- oder auch nur anstach, wurde mir wiederholt schwarz vor den Augen, sodass ich, vollkommen egal, wie sehr ich auch mit diesem in einer Bewusstlosigkeit mündenden Vorgang vertraut war, wider besseren Wissens, neuerlich an die Möglichkeit eines Hirnschlages dachte, was ja in dieser Situation längst und überhaupt keinen Sinn mehr ergab, bis ich plötzlich Fräulein Gretchens Wangenknochen recht nah an den meinigen registrierte, ihre elliptischen Augenbrauen und schwungvollen Wimpern, die Lippenbögen und die eingesprengselte »Braunbärenbluesiris«, soll heißen, sie, als einzige im gesamtem Raum, wirkte nach wie vor schockiert, vielleicht ja sogar ehrlich betroffen, woraufhin mich ein merkwürdig zersetzendes Gefühl beschlich, dass ich die meiste Zeit über gegen meinen Willen existiere und mich damit abfinden müsse, weil mir nichts anders übrigbleibt, und weil ich mich jeden Tag von neuem damit abfinde, komme ich überhaupt im Leben weiter, also dem Tod vor allem ein Stück näher, und weil ich in den Tod gehe und zu wissen glaube, was das eigentlich bedeutet, versuche ich mir auch alle möglichen Hilfsmittel der Ablenkung von dieser Erkenntnis gefügig zu machen, und erkenne, wenn ich denn genau hinsehe, auf der ganzen Welt keine anderen als fortwährend und lebenslänglich mit dieser Ablenkung Beschäftigte, die in allen Gasthäusern munter vor sich hinsaufen und Kellnerinnen betatschen und Dart spielen, und diese am Ende wahrlich alltägliche Wirtshausszenerie, mit mir »Blassgestaltigem« als kläglichem Mittelpunkt, war mir plötzlich entschiedenst zuwider, diese damit einhergehende Unannehmlichkeit an Fräulein Gretchens Arbeitsplatz zu »kollabieren«, wo ich doch ungern irgendwo auffiel und ich demnach, den Tag erneut inbrünstig verfluchend, mich in Luft auflösen wollend, endlich die Augen schloss, um das Gefühl von Schmerz und Pein endlich in den Hintergrund treten lassen zu können.

In den Vordergrund drängte sich allerdings bald penetrant eine mir ungebührlich erscheinende und sich exponentiell in mir aufbauschende Verzweiflung, wenn man das so ausdrücken darf, die mich darüber spekulieren ließ, wie es sich anfühlen würde, doch nicht mehr und ums Verrecken nie wieder die Augen zu öffnen, selbst wenn das Fräulein Gretchen weiterhin das erste und einzige wäre, das vor mir stünde, obwohl mich mein Gehör freilich mutmaßen ließ, dass sie inzwischen wieder aufgestanden und in Richtung Küche abgerauscht war, deutlich vernahm ich das Geklapper von Frauenschuhen, was bedeuten musste, dass das Fräulein Gretchen erneut drauf und dran war, mit der Schnelligkeit einer taktischen Boden-Luft-Rakete vielgepriesene Schnitzel zu kredenzen, Gulasch-Bestellungen aufzunehmen, und selbst am nächstbesten Bier zu nippen, also ihren eigentlichen Tätigkeiten nachzukommen, während mich jemand am Oberkörper gepackt hatte, um mich in einer der Wirtshausecken abzuladen, damit ich keinem der Gäste (und schon gar nicht dem Fräulein Gretchen) im Weg sei, etwa dem sich selbst so titulierenden »launigen Kurti«, welcher tatsächlich in einem früheren und ihm selbst kaum noch erinnerbaren, weil längst verblassten und verhassten Leben, ein gut gelaunter Arzt gewesen war (den sogar noch die Eltern gekannt hatten), bevor ihm das Schicksal wiederholt übel mitspielte, ja er schlussendlich vor allem nicht die Finger vom Alkohol lassen konnte (oder wollte), bis er summa summarum, seine ärztliche Zulassung verlierend und die Hypotheken und Einkäufe seiner wesentlich jüngeren Frau nicht mehr bezahlen könnend, nur noch versoffen anzutreffend, seine Vor- und Nachmittage, sowie Abende fortan im Wirtshaus verbrachte, wo wir gelegentlich auch miteinander ins Gespräch kamen, uns beiderseitig unserer »Lebensüberdrüssigkeit« versichernd, oder etwa der »widersinnigen Marie«, die sich zwar nur in überschaubaren Ausmaßen Alkohol zuführte, doch stattdessen unerquickliche, gar unerquicklichste Selbstgespräche führte, und dann gerne diverse Verschwörungstheorien ausführte, über »Chemtrails« und die inszenierte Mondlandung und so weiter, die selbst dann nicht zu unterbrechen oder abzustoppen waren, wenn ihr jemand eine scheuerte, als wäre ihr Redefluss vor allem dazu da, allen im Gasthaus einen Spiegel vorzuhalten, überall nur geborene Verlierer, die im Redeschwall der widersinnigen und sinnbefreitesten Marie aller Zeiten unweigerlich untergehen mussten.

Nur das Fräulein Gretchen war stets eine Ausgeburt an Freundlichkeit gewesen, vielleicht blieb das dem beruflichen Selbstverständnis geschuldet, jener für mich so gar nicht nachvollziehbaren Gabe, sich zuvorkommend und unablässig an alle im Laufe eines Tages (und einer Nacht) eintrudelnden Gäste zu wenden, schon um sich des in Anbetracht ihrer Person durchaus florierenden und gewiss auch zum materiellen Überleben erforderlichen Trinkgeldes sicher zu sein, doch erwuchs möglicherweise ihre gelegentliche Zuwendung mir gegenüber auch aus einer in Übermaß vorhandenen Anständigkeit heraus, die ihr das Leben selbstverständlich mit den Jahren austrieb, weil einem das Leben bekanntlich alles austreibt, davon können alle Lebewesen ein Liedchen trällern, und jedenfalls, der launige Kurti und ich sicherten mit gelegentlichen Gesprächen im Wirtshaus insofern unsere Existenzen ab, dass wir einander bewusst zur Kenntnis nahmen (immerhin waren wir zu dem Zeitpunkt keine Teenies mehr), wir sprachen vornehmlich während jener Stunden miteinander, wo uns das Fräulein Gretchen, bei aller Professionalität, links liegen ließ, und wir gemeinsam übereinkamen, dass eine menschliche, und bestimmt auch tierische Existenz, um überhaupt als eine solche definiert, abgesichert und ihrer vergewissert zu werden, untadelig mit allen Sinnen wahrgenommen werden muss, um nicht in den tumultischen, gar tumultischsten Stoßzeiten (vor allem im Gastgarten) verrückt und zermalmt zu werden, also zum wiederholten Mal nicht den einen umkreisenden, einen umzingelnden und einen durchpflügenden Windmühlenschaufeln anheimzufallen, die sich, meines Wissens nach, selbst in entlegeneren Wirtshäusern als huschende und den Glaskörper innerhalb eines menschlichen Auges trübende, dort umhertreibende »Schattenknoten« ausmachen ließen.

Ich war mit mir übereingekommen, solchen »Fingerzeigen« nur noch in seltenen Fällen Beachtung zu schenken, mich darauf zu beschränken, alle Ungereimtheiten und Windmühlen und überhaupt alle Ungeheuerlichkeiten als rein medizinische Phänomene zu erachten, was einem Ärzte und sonstige Fachkundige selbstverständlich von frühester Kindheit an nahelegten, keinerlei kaum noch vorhandenen Kräfte zu verschwenden, etwas an den elementaren, gar elementarsten Tatsachen und Bedingungen des Mensch-Seins (und seiner Psyche) ändern zu wollen, und das mir zusetzende Elternhaus war nun mal eine vorgegebene und als »gottgewollt« (auch wenn mir Gott scheißegal ist) anzusehende Konstante, das Wirtshaus, der

Schießkeller und so weiter schienen eine logische Konsequenz meiner Lebensumstände, hierbei selbstverständlich alle deduktiven Faktoren berücksichtigend, das Unheil musste förmlich nach meiner »Verunfallung« umso eindringlicher wieder Fahrt aufnehmen, während ich, ächzend und mich auf die mir fremd erscheinenden, weil nach wie vor tauben und sich dadurch entrückt anfühlenden Ellbogen stützend, drauf und dran war, eine der im Wirtshaus üblichen Körperhaltungen einzunehmen, ich mir also bloß nichts mehr von diesem Zwischenfall mit dem Dartpfeil anmerken lassen wollte, mir selbst unermüdlich beipflichtend, dass alles wieder im Lot sei, und obwohl ich, im Nachhinein betrachtet, dem Fräulein Gretchen freilich gar nicht erst ins Wirtshaus hätte folgen sollen, weil ich unter normalen Umständen längst wieder zu Hause oder bereits im Schießkeller anzutreffen gewesen wäre, den Friedhofsbesuch bei den friedlich (und vor meinem inneren Augen gefasst wirkenden) vor sich hinmodernden und meine Geistesverfassung nicht mehr meuchelnden Eltern vergessend, und ja doch, wo auch nichts von dieser physischen Kopfverwundung je passiert wäre, blieb ich dort weiter hängen, ergab mich meinen ausschweifenden Gedanken, überall nur noch ich und die illuminiertesten Schießscheiben aller Zeiten, ich und das dämmrig wie mit Brackwasser getränkte oder schlicht in meiner Wahrnehmung dergestaltig verfärbte, gewissermaßen ortsübliche schießkellerliche Lichtflimmern, in welchem ein Phantom vortrefflich unter- und abzutauchen versteht, selbst eine brackige, wenn nicht gar brackigste aller jemals auf der Erde umherwandelnden Existenzen, deren persönliche Anfänge in der Hölle selbst anzusiedeln wären, als vermeintlich brackigeste Umgebung überhaupt, soll heißen, dem mütterlichen Uterus, obwohl jener Körperteil in seiner sich einem förmlich aufdrängenden Körperlichkeit, man möchte das beinahe schon als »Überkörperlichkeit« subsumieren, im Wesentlichen als einziges das Leben in seiner ursächlichen Ursprünglichkeit veranschaulicht, als wäre ein darin gefertigtes, neues Lebewesen zugleich eine niemals leichtfertig dargebotene Gabe, derer man sich später unablässig würdig erweisen müsse, was, wie wir alle wissen, keinesfalls folgenlos bleiben kann, denn diese von einem eingeforderte Dankbarkeit, die ich an meinem Tisch sitzend und die Ellbogen abstützend, nach wie vor verspürte, keinesfalls jedoch versprühte, sie stand ausschließlich mir selbst zu, es war nämlich ein Wunder, es überhaupt aus eigener Kraft so weit geschafft zu haben.

Meine Blicke folgten dem emsigen Fräulein Gretchen, unablässig war sie im Wirtshaus unterwegs, von der Theke zu den Tischen, sie huschte sicheren Schrittes aus der Küche in den Gastraum, wie bei einem Tennismatch im Fernsehen geriet man dabei förmlich in einen Zustand monotoner, gar monotonster Entschleunigung, das Pochen im Kopf allmählich abklingend, beinahe verspürte ich so etwas wie eine punktuelle Zufriedenheit, ja Selbstgefälligkeit, was durchaus mit der vom Dartpfeil hervorgerufenen Verletzung des im Hinterkopf liegenden Gehirnareals zu tun haben könnte, das sich für Wahrnehmung und Auslegung der Realität als unabkömmlich zeigte, in einem jeden Wissenschaftsmagazin ließ sich mittlerweile auf eigene Faust ergründen, welche Gehirnzonen wofür zuständig waren, bei meinem Glück waren die sich im Hinterkopf befindlichen Regionen in Mitleidenschaft gezogen worden, die sich einerseits mit der Steuerung von Bewegungen und Erkennung von Reizen im Raum befassten (Parietallappen), also etwa der Kontrolle von Hand- und Augenbewegungen, und die andererseits visuelle Impulse verarbeiteten (Occipitallappen), beziehungsweise das Gleichgewichtsgefühl und die Kontrolle der gesamten Motorik durch das Aufrechterhalten des Muskeltonus garantierten (Cerebellum), soll heißen, mir war zwar nach wie vor etwas flau, doch war ich zu eingelullt, um mich noch über irgendetwas aufzuregen.

Nach einem zügig getrunkenen Bier, vom Fräulein Gretchen vorsorglich aufs Haus gebucht, und während ich mir weiterhin die am Hinterkopf nunmehr spärlicher austretende Flüssigkeit abtupfte, ließ sich sagen, dass der friedhöfliche Beigeschmack des schon zuvor mühsamen Tages wie weggewischt war, die Eltern vegetierten plötzlich in unsäglicher Entfernung auf einem fast schon fremden Planeten im Grab dahin, sodass ich sogar den abstrusen Gedanken fasste, niemals irgendwelche faktischen Hersteller oder Gebärer gehabt zu haben, und was für einen Segen eine solch mythische Manifestation seiner eigenen Existenz doch darstelle, welche Freiheiten diese ab- und losgelöste Ausgangskoordinate doch mit sich brächte, weil man sich mit einem Schlag aller leidigen, gar leidsamen, hinter Holztüren und verdreckten Glasscheiben abspielenden Sozialisation entledigen konnte, soll heißen, was für ein Segen, ein zur Welt kommen ohne einem auferlegte biologische, pädagogische und kulturhistorische Hypotheken, welche abzuzahlen und restlos zu tilgen von einem unbedingt erwartet werden würde, und nichts »Wesentliches« mehr schultern zu müssen, sich einer niemals zuvor gekannten Leichtigkeit hingeben zu dürfen, man muss sich das auf der Zunge zergehen lassen, segensreich, äußerst segensreich, wie etwa die Vorstellung, auf den von meinem Brust- und Bauchraum aufgenommenen und vom Radiologen sorgfältig ausbelichteten Röntgenbildern in die dort sich abzeichnenden Schatten endlich keinerlei elterliche Umrisse mehr hineinzuinterpretieren, ein Umstand, der sich gewiss gewebezersetzend und gewebezerstörend ausgewirkt hätte, all die schattigen Fratzen mit spitzen Nasen (Mutter) und tiefliegenden Augenhöhlen (Vater) und hungrigen Maulöffnungen (Mutter und Vater), gemeinsam und in selten gekannter Einigkeit an meiner Leber und den Nieren kauend, sie allmählich verdauend und später ausscheidend, als wäre selbst das Innerste eines ihnen anvertrauten, gar ausgelieferten Individuums ein einziges großes Scheißhaus, als wäre die ganze einen umgebende und keinesfalls für annehmliche Lebensumstände sorgende Gesellschaft ein einziger großer Scheißhaufen, welche die gewebezersetzenden und gewebezerstörenden Handlungsweisen aus purer Bosheit potenziert, also etwa die Vorstellung, mir nicht unentwegt Gedanken darüber machen zu müssen, wie ich auf andere mir nicht wohlgesonnene Wesenheiten wirke, deren verächtliche, freilich verächtlichste Blicke mich in allen Lebenslagen ver- und begleiten, die mir wie die Wind- und Tretmühlen nachstellen, die sich doch normalerweise niemals aus eigener Kraft aus ihrem einzementierten und passgenauen Fundament lösen, jedenfalls verfolgen mich diese mit einer Selbstverständlichkeit, als wäre ich ihre Leitkuh, ihre fleischgewordene Leit- und Verleitkultur, ein Umstand, der eigens für mich und meinesgleichen ersonnen worden war, um einen reibungslosen Fortbestand dieser mir (und uns allen) nicht wohlgesonnenen, mich (und uns alle) zerstreuenden und zerhetzenden und zerdrückenden und zerschmelzenden und zernagenden und zerfressenden und zerlegenden und zersetzenden und einen (und uns alle) durch und durch zerstörenden Gesellschaft zu gewährleisten, die mit Hilfe von Windmühlen gegen jene Individuen vorgeht, die sich ihr instinktiv und von frühester Kindheit an widersetzen, und die solche Individuen in den Suff oder in Schießkeller oder in langwierige, niemals an ein Ende kommende hinfällige, hin- und hirnfälligste Therapien, immerzu aber in fortwährend sich ausweitendere, einen innerlich und äußerlich ausbeulendere Verwahrlosungen treibt, bis förmlich ein jeder Funke der einst in einem beheimateten Güte hinweg exorziert worden ist.

Ich möchte nicht mehr an mich verstörende, meinem gescheiterten Dasein entsprechende Analogien und Geschehnisse denken müssen, vornehmlich die mir im Laufe der Jahre ins Fleisch übergegangenen Infernalitäten, die mich nach wie vor förmlich ein- und an- und aussaugen, so geschehen etwa bei dieser einst durch alle Nachrichtensendungen geisternden Sache mit einem gewissen Todd Domboski, vor welchem sich unverhofft als zwölfjähriges, krumm gewachsenes Bürschlein aus dem Nichts der sprichwörtliche Abgrund auftut, als dieser plötzlich übel riechende Rauchschwaden im großmütterlich gepflegten, ja sogar grundsätzlich wohlgestalteten Garten aus einer sich weitenden und weiter öffnenden und immer weiter sich verzweigenden Bodenspalte steigen sieht, die ihn unverzüglich zu verschlucken droht, sodass er sich schließlich verzweifelt, an der Spaltenkante festkrallend und wie am Spieß in der ihn ergreifenden Hitze, in all dem Rauch und Dampf brüllend, auf das Schlimmste gefasst macht, sein Heil auf den herbeieilenden Cousin setzend, der Todd in der Tat unter Aufbietung all seiner Kräfte aus den lebensgefährlichen Umständen zu manövrieren versteht, wonach beide im Anschluss mit weichen Knien resümieren (und später auch in diversen Nachrichtensendungen resümierten), es sei dort über und in der Spalte dergestalt, als würden in der Erde tausend Teufel heulen, geschehen anno dazumal im bis eben da gedeihenden und prosperierenden Städtchen mit dem vielversprechenden Namen Centralia in Pennsylvania.

Und während viele in den nächsten Tagen und darauffolgenden Wochen noch über das Gesagte witzelten, dass sich Centralia künftig wenigstens die Heizkosten sparen würde, weil sich immer weitere Erdspalten an durchaus günstigen, freilich auch ungünstigen Stellen auftaten, aus welchen allerlei Gase und weiterhin infernales, gar infernalstes Geheul drangen, man würde jedenfalls im Winter keinerlei Schnee schippen müssen, sagte man, und im Frühsommer noch vor anderen landwirtschaftlichen Regionen reichhaltigste Tomatenernten und so weiter einfahren können, sagte man, dämmerte es der Öffentlichkeit allmählich, was Sache war, weil sich schließlich auch das ganze Ausmaß der nunmehr alles beherrschenden Tragödie offenbarte, und weil ja im Untergrund, in den unter der Stadt sich befindlichen und überall im Großraum Centralia ansässigen Kohleschächten offenbar ein gewaltiges Schwelfeuer sein Unwesen trieb, welches sich allen Löschversuchen widersetzte, vielmehr misslangen die diesbezüglichen Einsätze auf breiter Front, vollkommen egal, wo man diese Löschversuche auch unternahm, ob nun über Erdspalten in privaten Garagen oder über Erdspalten bei der Tankstelle oder über Erdspalten im Rathauskeller und so weiter, ja selbst an der Wurzel allen Übels gelang den aus ganz Pennsylvania anrückenden Feuerwehren keinerlei nennenswertes Husarenstück, nämlich der Lage endlich Herr zu werden, genauer gesagt einer entlegeneren Mülldeponie am südlichen Stadtrand ordentlich zu Leibe zu rücken, die in unmittelbarster Nähe des »bürgerkrieglichen« Veteranenfriedhofs lag, dessen Umzäunungen bezeichnenderweise längst mit den Begrenzungen der Mülldeponie verschmolzen, und eben dort die Feuerwehrbelegschaften mit redlichen, gar redlichsten Absichten unermüdlich Löschwasser zu den glimmenden, in den sich zuunterst in den vor sich hingärenden Müllbergen befindlichen Feuerherden pumpten, allerdings sackten dabei diese nur tiefer ins Erdreich ab, sie entzogen sich allen weiteren gut gemeinten Löschversuchen, und, wie spätere Untersuchungen nahelegten, waren es vornehmlich besagte Feuerherde gewesen, die bis zu längst aufgelassenen und fast schon vergessenen Anthrazitkohleminen absanken, um dort nach wie vor gewaltige Vorkommen zum Schwelen und Glühen zu bringen, sodass Centralia fortan weiter zuoberst der Brandherde treiben würde, ein Inferno sondergleichen wohlgemerkt, welches alle unangebrachten Witzeleien darüber schon bald und für alle Zeit verstummen lassen würde.

Die meisten Bewohner unternahmen zunächst keinerlei Anstalten, der liebgewonnen Heimat den Rücken zu kehren, vielmehr befürworteten sie, wie auch Todd Domboski und seine Sippschaft, dabei stoisch diverse Einschränkungen in Kauf nehmend, auf Wendepunkte der beträchtlichen Misere hoffend und sich in bewährter Manier gegen die durch Feuer und Gas hervorgerufenen Gefahren wappnend, die Einfuhr und Käfighaltung von Kanarienvögeln an allen neuralgischen Punkten der Stadt, sie beschlossen demnach, an nahezu allen wichtig scheinenden Örtlichkeiten einen Vogelkäfig platzieren zu lassen, deren »Insassen« auch regelmäßiger den höher werdenden Konzentrationen von Kohlenmonoxidauswürfen zum Opfer fielen, während die tief unten in der Erde wütenden Schwelfeuer immer noch weitere Altstollen befielen, ja die schon bald überall durch die Erde aufsteigende Hitze selbst Baumstämme aushöhlte, und alle Versuche, diese Katastrophe einzudämmen, also etwa radikale »Bodenversiegelungen«, blieben zum Scheitern verurteilt, vollkommen egal, wie viel finanzielle Unterstützung auch aus dem fernen Washington nach Centralia transferiert wurde, bis schließlich der Kongress seine Geduld in der Angelegenheit verlor, Todd Domboski und die noch verbliebenen gut eintausend Einwohner insgeheim hinter vorgehaltener Hand verfluchend, jedenfalls eine Zwangsräumung und Umsiedlung des gesamten Areals erwog (und bald auch beschloss), woraufhin sich etliche Bürger aus zum Teil sentimentalen, zum Teil rechtlichen Gründen widersetzten, sich in den noch intakten Häusern und weiteren Gebäuden des öffentlichen Raumes verschanzten, bis irgendwann alle Geduldsfäden der zuständigen Behörden rissen, und tarnfarbene Bulldozer und Planierraupen der Marke »Zet« und allerlei brachiale, gar brachialste Kräne mit Abrissbirnen anrückten, um alle noch stehenden

Häuser, Kirchen, Schulen und sogar öffentlichen Toiletten dem Erdboden gleichzumachen, womit also Todd Domboski und die anderen »Centralianer« notgedrungen in die umliegenden Wäldern umsiedeln mussten, nach Möglichkeit fern der auch dort klaffenden und sich weiter verzweigenden Erdspalten, bis man schließlich der Stadt und der gesamten durchaus noch in den Nachrichten präsenten Region sogar ihre Postleitzahlen absprach, und auf neuesten Landkarten den Landkreis Centralia gar nicht mehr offiziell vermerkte, geschweige denn ihn überhaupt ein- oder kennzeichnete, geschweige denn sich um das Schicksal von Todd Domboski scherte, der viele Jahre lang den Fort- und Niedergang Centralias mit seinem Smartphone dokumentierte, unermüdlich immer neuere und noch aktuellere Erdlochüberwachungs- und Spaltenvideos in den sozialen Netzwerken hochlud, die den giftigen Dampf und Rauch anprangerten, welche in dichtesten Schwaden über dem Landstrich waberten, begleitet vom schrillen, gar schrillsten Zischen ausströmender Gase, angeblich vor allem Schwefelwasserstoff, der in der Nase und in den Augen brannte, und der sich als seifigster Film auf den warmen Erdboden absenkte, auf das bräunlich verfilzte Gras, die längst abgestorbenen und abgebleichten Bäume, die zerbröselnden Felsen und Schutthalden, und im Laufe der Zeit versiegten die Beiträge Todd Domboskis, ganz egal, wie viele Klicks und Gefällt-mir-Angaben sie in den sozialen Netzwerken generiert hatten, bis schlussendlich, und ja doch, auch in meinem Bewusstsein, diese grauenvolle Naturkatastrophe (lediglich eine von unzähligen!) tatsächlich in Vergessenheit geriet, ab und an mal als Randnotiz von lokalen Reportern aufgewärmt, die sie in lokalen Fernsehstudios mit lokalen Gästen thematisierten, dass die Flammen immer noch reichlich Nahrung vorfinden würden, um sage und schreibe ein ganzes Jahrtausend weiterzubrennen, den Boden also weiterhin röstend und selbstverständlich unbewohnbar machend, fast schon schlimmer als atomare Endlager, und dass dieser Schandfleck eine Unzumutbarkeit für die gesamten Vereinigten Staaten sei, die als vermeintlich mächtigste Nation der Welt nicht einmal der in einer Kohlemine grassierenden Feuersbrunst gewachsen waren.

Über solche und ähnliche Bankrotterklärungen kann ich nicht hinwegsehen, die mich an der Gesellschaft (und mir selbst) zweifeln lassen, selbst wenn mich zunächst nichts unmittelbar mit den Ereignissen und Schicksalen in Verbindung bringt, die mich in keinster Weise physisch involvieren, und doch erkenne ich darin allerlei sich offenbarende, infernale Repressalien und nahezu schicksalhafte Wendungen, die Auswirkungen auf meine und die allgemeine Geistesverfassung haben, so also auch geschehen bei dieser leidigen Angelegenheit um Todd Domboski, dessen weitere lebensgestaltenden und lebenserhaltenden Maßnahmen sich meiner Kenntnis entziehen, doch kann ich mich nie wieder von diesen bedrückenden Ereignissen lösen, weil sie fortan zu meinem Innersten zählen, jenem geisteskreierenden und an sich erst geistesmöblierenden Inventar, welches mich unausweichlich an das eigene Scheitern erinnert, das unweigerlich Erdspalten und Erdrisse und Stolperfallen aller Art für mich bereithalten wird, einen jeden meiner Tage zur Lotterie erklärend, in welcher zu gewinnen bekanntlich fast unmöglich ist.

Selbstverständlich missfällt mir die Vorstellung, es als ein unausweichliches Szenario zu akzeptieren, vielmehr suche ich nach für mich erträglicheren Über- und Ausblendungen, vielleicht ja einfach nur armseligen Ausflüchten, die in allem augenscheinlich Bösartigen und Unglückseligen etwas Tröstliches bereithalten, dass etwa selbst mittelalterliche Vor- und Darstellungen des Fegefeuers, beziehungsweise jener angsteinflößenden Hölle in Centralia, längst der uns umgebenden Realität entsprechen, dass demnach die Versinnbildlichung und Zurschaustellung eines solchen Ortes nicht mehr aus der Welt zu denken ist, dass man keinerlei weiteren Anstoß daran nehmen muss, soll heißen, dass selbst mittelalterliche Vorstellungen heute erneut ihre Gültigkeit unter Beweis stellen, und dass sich in einem nächsten Schritt die in der Erde bestatteten Leichname (Mutter und Vater!) erheben werden, um über uns zu richten, und was das für Urteile sein werden, das vermag ich mir gar nicht auszumalen, denn einzig und allein ein Restmaß an Unwissenheit bewahrt mich vor noch schlimmeren Gedankengängen, wenn auch meine Unwissenheit und Unzulänglichkeit und unbedingte Unbedachtheit eine andere zu sein scheint, wie etwa jene der »trauerklößlichen« Elternteile, die gewiss gedacht haben müssen, mit meiner überhasteten und keinesfalls durchdachten Erzeugung (also meiner »Sichtbarmachung« in der Welt), ihre zerrüttete, seit vielen Jahren sich auflösende Ehe zu sichern, was naturgemäß nicht funktionieren kann, so sehr man sich vielleicht anfänglich ein solches Ergebnis herbei wünscht, dass es also zwischen zwei verheirateten Menschen funktionieren solle und daher auch zu funktionieren habe, wobei sonnenklar bleibt, dass solche und andere unverblümt nur das Beste in allen heraufbeschwörende Land- und Seelenlandschaften mit Vorliebe von würdelos naiven Existenzen gemalt werden, das Kind müsse und werde es (in jenem kaum aufgeklärten Gefüge!) schon richten, aus welchem folglich und unterm Strich absolut unaufgeklärte und vom ersten Atemzug an zerstörende oder selbstzerstörerische »Wrackmenschen« werden, die man obendrein noch in einem widerlichen Milieu absetzt (Schulen, Baustellen, Banken, Versicherungen, Militär, Sport und Politik), das sich keineswegs aus aufgeklärten, liebevollen und haltgebenden Menschen zusammenfügt, und folglich nur noch weitere »Möchtegerngebärer« produziert, die niemals nachvollziehen können, was sie ihrem Nachwuchs antun, und wenn man erst zu bedenken beginnt, mit welcher hirnrissigen Akribie die Todd Domboskis in der Welt ausgesetzt werden, mitten hinein in die abscheulichsten Abgründe, zwischen perfiden Windmühlen und allerlei anderen einen zutodedreschenden und zutodehäckselnden Begleitumständen, die es vermögen, eine jede, selbst im geringsten Ausmaß aufstrebende Existenz mit voller Wucht zu Boden oder gar bis unter den Boden zu fegen, freilich mit geringer, gar geringster Aussicht auf irgendeine Besserung, so vegetiert man lieber stoisch weiter, innerlich brennend und im eigenen Sud köchelnd, von immer neuen Wirr- und Hindernissen oder Ungereimtheiten zermatscht werdend, ja es muss einem doch ein ungläubiges Kopfschütteln darüber gestattet sein, dass nämlich wie am Fließband, soll heißen hochindustriell, von Grund auf verlorene und niemals eine Chance auf ein glückliches Leben habende Kinder in die Welt gesetzt, besser noch gezerrt werden, die von ihren Erzeugern aus einem einzigen und in keinster Weise legitimierbaren Selbstzweck »zusammengepfuscht« worden sind, wobei allen klar sein müsste, dass ein solches Kind in solchen Verhältnissen eine Beziehung maximal belastet oder, in Anbetracht der überforderten Elternteile, zweifelsohne belasten wird.

Wenn ich eines erkannt zu haben glaube, dann ist es die Tatsache, dass alle Existenzen in früheren (oder auch späteren) Lebensjahren unweigerlich von Melancholien und Depressionen und Wutausbrüchen und ähnlichen Zuständen heimgesucht werden, und dass sie für gewöhnlich nicht anders agieren, als ihre ver- oder sonstwie abgeschiedenen oder verabgeschiedeten Erzeuger, ja es wird für sie für gewöhnlich noch um etliches schlimmer und durch die Bank miserabler, was bei genauer »Ansichtwerdung«, eigentlich Betrachtung der Gesamtpopulation und der allgemeinen Lage überdeutlich, gar überdeutlichst zu erkennen ist, dass nämlich immer mehr Menschen immer weniger auf die Reihe bekommen, und dass sie alles obendrein auf Kosten anderer betreiben, was mittlerweile sogenannte Individuen längst als Status quo erachten, der ohne allen Zweifel als fortschrittlich, gar fortschrittlichst gilt, weil sich schließlich ein jeder in seiner Egomanie daran hält und sich dementsprechend verhält, doch äußert sich darin nur eine unter der Oberfläche brodelnde Zerstörungswut und Degeneriertheit, die ausdrücklich beweist, welche Sozialisationen und Erziehungsmaßnahmen (also Kindheiten) diese Menschen genossen haben, beziehungsweise mit welchen Inkompetenzen sie be- und gegossen wurden, und wie soll man es ihnen schlussendlich ankreiden, wenn sie doch niemals auch nur den Hauch einer Chance gehabt haben, ein eigenes, selbstbestimmtes und freies Leben zu führen, soll heißen, Nachsicht üben darf man freilich nicht, am allerwenigsten ist sie bei einem selbst geboten, da man um keinen geringfügigsten Deut besser ist.

Wir alle werden von den gleichen Windmühlen zer- und gemahlen, sie knirschen und blecken und fletschen ihre Mühlsteinzähne und gebären wahrlich dystopische Feuersbrünste und Rauchschwaden, bis ich es selbst, ob nun mit oder ohne Dartpfeil im Kopf, zu verinnerlichen, ja zu akzeptieren habe, dass selbst im Erdinneren gewiss noch schrecklichere »Monstermühlen« am Erdkern nagen, die vielleicht auch noch vorgeben, den Planeten in Wahrheit am Laufen zu halten, doch drehen wir uns bekanntlich lediglich im Kreis, in einer »Todesspirale«, wenn man so will, die neuere und noch dümmere Generationen erneut zu periodisch wiederkehrenden Fragen verleitet, ob die Erde nicht doch eine Scheibe sei, eine flächige, gar flächigste Fläche, und ob uns Gott in drei oder fünf oder gar sieben Tagen erschuf, ach dieses unerträgliche Geschwafel und die grässlichen Borniertheiten höhlen mich förmlich aus, sie erfüllen Leute wie mich und vielleicht ja auch Todd Domboski nur mit weiterer Missgunst, mit unendlichem Missmut, der zu der Frage führt, wie weit man diese überall auf einen einprasselnde Beschränktheiten und jene Indoktrinationen in Gang setzende Eigenverblödungen noch treiben kann, bis die Gesellschaft restlos implodiert, bis es niemanden mehr gibt, der sich gegen eine ihm übergestülpte Zukunft stellt, eine Zukunft der restlos weichgespülten Massen, in welcher ein grüblerischer, alles hinterfragender Charakter nur sinnbefreit wirkt, soll heißen, ich bin eine von allen (guten) Sinnen verlassene Kreatur, die ihre eigentlichen Geistes- und Körperdefekte vergeblich zu kaschieren sucht, und ich bin seit ich denken kann, diversen Niederträchtigkeiten, niederträchtigstem Spott und sonstigen abwertendsten Kommentaren ausgesetzt, woran man sich nie wirklich gewöhnt, wie etwa, warum sich so ein verhurter Quadratschädel wie ich nicht einfach ducken und dem Dartpfeil ausweichen, warum ich verlauste Grausbirn nicht endlich das Fräulein Gretchen in Ruhe lassen kann, ob ich mich ernsthaft nicht meiner Blicke schäme, und erst diese kleinkrämerischen Anbiederungen meinerseits, dass ich doch im Schießkeller vermodern solle, wo ich schon immer hingehört habe, mich dort in unheimlicher, gar unheimlichster Weise mit dem Schießpulver vermengend, das mein »Hineinwachsen« und anschließendes Hinüber- und Immer-tiefer-gleiten in einen absurden Wahnsinn beschleunigt, als würden sich die stumpfsinnigsten familiären Prophezeiungen erfüllen, als würde ich endgültig in dunkelsten Wogen und Wellen untergehen, ich, der Spross einer Rabenmutter, die meine wesentlichsten Gefühls- und Nervenzentren förmlich eingeebnet und dem Erdboden gleich gemacht hat, denn zeitlebens wurde ich ständig bewertet, gewogen, abgewägt, in meiner Kindheit sogar öffentlich »vorgewogen«, um nachzuweisen, dass ich genug zu essen bekäme, dass ich gesund sei und mich schon noch entwickele, mich also auf gar keinen Fall »rückentwickele«, selbst wenn es den Anschein haben mag, und es hätte schon damals einen Menschen gebraucht, der sein Herz noch am rechten Fleck, der eben von mir wirklich Notiz nehmend, vielleicht die sprichwörtliche Reißleine ziehend oder sich heroisch in eine angedachte Schusslinie werfend, seiner eigentlichen Menschenpflicht nachkäme, mich unverzüglich aus diesem florierenden Wahnsinn zu befreien, vielleicht wider besseren Wissens einzuschreiten, anstatt die einem Kind zugemuteten Lebensumstände mit seinem Schweigen zu goutieren, wo man doch ohne energischste Interventionen weiterhin für alle Zeiten dem Wahnwitz ausgeliefert bleibt, vornehmlich einer rigiden Primitivität und kafkaesken, in der Tat kafkaeskesten Borniertheiten, die ihre Mühlsteinzähne fletschen und sich was pfeifen.

Während also ein Leben an mir vorüberzieht, frage ich mich unweigerlich, wessen Leben das in Wahrheit sein mag, weil es jeglichen Entwicklungen von Lebensfreude zuwiderläuft, und es insofern kein Wunder ist, dass mir damals als einzige von allen im wirtshäuslichen Fiasko das Fräulein Gretchen eine ungetrübte, gar ungetrübteste Lebensfreude bei ihrer Serviertätigkeit an den Tag zu legen schien, derer sie sich nicht zu schämen brauchte, und nicht, dass ich mich je dessen geschämt hätte, keinerlei wie auch immer geartete Lebensfreude, gleich bei welcher Tätigkeit oder in welcher noch so sorgfältig geplanten und ausgestalteten Freizeit, in mir zu tragen, vielmehr erschien mir eine solche Bürde, also das glatte Gegenteil von Lebensfreude aus- und abzustrahlen, eine Todessehnsucht vielleicht, oder ein offensichtliches Lebensleid, fast schon produktiv, ja irgendwann musste eine solche Einstellung zu der logischsten und gängigsten und nachvollziehbarsten Konsequenz in einer uns verschlingenden und fiesest kompromittierenden Welt werden, ganz zu schweigen von den daraus resultierenden und darauf beruhenden Verhaltensweisen, wie etwa jenem grießgrämigen Zuwarten in Gesellschaft versoffener und gesellschaftlich ebenso hintangestellter Gleichgesinnter, auch wenn man prinzipiell schon wesentlich Sinnvolleres mit seiner Zeit anzustellen gewusst hätte, demnach also mit Menschen, vielleicht sollte ich sie auch lieber als Mitmenschen bezeichnen, abhängt, die sich zumindest im Suff als kompatibler mit meiner Gesinnung erwiesen, und ich es in solchen Momenten tatsächlich nicht ausgeschlossen hätte, diese lose Verbindung vielleicht dadurch zu bezeugen, dass ich ihnen solidarisch den eklektisch von der Stirn tropfenden Schweiß oder den eingetrockneten Bierschaum aus den Mundwinkeln wische, oder, sollten solche »Kumpane« etwa einer unerwarteten Bettlägerigkeit anheimfallen, dass einen (also mich) bei solchen Not- und Vorfällen nicht bereits antizipativ und automatisch das grässlichste Grausen über- und befällt, wenn ich beispielsweise in Gedanken ein fremdes Zimmer durchschreite, um dieselbe, abgestandene, stinkende Luft einzuatmen, bevor ich, zugleich mit zittrigen Händen die Vorhänge aufreißend und lüftend, den pochenden Kopf aus dem Fenster strecke, um diesen unter dem grauen Himmel abzustellen, freilich aus einer Not heraus, mich im mir dort anhaftenden Gestank nicht zu übergeben, bevor ich solidarisch die klebrigen Essensreste entsorge, sie in Plastiktüten schaufele und den Müll wegtrage, um mich daraufhin erneut die steilen Stufen hinaufzuquälen, um erneut in das Zimmer des bettlägrigen »Beinahe-schon-Freundes« einzutreten, ein paar unverfängliche Freundlichkeiten im Raum verteilend und so ansprechendste Laune versprühend, erneut Dinge sagend wie, bald bist du über dem Berg, alles wird gut, das ganze Wirtshaus vermisst dich und so weiter, Lippenbekenntnisse, die in solchen Fällen einer fast schon kameradschaftlichen Solidarität leichter aus einem hervorsprudeln, als im sonstigen (und leidigen) Sprachgebrauch, wo dergestaltige Be- und Anmerkungen von mir ausschließlich ironischer Natur oder schlichtweg geheuchelt sind, und nach dem mühseligen »Essensresteaufgeklaube« und der wiederholten Lüfterei, läge es dann vielleicht an mir, vor dem fluchtartigen, gar fluchtartigsten Verlassen der fremden Wohnung, den mitgebrachten Kamillentee aufzubrühen und ihn in einer Teekanne ans Bett in Reichweite zu stellen, und was unvermeidbare Fäkalien und dergleichen beträfe, Grundgütiger, eine solche solidarische Gesinnungsübereinstimmung hatte ich noch nie und mit keiner Menschenseele je geteilt, vollkommen egal, wie versoffen und dementsprechend willig ich zu sein glaubte.

Ich versuchte wiederholt meinem Leben eine andere Wendung zu verpassen, strebte danach, nicht ohne einen gewissen Eifer an den Tag zu legen, den vielbemühten »Fokus« auf etwas Erfreuliches zu richten, bei dem mich nicht unverzüglich ein fast schon latenter, gar latentester und kaum steuerbarer Würgereflex be- und anfällt, den ich freilich mit einem manierlichen Lächeln zu kaschieren trachte, mich dabei unverzüglich und angewidert vom eigenen Spiegelbild abwendend, um der Summe meiner Unzulänglichkeiten keine weitere Bühne zu bieten, was in unseren aufpolierten, ja aufpoliertesten Urbanitäten, all den Schaufenstern und Glasfassaden und Autolacken und so weiter schwer genug fällt, ständig und überall wird man widergespiegelt, undeutlich, schemenhaft und verzerrt, doch langt eine Reflexion allemal aus, um sich beim Grinsen (und

Würgen) zusehen zu müssen, man würgt und grinst und würgt und grinst, sodass am Ende alle, die sich (wie ich) vornähmen, einen (also mich) dabei zu beobachten, sich gehörig wundern und den eigenen Augen nicht trauen würden, dass also so einer wie ich, der munter vor sich hingrinst und mutmaßlich über ein heiteres Gemüt verfügt, im nächsten Moment dermaßen traurig aus der Wäsche schauen kann, sich selbst in aller Öffentlichkeit verfluchend, ja zutiefst verachtend, und ich grinse und würge immer weiter, bleibe in allem ein irreparabler Gegenentwurf zu jedweder ungetrübten Lebensfreude, bin längst dazu verdammt, die Welt nur noch mit Vorsicht zu »genießen«, so wie auch ich, in Anbetracht meiner Grießgrämigkeiten, nur noch mit äußerster Vorsicht zu genießen bin, weil ich diesen von mir gar nicht ein-, genauer gesagt, völlig ungeplanten Aufenthalt auf diesem Planeten als lebenslängliche Haftstrafe erachte, die abzusitzen ich mit vorgehaltenem Uterus gezwungen worden bin, und nicht, dass ich mich an etwas erinnern könnte, das im Vorfeld dieser ganzen Misere passiert wäre, ich also irgendeine »vorweltliche« Schuld zu begleichen gehabt hätte, die ich nunmehr abarbeiten müsse, es ist wohl einzig und allein die Sache meiner Eltern gewesen, in diesen Wahnsinn einzuwilligen, und ihn durch ihre Einwilligung überhaupt erst zu ermöglichen, den Thom, dieses hier nichts zu suchen habende Phantom, ins irdische Jammertal zu verfrachten, was einer Geisteserweiterung und Geisteserleuchtung größtmöglich abträglich ist, ganz zu schweigen von allgemeinen, ihm (also mir) auferlegten und gar nicht oft genug zu bekrittelnden Lebensumständen, die einer »Geistesbeengung« und Geistesnötigung par excellence gleichkommen, einem (also mich) einer jeglichen Zuneigung beraubend und einem (also mir) eine jede noch so kleinste Lieblichkeit absprechend, ja diese förmlich abklemmend, wenn nicht gar unwiderruflich abtötend, und so blieb ich demnach viel zu lange den überforderten, ja überfordertsten Erziehungsberechtigten ausgesetzt, ihrer kaputten und immer doch irgendwie verklemmten Ehe, der jeglicher Gestaltungswille verloren gegangen war und die sich unweigerlich der Vernichtung aller guten Dinge verschrieben hatte.

Das Fräulein Gretchen hatte es wahrlich in der Hand gehabt, mich in Anbetracht ihrer ungetrübten, an manchen Tagen auf mich einprasselnden, sonnigen, gar sonnigsten Lebensfreude, auf andere Gedanken zu bringen, mich also, im Unterschied zur übrigen Welt, zu keinen weiteren Verzweiflungstaten aufzustacheln, mich demnach in obskure Schießkeller oder auf modrige Friedhöfe zu treiben, wo ich, wohl der Kompensation wegen, fremde Grabsteine umzutreten fast schon als Annehmlichkeit erachtete, soll heißen, einerseits schämte ich mich natürlich meiner Wut (die sich feige über längst vergessenen Toten entlud), andererseits war sie mein einziges, echtes Lebenselixier, die ich in all ihren Facetten zu begreifen und handzuhaben versuchte, was sich umso bizarrer darstellte, da ich mich gut an den Moment erinnerte, in dem ich als Kind nur zu gern und unentwegt alle umarmt und liebkost hätte, ja mit Freuden wäre ich damals auf die Menschen zugegangen, hätte mich auf sie eingelassen, hätte sie wertgeschätzt, doch stattdessen hatten sie sich entschieden, mir als teuflisches Kollektiv jegliche Zuversicht zu rauben, sie hatten die Unschuld förmlich aus meinem Innersten herausgeklaubt, und so verwandelte sich das Leben allmählich in eine stinkende und brennende Müllhalde, voller kleinster, unglückseliger, ja unglückseligster Vorfälle, derer ich mich nicht mehr in ihrer Gesamtheit erinnere, doch bleiben einige anzumerken, wie etwa die Vorkommnisse im Zusammenhang mit der hinterfotzigen, gar hinterfotzigsten Gemüsehändlerin namens Pospischil, gleich vor der elterlichen Behausung vis-a-vis, die mich im zarten Knabenalter unverfroren beschuldigte, einen krausen Krautkopf entwenden zu wollen, der mir in Anbetracht von in ihrer eigentlichen Ursächlichkeit nicht mehr genauer eruierbaren Bodenerschütterungen vor die Füße und schließlich von mir weg gerollt war, obwohl ich diesem, höflich wie ich mich damals noch gab, ohne auch nur einen Moment lang zu zögern, auf der abschüssigen Straße nachsetzte, um ihn unverzüglich wieder auf seinen Platz im Außenregal vor dem Lebensmittel- und Gemüseladen der Frau Pospischil zurückzuverfrachten, als just in diesem Atemzug die Gemüsehändlerin, sich müde streckend, laut furzend und säuerlich blickend, vor das Geschäft trat, um einer ihrer geliebten Zigaretten zu frönen, und also meine gesamte, bereits angelaufene und in Gang befindliche Krautkopfrettungsaktion schon dadurch zunichte machte, indem sie proklamierte, ich sei ein dreckiger und lausiger Langfinger, der nicht einmal vor Krautköpfen haltmache, und dass sie das gar nicht weiter verwundere, wenn sie erst mal darüber nachdächte, sie wisse ja schließlich, wo und bei wem ich wohne, und was für nachlässige Individuen meine Erziehungsberechtigen doch wären, wodurch sich meine charakterliche Vernachlässigung, ja Verwahrlosung hinlänglich erklären ließe, worin ich ihr später freilich würde beipflichten müssen.

Oder wie etwa dieses unverschämte, gar unverschämteste Vorkommnis mit dem Fräulein Leonore, die mich eines schönen Tages bezichtigte, ihr unter den Rock gelugt, sie also sexuell belästigt und bloßgestellt zu haben, als sie sich, an der Bushaltestelle zu mir um- und die Augen verdrehend, mit schriller Stimme darüber echauffierte, was ich verschlagene Dreckskröte mir denn da einbilde, während ich also zu dem Zeitpunkt hinter ihr auf dem Boden kniend, nach einem mir aus der schweißnassen Hand geglittenen, rundlichen Fruchtkaugummi fischend, diesen vergeblich zu fassen ersehnte, welcher ihr dann fast schon zwischen oder, besser gesagt, unter die Beine gerollt, beziehungsweise eindeutig dabei war, den für mich unglückseligen Weg zwischen ihre hochhackigen Lackpumps einzuschlagen, sich der Fruchtkaugummi also, von mir wegrollend und meiner Einflusssphäre offenkundig entgleitend, geradewegs mit der Mission zu beeilen schien, hurtig zwischen ihre netzbestrumpften Beinen zu gelangen, um obendrein an dieser für mich ungünstigen, gar ungünstigsten Position zu verharren, ja welcher eigentlich, wenn ich genauer darüber nachdenke, in diesem Moment bereits in jenem »Zielgebiet« angelangt war, eben noch sachte wippend und zwischen Fräulein Leonores Beinen ausrollend, ja sich dort nahezu höhnisch einparkend, obwohl es mir noch gelang, den Fruchtkaugummi im letzten oder eigentlich doch allerletzten Moment zu fassen zu bekommen, also dorthin, unter ihre Beine, zwischen ihre Lackpumps zu langen, um mir diesen mit einem breiten Grinsen in den Mund zu stopfen, weil mir kaum Taschengeld ver- und gegönnt war, und ein solcher Fruchtkaugummi aus einem obendrein nagelneuen Kaugummiautomaten eine kostbare Sache für mich darstellte, soll heißen, ein wohlhabenderer und -feilerer Junge, demnach einer aus behüteten, begüterten und generell gut situierten Familienverhältnissen, hätte es vielleicht gar nicht erst versucht, er hätte sich die Schmach erspart, einem ihm entglittenen Fruchtkaugummi nachzujagen, wo man ihn doch dazu erzogen hatte, nichts vom Boden in den Mund zu stecken, womit also selbst das erboste Fräulein Leonore lediglich eine Manifestation jener prekären, gar prekärsten »Lebensunverhältnisse« darstellte, die mich weiterhin gefangen und im übertragenen Sinne auch am Boden hielten, und die Tatsache, dass ich in meiner näheren Umgebung nunmehr sowohl als Langfinger als auch Sittenstrolch tituliert und geführt wurde, schlug mir auf den Magen und ließ mich eine ganze Weile nicht zur Ruhe kommen.

Oder also wie etwa dieses leidige, gar leidigste Vorkommnis mit Oberrevierinspektor Salzgeber, welcher sich mich, ohne den geringsten und auch nur einigermaßen plausiblen Grund, eines schönen Tages auf dem Nachhauseweg vorknöpfte, schlicht weil er, dieses überdeutlich bekundend, mit meiner, ich zitiere, Visage nicht zurande zu kommen gewillt wäre, und ich somit bereits mein letztes Stündlein herandräuen sah, und ich obendrein verdattert, ja ein- und »vergeschüchtert« stammelte, da wären wir immerhin schon zwei, die sich heute eine andere Visage gewünscht hätten, doch blieb der unbeholfene Versuch, holprige Situationskomik zu betreiben, die selbst im günstigsten Fall schwerlich einer Auflockerung dienlich gewesen wäre, freilich unerwidert, also jene leichtfertige Anmerkung, die in weiterer Folge sogar als Angriff auf die unantastbare Autorität der mich maßregelnden Obrigkeit erachtet wurde, oder, um es noch deutlicher auszudrücken, als Widerstand gegen die Staatsgewalt, und Oberrevierinspektor Salzgeber, der doppelt oder dreimal oder sogar viermal so viel wog wie ich, diese zum Anlass nahm, mir genüsslich den rechten Arm auf den Rücken zu drehen, jedenfalls versuchte er es, so gut es ging, da ich instinktiv und einer spontanen Eingebung folgend dieser Repressalie dadurch zu entkommen suchte, dass ich mich wie ein glitschiges und immer glitschiger werdendes Tier wand, dessen biegsame Gliedmaßen zwar in die Fänge eines stärkeren »Predators« geraten waren, doch die Situation nicht kampflos hinnehmen wollten, und Oberrevierinspektor Salzgeber, ein augenscheinlich wenig ausgeglichener Mann, musste mich daraufhin in den Schwitzkasten nehmen und mir im Anschluss an die schmerzhafte Prozedur meine Rechte erläutern, die ich offenbar als Bürger dieses Landes genoss, und von welchen ich damals zum ersten Mal hörte, dass sogar solche wie ich vor dem Gesetz nicht einfach nur entbehrliches Freiwild sind, und noch später lag Oberrevierinspektor Salzgeber gerne irgendwo in der Stadt stundenlang auf der Lauer, um mich schwererer und noch schwerwiegenderer Vergehen zu bezichtigen, die ohne Zweifel nur eine Frage der Zeit sein konnten.

Man möchte behaupten, dass ich es ihm mit meinen überspitzt schnippischen und immer noch schnippischer geratenden Wortmeldungen, ja generell meiner Adoleszenz, nicht unbedingt schwerer machte, mich sonstwie »auflaufen« zu lassen, andererseits war es nicht von der Hand zu weisen, dass ich mich nur noch gelegentlich im mir angestammten, allerdings auch abgegrasten Viertel blicken ließ, die grässlichen und meinem labilen Wesen niemals gerecht werdenden Knabenjahre verflogen, sie wichen einer mich prunklos, gar prunklosest ereilenden Volljährig- und Vollmündigkeit, die geradewegs dazu angetan war, den Mund zu voll und die Beine in die Hand zu nehmen, sich demnach genüsslich in anderen Ecken und Vierteln auszubreiten, um dort die vermeintlich meiner harrenden Freiheiten zu genießen, all die Gestaltungs- und Ausweichmöglichkeiten, was freilich nur in ein belangloses Herumlungern ausartete, während ich filterlose, sich im Mund und auf den Schleimhäuten förmlich auflösende Zigaretten (A3 und Flirt) konsumierte, billigstes Dosenbier dazu trinkend, und je nachdem an welcher Baustelle ich einem stupiden und einer jeglichen Erfüllung abträglichsten Tagwerk nachzugehen hatte, blieb es meine Profession, Gerüste hochzuziehen, Gerüste abzubauen und Gerüstteile auf Lastwägen zu verstauen, Gerüststangen von den Ladeflächen der Lastwägen zu den entstehenden oder zu renovierenden oder gar auszuschlachtenden Gebäuden zu befördern, fast schon in der Hölle vorgefertigte, monotonste Tagesabläufe waren das, die sich in einer quälendfolterhaften Art glichen, die mich paraly- und traumatisierten, diese niemals endenden, ununterscheidbaren, einem selbst im Schlaf nachstellenden, langweiligsten Handgriffe, und erst die damit verbundenen Vorgesetzten und Aufsichtspersonen, aufgedunsene Bauleiter, Magistratsmit- und Vorarbeiter, präpotente Lastwagenfahrer, ordinäre und ordinärste Kollegenschaften und allerlei mit ihnen auszutragende Querelen, maulende und vermaulteste Rudeldialoge und Platzhirschmonologe, die man mehrheitlich unter Zuhilfenahme des zugehörigen Vokabulars wie Pudern, Schnackseln, Goschnhauen und Aufmotzn charakterisieren könnte, wobei letzteres die gängigen fahrbaren und bisweilen, gemäß gültiger Straßenverkehrsordnung, nach einem dergestalteten »Tuning« streng genommen unfahrbaren Untersätze thematisierte, die freilich auch nur pauschal im Dienste des Puderns, Schnackselns und Aufschneidens standen, was wohl insgesamt dazu beitrug, mich schon damals in fluide, gar fluideste Zwischenwelten abgleiten zu lassen, deren Unauslotbarkeit und Unfassbarkeit ich mit relativ beschränkten und meiner Geistesverfassung entsprechenden Mitteln zu dechiffrieren suchte, weil mir ja jene »Tiefsinnigkeiten« grundsätzlich Trost zu spenden imstande waren, jene mich ermunternden, gar muntermachenden Phantasie- und Zwischenwelten (aufgenommen und förmlich aufgesogen aus diversen Buchlektüren), die freilich immer öfter hinter diffusen, ja eigenmächtig konfus agierenden Nebelbänken im Kopf zu verschwinden beschlossen hatten, was gewissermaßen auch in der Realität witterlich bedingte Entsprechungen fand und vernebelnde Erschöpfungs- und Abwesenheitszustände während meiner Baustellenschichten hervorrief, soll heißen, ich war jedenfalls nie wirklich ganz bei der Sache, was sich auf Baustellen bekanntlich auf unterschiedlichste Arten rächen konnte, was ich wiederum vehement auf diverse (echte) Wetterkapriolen abzuschieben wusste, demnach auf den Schnee oder Regen oder Schneeregen oder Hagel oder Wind oder die einem das Hirn verbrutzelnde Sonne, welche zugleich wie mit grobkörnigem, gar grobkörnigstem Schmirgelpapier meine Gesichtskonturen malträtierte, wenn ich mal wieder gedankenverloren den Hammer hatte fallen lassen oder mich und andere anderweitig gefährdete, ja ich versuchte es in Wahrheit wirklich, mich im Rahmen der damaligen Berufsausübung stoisch auf die noch vor mir liegenden Tätigkeiten zu konzentrieren (und alles Ungemach auf das Wetter zu schieben), um meine zusehends aus den Fugen geratende, und sich in solchen Augenblicken wahrlich verflüchtigende Persönlichkeit »beisammen« zu halten, mich also ernsthaft darauf zu fokussieren, Gerüste hochzuziehen und diese wieder abzubauen, Gerüstteile auf Lastwägen zu verstauen, und Gerüststangen von den Ladeflächen der Lastwägen zu den gerade entstehenden oder zu renovierenden oder gar auszuschlachtenden Gebäuden zu befördern, einer Windmühle gleich rotierten dabei meine Arme, bis ich mir dabei beide Schultern auskugelte (natürlich war der Wind schuld!), soll heißen, es war insgesamt unausbleiblich, dass es in diesen Tretmühlen früher oder später kein gutes Ende mit mir nehmen, dass es mit Nachdruck zu regnen beginnen würde, einer mich hinwegspülenden Sintflut gleich.

Plitsch, platsch, Plätschermatsch, die eigenen, sich mit Regenwasser füllenden Fußabdrücke im Auge behaltend, mich an den schmierigen Lastwagen lehnend, immerzu auf Abstand zu den Kollegen, als wäre ich ein ungenutzter und noch seiner endgültigen Bestimmung zuzuführender Gegenstand, ein unterschätztes Reserverad, ein praktischer, gar praktischster Reservetank, allemal ein taugliches und verwertbares Utensil, ein Aktivposten in einer Baustellenkostenkalkulation, ein Nützling, dem man, ohne sich darüber zu beklagen, seine Zweckdienlichkeit belässt, mich keinesfalls also als sinnwidrigen, ja sinnwidrigsten Fremdkörper aus- und anmacht, wie Oberrevierinspektor Salzgeber und die Gemüsehändlerin Pospischil oder das Fräulein Leonore, wie alle auch mir namentlich nicht mehr geläufige, in der Führerkabine des Lastfahrzeuges sich vor dem Regen schützende Kraftfahrzeuglenkerbagage, die das Fenster bestenfalls einen Spaltbreit nach unten kurbelt und sich obendrein bemüßigt fühlt, mir mitzuteilen, dass mir so ein erfrischender Regenguss vielleicht ja endlich doch den Kopf freispüle, mich Hurensohn ordentlich durch- und abwasche, und dass sie gerne bereit wären, mich anschließend hingebungsvoll »durchzuwringen«, und dass ich »hilfsarbeitlicher Saubeitl« gefälligst einen Respektabstand zum Lastwagen halten solle, meine Drecksfinger könnten die Karosserie beschädigen, und sie würden mich schon auf Trab bringen, sobald das Gewitter etwas nachlasse, sodass die von mir zu verrichtende, mir auf den Leib geschriebene Drecksarbeit des Ein- und Auf- oder Umladens von Lastwägen auf Baustellen weiter vorangehen könne, und noch viel mehr wussten sie abzusondern, dessen ich nicht weiter Zeuge sein wollte, ich verkrümelte mich stattdessen in eine der Betonkammern des Rohbaues, wohl in ein künftiges Wohnzimmer mit bereits intakten Zwischendecken, eigentlich ging es mir gar nicht mal so schlecht, wo ich doch tatsächlich damals eine erste Freundin hatte, also eine richtige Freundin, mit der ich wirklich ging (nicht so wie später mit Gretchen), blitzegscheid war sie obendrein und ihre Anwesenheit in einer der von mir gelegentlich aufgesuchten Diskotheken kam sowieso einem mittleren Wunder gleich, und erst unsere daraus resultierende Bekannt- und später Liebschaft, ich hätte zu dieser Zeit das Glück vielleicht pachten, die unausweichlich mir anhaftende »Kopfverdrossenheit« ablegen, eine faktische Linderung meines untrüglich, ja untrüglichst sich in geringschätziger und missratener Weise gestaltenden Lebens herbeiführen können, doch blieb Uner- und Abträgliches in meinen Kopf weitestgehend erhalten, die schädliche und in mir hausende Beeinträchtigung des seelischen Fundaments gedieh nach wie vor prächtig, welche es mit perikulöser Präzision darauf anzulegen wusste, unentwegt beeinträchtigendere Kommentare und Geringschätzungen wider meinen Mitmenschen abzusondern, um andere und möglicherweise gesichertere, ja vielleicht sogar glücklichere Existenzen in dieser Welt von ihren Sockeln zu stoßen.

Eine solche Haltung musste, was auch nicht weiter verwunderlich ist, vornehmlich, ja unweigerlich zu einem Bauchfleck meinerseits führen, wie schon einst in Schwimmbädern, unter gestrenger elterlicher Aufsicht (freilich der des Vaters), meine Fähigkeit, mich in gekonnterer Manier ins Wasser hineinzumanövrieren an meinem Unvermögen scheiterte, mich mit dem Kopf voran ins kühle Nass zu stürzen, so geschehen im Grunde genommen auch bei Vroni, meiner ersten richtigen Freundin, eigentlich ja Vroni Frohnatur, wie ich sie in einem Tanztempel nach ein paar formidablen Gläsern Colarot salopp für eine Konversation zu motivieren suchte, was nach etlichen vergeblichen Anläufen und unter Zuhilfenahme einfacher und einfachster, assoziativ sich gestaltender Worthülsen wie »wusstest du, dass sie Colarot neuerdings als kalte Muschi in den Getränkekarten führen« oder »hättest du nicht auch Lust auf ein Baucherl (Colaweinbrand)«, schließlich unter Zuhilfenahme einer bei mir damals hochangesehenen, wenn nicht gar hochangesehensten

Buchlektüre fruchtete, besser noch voll ein- und anschlug, da Veronika Grünspan, wie sie der Ordnung halber mit vollem Namen hieß, den Titel und Umschlag betrachtend, die zufällig aus meiner Jackentasche hervorlugten, eben da während meines unerquicklichsten Gelabers den Buchtitel registrierte und sich sogleich darüber mokierte »den liest du jetzt nicht ernsthaft«, was uns fortan reichlichst Anknüpfungspunkte bot, uns darüber auszutauschen, eher noch uns zu echauffieren, über dieses und jenes und vornehmlich übereinander.

Diese zunächst harmonische Verschränktheit unserer Seelen rief wohlweislich fortlaufend brutale, gar brutalste Verdrießlichkeiten auf den Plan, allemal in den wenigen aktiveren Monaten unserer waghalsigen Liäson, sodass wir uns schon bald fast nur noch überfälligen und somit schon wieder überflüssigen Aussprachen widmeten, deren eigentliche Sinnhaftigkeit bestenfalls in der Konfrontation zweier nach Meinungshoheit ringender Seelen begründet lag, die naturgemäß nahezu alles anders auffassten, als vom Gesprächspartner offeriert, obwohl mich das im konkreteren Fall von Veronika Grünspan in Anbetracht ihrer familiären Disposition nicht mal weiter verwunderte, eine klassische und im eigentlichsten Sinne untadeligste Salzburgerin, die von Geburt an alles und jedem in ihrer Familie nach(g)eiferte, und deren geistige Beflecktheiten seit Unzeiten in klerikalen Bürgerlichkeiten gediehen, familiengeschichtlich einzig und allein von einer nationalsozialistischen Verwerfung zäsiert, als sich der vordergründig überbordende Klerus mit einem Schlag aus den meisten diesbezüglich notorisch bekannten und bornierten Köpfen verflüchtigte, um fortan Platz für eine Gesinnung zu lukrieren, die andere Töne anschlug, und doch auch wieder nicht, weil doch der Gesinnungsnährboden, unabänderlich jeglicher Aufklärung und Solidarität entsagend, ja diese niederringend und allem Guten zuwider handelnd, weiterhin erhalten blieb, ein klimatisches und klimatischstes Albtraumbiotop gewissermaßen, das einem jeden gesunden oder halbwegs sich bei Sinnen befindlichen Menschenverstand fern bleiben sollte, soll heißen, auch mir, besser gesagt jenem Autor, den ich damals für mich entdeckt und gerne gelesen hatte, ja dessen Werk ich eine Weile selbst in fragwürdigeren Umgebungen wie Diskotheken und Baustellen mit und bei mir führte, ihn bisweilen sogar vor anderen zitierte, wie etwa, wir brauchen ja nur in die Familien hineinzuschauen, in welchen wir immer ein Opfer der Verspottung und Verhöhnung finden, wo drei Menschen sind, wird schon einer immer verhöhnt und verspottet, und die größere Gemeinschaft als Gesellschaft kann ohne ein solches oder ohne mehrere solcher Opfer überhaupt nicht existieren et cetera, wohl auch um dem eigenen familiären Umfeld und der mich umgebenden Umwelt verbal etwas entgegenhalten und -setzen zu können, jedenfalls und allemal handelte es sich dabei um versponnene Gedankengänge eines widerständigen und ebenso von Windmühlen gebeutelten Individuums, welches, allen Widrigkeiten zum Trotz, der verstädterten Farce und Bürgerlichkeit mittels seines Intellekts habhaft zu werden versuchte, um nicht unter die sprichwörtlichen Räder zu geraten, die wiederum eine ruchlose, gar ruchloseste Inbesitznahme und Inbeschlagnahme der seelischen Gesundheit forcieren, um diese obendrein wie klebrigste Teigware zu unsagbaren Widerwärtigkeiten auszuwalzen, und sie schlussendlich denjenigen in die Mäuler zu stopfen, die diese verneinend öffnen, so wie auch ich oft genug in meiner Kindheit.

Veronika Grünspan stopfte mich nahezu akribisch samt ihrer anhängigen Familie aus, ohne freilich selbst jemals die wahren Ausmaße dieser Taktlosigkeit zu durchsteigen, diese demnach zu begreifen, und zu erfassen, und also etwas zu »überreißen« (kapieren), was ja theoretisch schon möglich gewesen wäre, so wie es doch angeblich ein durchführbares Unterfangen darstelle, sich und seinesstatt aus dem vererbten Sumpf zu ziehen, sich über seine Herkunft hinwegzusetzen, die Bejahung einer entarteten Bürgerlichkeit einzustellen, um anderen zwischenmenschlich weniger verdrießlicheren, vielmehr ersprießlicheren Entwürfen eines Miteinanders zu folgen, um nicht zuletzt die Wut auf die Verursacher und vornehmlich kapitalistische Leistungsträger krankhafter Geltungssucht zu lenken, den unendlich scheinenden Einschränkung in Kopf und Geist entsagend, sich von der falsch verstandenen und immer schon falsch gelebten und sich unsäglich ins Niederträchtigste verzweigenden Bürgerlichkeitsdoktrin, sich als etwas Besseres zu erachten, ablösend, was mich als Person damals ebenso einbezog, weil ich doch mit Vroni diverse zarte und zärtlichste Bande zu knüpfen gewillt mich zeigte, die mich kurzfristig zum Familienmitglied erklärten und gleichermaßen zutiefst anwiderten.

Wir trafen uns eine Weile, um über symptomatische Buchlektüren und die sich weiter ver- und aushärtenden Haltungen zu sprechen, um uns in der Regel schon nach kläglichen zehn

Minuten nicht mehr darüber und auch sonst nicht weiter kontroversiell unterhalten zu wollen, da wir unisono übereinkamen, dass solche konsensuellen Bemühungen, die ein Ausräumen von Meinungsverschiedenheiten bei schwerwiegenderen Themenkomplexen in den Vordergrund rückten, einer jeglichen wie auch immer gearteten harmonischeren Beziehung abträglich wären, und die Wahrscheinlichkeit hierbei einen grünen Zweig vor- und aufzufinden, sich also auf etwas zu verständigen, praktisch null sei, nicht den uninspiriertesten Nutzen erkenne sie, die Vroni, jedenfalls darin, im anschließend ein- und die Gemüter zersetzenden Schweigen, das freilich nicht ewig anhielt, da wir es zähneknirschend, aber formvollendet verstanden, uns stattdessen über diverse Belanglosigkeiten auszutauschen, die für gewöhnlich Feindseligkeiten in einem erträglichen, ja durchaus erträglichsten Rahmen hielten, wie wohl man schon anmerken muss, dass derlei Bemühungen, nach einer friedfertigen, pubertierenden Seelen innewohnenden Sehnsucht, sich in harmonischer Gleichförmigkeit zu ergießen, weitestgehend im Nichts verpufften, vornehmlich bei den gelegentlichen und doch kontinuierlich stattfindenden Besuchen ihrer Familie, welche schon aus traditionellem Gebaren heraus eine zutiefst repressive Atmosphäre in ihrem herrschaftlichen Salon (= Wohnzimmer) heraufbeschwor, um die kleinste, ja selbst die allerkleinste wohlwollend gemeinte Andeutung meinerseits im Keim zu ersticken, weil die Interessen dermaßen verschnöselter, unsolidarischer Gesellschaftsschichten immerzu andere waren, als jene der mir wichtig scheinenden Aufklärung, und ich legte schon beim ersten Besuch einen grandiosen, wenn nicht gar famosesten Fehlstart mit letzterer Anmerkung hin, an der sich etliche am wohnzimmerlichen Tisch außerordentlich stießen, denn eine oder die Aufklärung verstanden sie nicht als ursächliche Maßnahme zur Aneignung einer gerechtfertigten oder zumindest gerechtfertigteren Bildung und Chancengleichheit für alle, weil doch Bildung für alle in ihrem Weltbild selbstverständlich einen reaktionären Akt darstelle, welcher sich niemals auszahlen könne, und lieber solle man also der Obrigkeit und gemeinhin den Eliten Respekt zollen, diesen einzig wahren Leistungsträgern mit Achtung begegnen, und gleich von Geburt an müsse ein solches Bewusstsein einem jeden Bürger anerzogen und in einem jeden Individuum verankert werden, natürlich nur zum Wohle aller, und falls man als Erziehungsberechtigter erst später die Vorzüge dieser, ich meine doch Gehirnwäsche, realisiere, dass es dennoch sinnvoll wäre, diesbezügliche Haltungen und Meinungen selbst in Jugend- und Erwachsenenjahren eingetrichtert zu bekommen, um ein nationales Bewusstsein zu fördern, das weniger begüterte, also bildungsferne, ja bildungsfernst gehaltene Gesellschaftsschichten im Sinne einer Lenkbarkeit der Massen gefügiger mache, was sie mir gegenüber freilich nicht unmittelbar, jedoch unverhohlen so zu verstehen gaben, und dass mir, damals noch in einem Anflug jugendlichen Leichtsinns, die Aufklärung wie die einzig wahre Befreiung der Menschheit erschien, was wiederum in ihren Augen alle Errungenschaften, ja Heiligtümer der Menschheit torpedierte, diese willentlich stürzte, sie mutwillig, gar mutwilligst zerstörte, während doch in Wahrheit nationale Heimatverbundenheit und christliche Religion alles in Waage hielten, nur sie bewahren uns vor dem Chaos, ich solle das doch bitte endlich mal gründlich überdenken.

Womit wir stillschweigend auch im Wohnzimmer übereinkamen, nicht mehr über diesen einen Autor oder überhaupt noch ernsthaftere Unterredungen zu pflegen, soll heißen, man meinte, wo die Liebe hinfalle, das sei zwar schön und gut, und möglicherweise tatsächlich ein probates, wenn nicht gar einziges Mittel Gesinnungen zu erweitern, und doch sprachen wir, also in weiterer Folge wieder Vroni und ich, selbst bei Heurigen und in Diskotheken bald nur noch übers Wetter, seine vielschichtigen, gar vielschichtigsten Kapriolen und die damit einhergehenden Phänomene, etwa den sich vornehmlich in Salzburg allseits manifestierenden, ja nahezu vorgefertigt wirkenden Schnürlregen, welcher mir gefühltermaßen überall hin, auf Gedeih und Verderb, zu folgen schien, kaum dass ich am erst kurz zuvor umgestalteten Bahnhof einem Zug entglitt, und selbst wenn es im eigentlichen Sinne nicht unmittelbar zu regnen schien, verspürte ich etwas Be- und Vernetzendes auf meiner Haut, spindeldürrste Regenfäden, die nur mit empfindsamsten Hautpartien wahrnehmbar blieben, sich den Augen also entzogen, immerzu wie triefende Spinnweben eine Genervtheit hervor- und in mir abrufend, die mich in ihrer Heftigkeit selbst überraschte, und allfällige Vron'sche Abpassungen am Bahnhof ihrerseits zu einem Spießrutenlauf deklassierten, wo wir doch vom ersten Moment an äußerst angespannt unsere Hände fassten und schüttelten, als könnten wir dadurch irgendein Unheil von uns abwenden, die krankmachenden Wetterverhältnisse ausblenden und uns Lohnenswerterem zuwenden, trauterer Zweisamkeit und einem gemeinsamen Weg etwa, also nicht unbedingt in den Schoß ihrer Familie, die mich stets als einen Fremdkörper betrachtend abzustoßen suchen würde, einem engen und zu einpferchend gekauften Bergschuh nicht unähnlich, dem man zunächst noch zugestehe, sich ein wenig zu weiten und anzupassen, doch drücke er freilich unentwegt und allen Anproben und Gehversuchen zum Trotz weiter, und die anfänglich vorherrschende Meinung, das gäbe sich schon mit der Zeit, der würde sich schon noch dehnen und »auslatschen«, also passend gemacht werden, dieses Wunschdenken verfliegt im Grunde recht schnell, jedenfalls kam man abschließend überein, sich nicht weiter damit zu- und abzuquälen, weil es die Sache unmöglich wert sein könne, und Veronika würde sich ja hoffentlich bald eines Besseren besinnen, was dann genau so geschah, während vor allem die Großeltern unerbittlich die wohl zu liberale Erziehung ihres Mündels bemängelten, und gewiss auch nach meinem »Ausscheiden« weiterhin bemängelt haben, denn früher wäre alles das, ihrer werten Meinung nach, gar nicht erst passiert, und das »Menschal« wäre gar nicht erst auf so unflätige, ja unflätigste Gedanken gekommen, etwas anderes auszuprobieren, also mich, der offensichtlich keiner nationalbürgerlich-katholischen Familie entsprieße, und dessen Erziehung, ja Gesinnung, in vielerlei Hinsicht äußerst fragwürdig »rüberkomme«, ein Umstand der selbstverständlich auch an den Lektüren festzumachen sei, wie eben jener des besagten Autors (und ähnlich die Gesellschaft verunglimpfenden Schreiberlingen), dem man zwar im Hause Grünspan durchaus eine gewisse Sprachfertigkeit nicht aberkennen wolle, doch sollen derlei Pamphlete auch keinerlei übertriebene Aufwertung erfahren oder diese gar speisen, in dem man die sogenannten bernhardschen Worthülsen, sei es auch nur, um ihnen jedwede inhaltliche Bedeutsamkeit abzusprechen, am Tisch zur Schau und Diskussion stelle, was wir anfänglich generell nach oder während der ersten Begegnungen (Rendezvous) taten, wo ich es doch nicht lassen konnte, auf Veronika wartend und immer wieder seine Bücher lesend, mir mutmaßlich damit auch nur die Zeit vertreibend, diese umständliche, gar umständlichste Sprache, samt einschlägig anhängigen Gedankengängen, fast schon automatisch einer Konversation zuzuführen, was unmittelbar in allerlei Sackgassen samt den darin lauernden Beteuerungen mündete, sich doch endlich wenigstens einer »Zurkenntnisnahme« zu öffnen, dass also die Vroni besagten Autor lediglich angelesen hätte, und dieser in ihrer Familie als unlesbar gälte, und sie sich jener Argumentation dahingehend schon anschließe, weil sie Salzburg und die darin wohnenden Menschen, ja die sich daraus bedingenden historischen Bedeutsamkeiten und kulturellen Errungenschaften von ganzem Herzen schätze, und ich hoffentlich schon bald alles auch mit ihren Augen sehen könne, frei von allem (literarischen) Ungemach, was schlussendlich unsere Trennung beschleunigte, und meine Abwendung und -neigung von Buchlektüren an- und entfachte, denn ein schrecklich derber Liebeskummer hatte sich meiner bemächtigt, den abzulegen mir eine ganze Weile misslang, vollkommen egal in welchen Knecht- oder Seilschaften ich mich verdingte, wo doch die Vroni eine Frau gewesen wäre, mit deren Hilfe ich meinen Dämonen, den omnipräsenten Windmühlen möglicherweise ein Schnippchen hätte schlagen können, und eine solche und erste wirkliche Verliebtheit erschließt sich einem auch nur einmal im Leben, der nur noch verkorkstere Begegnungen folgen, beispielsweise die Bemühungen ums Fräulein Gretchen, welche, wie vieles andere auch, meinen unaufhaltsamen, emotionalen Abstieg dokumentierten, die unweigerlich ein seelisches »Krüppelnichts« entbanden, das alles und jeden in seinem Umfeld verschreckt, verwischt und verharzt, ein Phantom, durch und durch getränkt mit Verderblichkeiten.

Obendrein war ich nun zu allem Überfluss auch noch von einem Dartpfeil angebohrt worden, als ob mich das Schicksal höchstpersönlich hätte festmachen, ja malträtieren wollen, mein Leben glich einem fürchterlichen Missverständnis, als wäre ich durch dorniges Gestrüpp in die Welt gelangt, um daraufhin schockiert und entsetzt umzukehren, um dann noch schockierter und noch entsetzter aus dem Gestrüpp wieder herauskriechen zu wollen, ja ich wollte einfach weder hier noch dort sein, was als Zustand eine unerträglich Abwärtsspirale in Gang setzte, die mich raschest in die Knie zwang, und es war die vielleicht einzig wahre Versinnbildlichung der unterschwellig in mir wummernden Tret- und Windmühlen, ähnlich wie bei diesem Deckenventilator in »Apocalypse Now«, der auf den ersten Blick keinerlei Beachtung verdiente, doch beim zweiten und dritten gedanklichen Hinlangen zerhäckselten die rotierenden Blätter alle einem wohlgesonnenen Realitäten, nach einer jeden noch so kleinen Berührung manifestierten sich ein teuflischer Sprühregen und eine »Verharzung« oder »Verwelkung« im Raum, die mich erstarren ließen, und wer kann schon wirklich alles erfassen, jedenfalls nicht ohne die zerklüfteten, gar zerklüftesten, einem zutiefst feindlich gesonnenen Täler durchquert zu haben, die sich immer weiter verengten und wie bei einem tektonischen Komplott zusammen- und aneinanderrückten, um einen endgültig lebendig einzumauern.

Liebend gern hätte ich ein anderes Leben geführt, beginnend mit und in mütterlicher Obhut, ich hätte mich nach der Geburt als Säugling von ihr nicht aus der Bahn werfen lassen sollen, wo sie mich doch schon mit ihrem ganzen Hochheben und an die Brust pressen ängstigte, dieser walkürengleiche Koloss, der sie damals für mich zu sein schien, der mich mit seinem Zyklopenauge (ich schielte noch etwas) in Angst und Schrecken versetzte, und ihr Verhalten mir gegenüber zunächst damit begründete und entschuldigte, dass wir gemeinsam hoch hinaus wollten und nur gemeinsam dorthin gelangen könnten, was im eigentlichen Sinne noch nichts Verwerfliches darstellte, Hochschaubahnen vertraute ich später als Kind schließlich auch, und Astronauten verehrte ich sogar abgöttisch, wiewohl mir bald klar wurde, dass ich niemals auch nur ansatzweise in die Nähe des Mondes gelangen und erkennen könnte, was die Raumfahrer erkannt zu haben meinen, oder gar erspüren könnte, was sie damals verspürt zu haben glauben, oder mit all dem verschmelzen dürfte, womit sie verschmolzen zu sein vorgeben und so weiter, da mich Mutter und auch Vater mit dem ständigen Hochheben und »Hochschupfen« diesbezüglich innerlich abtöteten und meinen Willen förmlich aus mir »herausschüttelten«, denn jegliches Streben (nach oben) war mir später fremd, als hätte man die zunächst noch in mir vorhandene Gabe durch das Beimengen weiterer Komponenten allmählich »vergällt«, soll heißen, die mich fortan kennzeichnende und mein Leben bestimmende »Vergällung« überhaupt erst auf den Plan gerufen, und diese war wirklich alles andere als hilf-, geschweige denn segensreich, mich ohne echtes Gift vergiftend, mich ohne einen nachvollziehbaren Grund missachtend, mich den verfemtesten und borniertesten Gedanken aussetzend, diesem familiären und unerquicklichen Spießrutenlauf beispielsweise, der mich freilich nicht zwingend hätte dermaßen verängstigen müssen, weil er ja viele vergleichbare Existenzen auch nicht weiter ängstigte, und deren einsetzende Geistesentwicklung schon gar nicht ursächlich ver- oder einengte, mich allerdings sehr wohl, weil man mich zu einem »Spießrutenspielball« degradierte, weil mich die Umarmungen der Mutter existenziell bedrohten, und mich ihre mich dem Erdboden entreißende, übermächtige Erscheinung zutiefst einschüchterte, zu der ich bloß noch mit schreckensgeweiteten Augen aufsah, ohne ein- und abschätzen zu können, was ich da überhaupt vor mir erblickte, allemal wohl eine Frau, die mich in Bälde mit ihrer »Stiefmütterlichkeit« zermalmen würde, der zu entkommen selbst für einen Astronauten eine unmögliche Aufgabe gewesen wäre, und ja doch, gewiss, all das Befremdliche und absonderlich Verwerfliche entspränge einer kindlichen Phantasie, welche niemand genau nachvollziehen und man sich somit auch fragen könne, ob diese unheimlichen Erlebnisse, die man doch allesamt überstanden hatte, auch tatsächlich wirklich solche gewesen waren, denn es könnte gut und gern sein, dass man sich in Wirklichkeit alles das, was man an Unheimlichkeiten glaubte gesehen und erlebt zu haben, während man also in die Luft geschleudert oder an Brüste gedrückt wurde, nur vorgestellt habe, und am Ende wäre es selbst aus der Sicht einer sich noch am ehesten mit einem abnormen Kind solidarisch erklärenden Pädiatrie ehrenrührig, so über die eigene Mutter zu denken (und später zu reden), die einen mit ihrem Hochheben und in die Luft schleudern und wieder Auf- und Abfangen und erneutem Hochwerfen und zum wiederholen Male Auf- und Abgreifen doch zweifelsfrei nur quälen wollte, ja vielleicht so auch irrtümlich eine damals noch vorhandene, mütterliche Zuneigung zu beweisen sich entschlossen hatte, nur ließen mich die Vorgänge insgesamt denken, sie täte alles das mit Absicht, um sich und mir gleichermaßen etwas Entsetzliches aufzubürden, sich, dass sie doch nur aus reinster Selbstlosigkeit ein Leben gespendet habe, und mir, dass jenes schauerliche Leben aus reinstem Wahnsinn bestünde, der sich in seiner Gesamtheit noch offenbaren würde, und dass das Hochheben und der Schwerkraft entreißen eines Kindes eine vertrauensbildende Maßnahme sein soll, was der allergrößte Schwachsinn bleibt, der mir je zu Ohren gekommen ist und je zu Ohren kommen wird.

Die Mutter hat mich wahrlich und fern aller Beschönigungen bis aufs Äußerste mit ihrem An- und Hochheben in grauenvollster Weise überstrapaziert, sich selbst dadurch aller Möglichkeiten beraubend, mir jemals ein echtes Lächeln abzugewinnen, und ich meine nach wie vor, es geschah aus Kalkül, andere würden möglicherweise behaupten, es entsprach ihrem Naturell, meine (und ihre) Mundwinkel grießgrämigst absacken zu lassen, und vollkommen egal, wie sehr ich mich doch, wie ein jedes nach seinem vermeintlich richtigen Platz strebende Geschöpf, aus freien Stücken an ihrem Leben hätte beteiligen wollen, gemeinsam eine glückliche Kindheit zu zelebrieren, wie es anderswo gang und gäbe war, es blieb mir verwehrt, ungeachtet dessen, wie gerne ich sie unaufgeregt und mit mir selbst im Reinen etwa zu den sich häufenden Begräbnissen verstorbener Verwandter begleitet hätte, um gemeinsam mit ihr meine Anteilnahme zu bekunden, und ihre Hand dabei festzuhalten, um mit kindlicher Unschuldsmiene wiederholt mein Beileid anzumerken, wie man es bei solchen Ereignissen eben handhabt, gegenüber allen Anverwandten, geladenen Gästen und selbst zufällig durch die Blaskapelle oder sonstwie angelockten Passanten, natürlich auch gegenüber herkömmlichen Friedhofsgängern, wie herkömmlich, also unbeteiligt solche friedhöflichen Spaziergänge eigentlich überhaupt sein mochten, und ich hätte den Nebelkrähen in den zartbegrünten Bäumen in die Augen sehen und den Wolken am Himmel zuwinken können, weil ja vorwiegend diese trifftigste Gründe hätten, also die Krähen und Wolken, sich überall zwischen den Grabsteinen oder im Astwerk oder zwischen den vorbeihuschenden Flugzeugen am Himmel zu tummeln, sachte hüpfend, schwebend, kreisend und sich manchmal auch nur für einen besonderen Moment aufsparend, sich auf die Mülleimer stürzend, wenn gerade niemand hinsah, um sich Essensreste einzuverleiben, ein Verhalten übrigens, das Krähen und Wolken tatsächlich gemein haben, wie ich es mal mit eigenen Augen beobachten konnte, nur traut man es Wolken nie wirklich zu, und Mutter und ich hätten gemeinsam, während wir uns an den Händen halten, Blumen auf den sich absenkenden Sarg werfen und vielleicht sogar irgendein »Halleluja« summen können, wir hätten auf eine gute Art die gleiche modrige Luft in Grabesnähe eingeatmet, wären eine sich Halt gebende Familie gewesen, fern aller offenkundiger Heuchelei, und erst diese Leichenbeschauen, jene zum guten Ton gehörenden und freilich vor dem eigentlichen Begräbnis stattfindenden Abschiedsformalitäten, welche zu absolvieren den meisten nicht leicht fiel, und auch ich hatte da meine Vorbehalte, die Mutter freilich mit Leichtigkeit hätte ausräumen können, indem sie mich an der Hand nimmt und festhält, ich meine, es war doch nicht verwunderlich, dass ich später keinerlei Lust verspürte, sie irgendwohin zu begleiten, schon gar nicht auf schäbige Friedhöfe, wo ich mich ewig an- und verstellen musste, in einer Reihe wartender, wie Marionetten nach unten hängender Häupter eingezwängt, bis ich endlich hinter ihr, am Sarg ankommend, in ein blasses und bereits zu zerfließen scheinendes Gesicht zu starren hatte, das mir zutiefst fremd erschien, ganz egal, um wen es sich dabei handelte, ja ich hatte das (und noch viel mehr) inständig gehasst und selbst nach so vielen Jahren kann ich dem scheinheiligen Getue von damals nichts abgewinnen, und ständig obendrein diese Erinnerungen, als Kind hochgehoben zu werden, um mich in den Sarg starren zu lassen, auf die verschlossenen Augen der nach Chemikalien stinkenden Leichname, es bleibt eine prägende Erfahrung, und wie sehr ich doch die Mutter in solchen Momenten gehasst habe, was freilich nichts an der Tatsache änderte, dass sie mich weiter anhob und vor tote Gesichter hinhielt, bis ihre Arme, genauer gesagt, die sich darin befindlichen Muskelstränge erlahmten, und sie mich endlich wieder absetzen musste, unentwegt und mit steinerner Miene behauptend, es sei schon richtig gewesen, herzukommen, sich zu verabschieden, sich persönlich vom Tod des Betreffenden zu überzeugen, was mir insgesamt unlogisch erschien, weil mir schon das ganze Konzept »Tod« nichts sagte, doch hätte ich ja alles mit einem geduldigen Lächeln ertragen, ja vielleicht sogar genossen, wenn sie dabei wie gesagt nur einmal zärtlich meine Hand in die ihrige genommen, sie liebevoll gedrückt und gestreichelt hätte, um mir so zu verstehen zu geben, dass die Kindheit irgendwann und viel zu früh endgültig vorbei sein würde.

Mein Leben sollte nicht besser werden, was auch allem widersprochen hätte, was ich über Phantome zu wissen glaubte, beziehungsweise wie ich jene Wahnbilder, Hirngespinste und Ungeheuerlichkeiten für mich definierte, keinesfalls dabei also verruchte, halbheldenhafte Gestalten vor Augen habend, die in Totenkopfhöhlen im Dschungel als »Wandelnde Geister« nur Gutes wollen, und doch trachtet selbst eine mit sich so auf Kriegsfuß stehende, mit allem und jedem überworfene Existenz wie die meine unermüdlich danach, sich mit diversesten Lebensumständen, ja Lebensumständlichkeiten und Lebensunverständlichkeiten auszusöhnen, soll heißen, ich wollte wirklich und aus tiefstem Herzen dem Fräulein Gretchen entspannt zulächeln, damit aufhören, mich dabei vor debiler Aufregung am Kopf zu kratzen, als vermöge ein Dartpfeil jemals ernsthaft jemanden aus der Bahn zu werfen, und schon gar nicht wollte ich daran denken, was in meinem Leben alles schief gelaufen war, ich wollte mich auf- und gerade richten, dem Fräulein Gretchen zuwinken, dass alles endgültig in Ordnung, und ich nach diesem ganzen »Dartzwischenfall« wieder auf Kurs sei, doch stattdessen wankte ich wortlos aus der Gaststätte und erbrach mich in einen der mit dichten Blüten übersäten Holunderbüsche gleich um die Ecke, das überschüssige Bier, den

Schock, das Leben, ich spie sie röchelnd in die mich umgebende Natur, während mich Amseln musterten, und Igel im Gras raschelten, und diverse andere Vögel, deren Namen ich ebenso nicht bei mir hätte behalten können, um mich herum hüpften, freilich nur, um unvorsichtige Insekten aus der Luft zu pflücken, die sich vom Erbrochenen angezogen fühlten, und währenddessen konstatierte ich also feierlich würgend, im sich aufdrängenden und keinesfalls aufdringlichen Zwitschertakt mitspeiend, dass das gerade, summa summarum, dann doch noch der schönste Moment des Tages war.

Vielleicht sogar noch schöner als die Waldwanderung vor einiger Zeit, bei der ich unversehens über auf einer Lichtung vor sich hin- und ausbleichende Knochen stolperte, die auf den ersten Blick keinem bestimmten Tier zuzuordnen waren, ich meine, welches Tier verliert überhaupt seine Knochen, obendrein noch beim Queren einer von überall her einsehbaren Waldschneise, die ich zufällig an jenem Tag bewanderte, in weiterer Folge darüber sinnierend, ob ich nicht in Wahrheit einen Tierfriedhof oder irgendein »Raubtierstelldichein« entdeckt hatte, oder möglicherweise waren ja nur einem dement gewordenem Tier bei seinen Streifzügen die Knochen gewissermaßen auf Raten abhandengekommen, Verluste, die einem selbst entfallen, sind schließlich nichts Ungewöhnliches, und ich dachte also darüber nach, ob sich das Tier irgendwann wieder vielleicht auf die Suche nach den abgängigen Knochenstücken begeben hatte, die es einst wie eine Geldbörse einsteckte und verlor, was jeder gut würde nachvollziehen können, sich maßlos über sein Missgeschick ärgernd und sich gleichermaßen damit tröstend, dass selbst nach einem solchen Malheur kein Hahn kräht, alles könne heutzutage schließlich ersetzt und neu bestückt werden, in den meisten Fällen ist es sogar mit nur einem Anruf getan, soll heißen, wie wichtig können Knochen schon sein, die Böden sind überall voll davon, ja selbst in Supermarktregalen kann man mittlerweile nahezu jeden Knochen erstehen, fein säuberlich in Plastik eingeschweißt, und erst auf den unzähligen Friedhöfen, am Meeresgrund, irgendwo im Eis oder in höher gelegenen Bergregionen, all die Knochen in den Kellern und Kochtöpfen, nicht auszudenken jene überzähligen Knochen in mir selbst, deren Namen ich noch nie vernommen habe, und warum sollte man diese dann überhaupt vermissen, und erst dieses Tierwesen, das ohne Verstand durch den Wald läuft, und obendrein sind Knochen in Wäldern durchaus mit Pilzen verwechselbar, diese weißlichen Stängel und Stiele, in verrottendem, selbst bei wohlwollender Betrachtung sich mit dem Erboden vermischendem, halbgarem, gar halbgarstem Laub, zwischen noch langsamer sich zersetzenden, mit Pilzfäden durchzogenen Fichtennadeln, und man greift ja fast schon automatisch hin und schreckt im letzten Moment zurück, verflucht, anlässlich der sich bietenden Gelegenheit, seine voranschreitende Kurzsichtigkeit, denkt erneut an das einem nicht mehr aus dem Kopf gehende, an Knochenschwund laborierende Tier, das vielleicht noch zu retten gewesen wäre, wenn man seinen Verlust beim Namen hätte nennen können, soll heißen, wer weiß schon ernsthaft, wie all die fehlenden Knochen zu ihren Namen kamen, und nur Experten können lateinische Wortkaskaden aus ihren Ärmeln schütteln, dass es sich um irgendwelche *Os intermetatarseum*,

Os supranaviculare, Os pisiforme et cetera et cetera handelt, und ich zeigte mich im Wald also wirklich verärgert, weil niemand nach den Knochen zu suchen schien und ich darin mein eigenes Schicksal erkannte, einen ganzen Tag lang auf der Lauer liegend und meine Ungeduld bezähmend, vielleicht ja doch noch auf ein unbekanntes Tier zu stoßen, das sich freilich nicht blicken ließ, dem sein Verlust vermutlich scheißegal war, mir allerdings nicht, und ich weiß auch nicht mehr, warum mich diese Knochen aus der Fassung brachten, vielleicht ließ es sich ja mit ein paar Knochen weniger sogar leichter durchs Leben schreiten, immerzu weniger werden, wie ein dadurch leichter mit dem Hintergrund verschmelzendes, ja zu diesem werdendes Phantom, immer weniger in einem selbst zu erkennen, das noch zerbrechen, sich verspreizen, sich verwachsen und erkranken kann, ja ich wollte wohl nur »standesgemäß« aus dem Leben scheiden, um mich nicht mehr um mich kümmern zu müssen, um in diesem Dschungelwald endgültig zu zerfließen, und nonchalant zu verblassen.

Ich malte mir aus, dass selbst der Himmel von unsichtbaren Rippenbögen zusammengehalten wurde, die früher oder später freilich über einem zusammenkrachen mussten, gleich direkt über dem elterlichen Wohnhaus, wo vis-a-vis die kettenrauchende Frau Pospischil, vor ihrem im Zuge der Retronostalgie florierendem Kolonialwarenladen, ungebrochen der zweifelsfrei sie bald ins Grab befördernden Qualmerei frönte, während aus dem Keller dumpfe Projektileinschläge in den dafür vorgesehen Stellwänden, vornehmlich hinter den Schieß- und Zielscheiben, zu vernehmen waren, die eine Verleugnung der dort ansässigen und sich kontinuierlich in die Alltagsszenerie einbringenden Schützenvereinigung »Germania« unmöglich machten, während ich mich also vor dem Haus und unmittelbar vor der Klingel befand, auf der in Blockbuchstaben mein Nachname notiert stand, den mal der Vater mit seinen an sich geschickten Händen zu verewigen bemüht gewesen war, seine Handschrift erinnerte dabei an Seismographenausschläge, weil er offensichtlich beim Aufnotieren des Namens an etwas anderes gedacht haben und sich in seinem Tun von der eigentlichen Intention entfernt haben musste, nämlich unseren Familiennamen fein säuberlich auf-, beziehungsweise unter der Klingel anzubringen, und, in Anbetracht des alles andere als flüssigen Schriftbildes, daran scheiterte, ja mit krakeligen, gar krakeligsten Buchstaben dort eine familiäre Bankrotterklärung verewigte, ein B zu einem O geraten lassend, ein T zu einem mich bis heute irritierendem Galgen ausgestaltend, sodass ich regelmäßig er- und alles in mir mich zu einen solchen Schritt bewog, das Türschild kurzerhand auszutauschen, meinen Namen selbst aufzuschreiben, und warum ich an dieser vermeintlich leichten Übung wiederholt scheiterte, wer vermag das schon zu sagen.

Unmittelbar vor der Tür und der Klingel, von welcher mir also in »verhunztesten« Blockbuchstaben dieser mich anprangernde »Vatersname« ins Auge stach, konnte ich es nicht lassen, mir vorzustellen, dass doch mal etwas oder jemand mit letzter Kraft versucht haben könnte, mich auf- und zu erwecken, jedenfalls hätte er bei mir Sturm geläutet, bevor auch einige seiner Knochen auf den Gehsteig, eigentlich doch »Gehstein«, vulgo Kopfsteinpflaster, niederprasselten, und ich begann sie vor meinem inneren Auge durchzuzählen und zuzuordnen, das Abzählen von Dingen war ein schon seit meiner Kindheit in mir verankerter Automatismus, mit dessen Hilfe ich Stresssituationen zu bewältigen gelernt habe, ich schob die Knochenteile unter der Klingel förmlich zusammen, und obwohl ich kein Experte war, tippte ich auf etwas aus dem Becken, mich noch darüber ärgernd, dass keinerlei Unterarm- oder Fingerknochen aufzufinden blieben, irgendein Beweis, dass tatsächlich jemand bei mir anzuläuten versucht und hierbei ein paar Fingerknochen eingebüßt haben könnte, soll heißen, er wäre mir willkommen gewesen, wo ich doch die Tür bereitwillig geöffnet hätte, und darauf zu bestehen gewillt gewesen wäre, dass er eintritt, und selbst das personifizierte Unglück oder Erscheinungen, die diesem Phänomen nahekommen, wären mir willkommen gewesen, wiewohl ja, wenn ich es weiter bedachte, die Knochen auch von meinem eigenen, kaum noch mit ordentlich Fleisch bedeckten, geschweige denn vor Vitalität strotzenden Gerippe stammen könnten, und siedend heiß durchfuhr es mich da, ein permanenter Schauer, ein außer Kontrolle geratenes, in meinen Körper wie ein Lift auf- und abfahrendes »Ungefühl« machte sich daraufhin bemerkbar, beklemmend und mir säuerlich aufstoßend, nur hätte ich schwerlich bei mir selbst angeläutet, so weit war ich damals noch nicht, und die Wahrscheinlichkeit, dass ich jemand anderen im Haus hätte kontaktieren wollen, ich meine, diese gedankliche Abzweigung war absurd, weil mir alle längst gestohlen bleiben konnten, mich zum Teil schon in der Kindheit »angingen«, ihre Münder schlossen und öffneten sich und ständig wurden mir die gsunden Watschn angedroht, schon die winzigste Verfehlung reichte damals aus, um mir im Stiegenhaus oder Waschkeller oder auf dem Dachboden ein paar »Gutgemeinte« einzufangen, Mutter und Vater unternahmen jedenfalls nie etwas dagegen.

Ich war außerstande, mich solcher Interventionen zu erwehren, geriet dabei immer weiter ins Hintertreffen, und wäre ich nicht ohnehin ein Tunichtgut gewesen, bei dem im Grunde nichts mehr eine Rolle spielt, Kopf und Kragen hätte ich noch viel früher verlieren können, denn das Kleinstadtleben ist für einen Menschen wie mich eine entsetzliche Lebensform, wenn überhaupt, was mich betrifft, von Lebensform gesprochen werden kann, weil sich ja alles unentwegt wiederholt und außer Form gerät, und man am liebsten täglich mit einem Baseballschläger losziehen möchte, um für Abwechslung zu sorgen, um sich nach Herzenslust auskotzen zu können, bis sich so rein gar nichts mehr in einem befindet, bis ich also eine jede mir auferlegte Körperlichkeit vorzeitig Schicht um Schicht abgelegt hätte, ich, eine gesichts- und formlose und freilich ausgekotzte Masse, ein schematisches, schemenhaftes und widersinnigstes Phänomen, das als Phantom umhergeht, seine und die Knochen anderer zählt, diese Funde nur mit sich selbst bespricht, und es ja weitaus wahnwitziger sein dürfte, noch weiter über die Ausmaße solcher Eigenheiten nachzudenken, etwa dem Abzählen von und über das Parkett rollenden Murmeln, das mir ausfallende, ausgedünnte Haar, die unsinnigen, gar unsinnigsten Unflätigkeiten, die Mutter im Lauf eines Tages von sich gab, wie etwa, dass sie demnächst auf einer großen Bühne den Hamlet spielen würde, soll heißen, ich erkannte bald überall nur noch Knochenstücke, eine globale Auflösung war im Gange, oder, um nun selbst mal Hamlet zu zitieren, im Schwachen wirkt die Einbildung am stärksten.

Ich wollte insgeheim in der Zeit zurückreisen, als wäre eben das ein probates, gar probatestes Allheilmittel, welches es einer Seele ermöglicht, der diese bis zur Unkenntlichkeit deformierenden Gegenwart zu entfliehen, sich selbst in all den gegen- und widerwärtigen, wenn nicht gar widerwärtigsten Lebensumständen nur noch auf körperlichste Vorgänge konzentrierend, beziehungsweise diese be- und einschränkend, das lustlose Essen etwa, das noch lustlosere Trinken obendrein, und die einem am allerwenigsten lustzuführende Momente bescherende Peri- oder Antiperistaltik, jene bekanntlich von diversen »Hohlorganen« wie Magen, Darm oder Ähnlichem ausgeführte Bewegung, bei welcher durch fortlaufendes Zusammenziehen einzelner Abschnitte der Inhalt der Hohlorgane weitertransportiert und unweigerlich abgegeben werden wird, auf die eine oder andere unappetitliche Weise, weshalb auch ein Individuum niemals in Würde leben kann, so sehr man es sich auch wünschen, es sich auf die sprichwörtlichen Fahnen heften wollen würde, die Würde seiner selbst (und der Welt) wiederhergestellt zu haben, und so bemüht man sich eben, das Beste daraus zu machen, wie etwa in den anfänglichen, gar anfänglichsten Stadien meiner Be- und eher noch »Verkanntschaft« mit dem Fräulein Gretchen, die ich unter Zuhilfenahme früherer Lektüren zu beeindrucken versuchte, was einst bei Vroni Grünspan zugleich erfolgreich und nicht sonderlich von Erfolg gekrönt gewesen ist, allerdings, und obwohl ich in Wahrheit schon länger nicht mehr regelmäßig las, blieben etliche der damaligen literarischen Proklamationen in meinem Kopf erhalten, methodische »Lektürerelikte« gewissermaßen, säuberlich schubladisiert und in obsoleten, ja obsoletesten Hirnwindungen archiviert, und auch wenn ich mir der verfänglichen und die Realitäten verzerrenden Herangehensweise eines willkürlichen Schubladisierens immer bewusst gewesen war, ja sie sogar als prekär erachtete, blieb dank dieser »Schubladisierungen« einiges weiterhin in meinem Kopf, als Konversationsstück wenn man so will, abrufbar, wie schon in vorangegangenen Jahrhunderten etwa diverse Gemälde in den damals noch beliebten Kabinetten, vor und in denen man mit seiner Entourage auf- und abflanierte und sich, wagemutig über allerlei allegorische Darstellungen und mythische Bewandtnisse sinnierend, diesbezüglich an seine Mitmenschen wandte, ja sich mit diesen austauschte, ein gehobener Smalltalk, der einem, der Künste sei dank, etwas Restwürde bewahrte, um sich nicht schon wieder über das Wetter, die Verdauung und sonstige körperliche Gebrechen austauschen zu müssen.

Es war demnach nicht weiter verwunderlich, dass ich bei meiner ersten, vielleicht ja auch erst zweiten Begegnung mit dem Fräulein Gretchen, bei vollster und zu diesem Zeitpunkt erstaunlichster Nüchternheit wohlgemerkt, im Schanigarten des Gasthauses, im Angesicht meines vor mir stehenden schaumgebremsten Bieres, eben mal kurz David Maloufs »Jenseits von Babylon« aus dem Ärmel schüttelte, diesen vielmehr paraphrasierte, nämlich dass die Arbeit der Bienen getan wäre, wiewohl Bienen vermutlich aus eigenen Stücken niemals eine Arbeit zu

Ende brächten und sich somit zu einem Schwadronieren entschieden haben, treu ergebene Servierkräfte einer ihnen vorangestellten und absolutistisch herrschenden Königin, vollkommen egal, ob an drückend schwülen oder etwas gemäßigteren Sommertagen, und auch an solchen, die mit bronzefarbensten Himmelsrändern versehen worden sind, soll heißen, die Bienen holten, wie an einem jeden Tag, das Beste aus sich heraus, was sich unverzüglich mit einem Fingerzeig vor dem Fräulein Gretchen demonstrieren ließ, weil die Bienen- und überhaupt auch anderweitige Insektenschwärme summend und tönend, beinahe das eigene (meine) Wort übertönend, die alten und in voller Blüte stehenden Linden im Hof umkreisten, und obenauf, wie aufs Stichwort passend zum Buch, erstrahlte ein zu dieser Stunde wie aus einem einzigen Guss be- und geschaffenes Bronzefirmament, dezent mit flauschig-rotstichigen und etwas kupferhaltigeren Wolkenknäueln versehen, während also das Fräulein Gretchen perplex und schon aus Höflichkeit meinen Ausführungen lauschend und den Fingerzeigen mit ungläubigen Blicken folgend, tatsächlich neben mir verharrte, und ich so gesehen nicht umhin konnte, einen noch umfangreicheren Redeschwall abzulassen, dass man sich nämlich als eine schwervereinnahmte, gar -beschäftigte Servierkraft durchaus und besonders gut eine Szenerie wie in »Jenseits von Babylon« vorstellen könne, wo eine Bienenarmada einen Menschenleib innerhalb von Sekundenbruchteilen mit plüschiger, gar plüschigster Kruste bedeckt, und es währenddessen unmöglich ist, einen Schrei auszustoßen, oder anderweitig zu reagieren, und man also blitzschnell in diesen überlauten Summton der Bienen einbezogen, von ihm überzogen, ja eingesogen wird, den eigenen und eigentlichen Menschenverstand aufgebend, und jegliches Gefühl darüber verlierend, ob man noch am Boden oder schon von der Erdoberfläche emporgehoben worden ist, und ob man also nicht für immer und ewig ein Teil des Bienenschwarmes bleiben wird, und dass man unweigerlich an diesem Punkt noch dächte, ob einen die Insekten wohl stechen oder man diese vielleicht künftig in aller Harmonie wie in der Luft schwebende Staubpartikel ein- und ausatmen würde können, dass sich das plötzlich träger fließende Blut in den Adern wie Honig anfühlen würde und es egal wäre, ob man noch ein menschliches Wesen, ein Insekt, einen Baum oder egal was darstellt, weil man einer höheren Sache dient, woraufhin sie mich grübelnd und eindringlich stirnrunzelnd wirklich genauer musterte, als müsste sie sich mich vorsorglich und für alle Zeiten gut einprägen, ja sich förmlich ins Gedächtnis hämmern, diesen einen absonderlichen, gar absonderlichsten Mann überhaupt, der niemals einen guten Imker abgeben und sich auch darüber hinaus für wenig eignen würde, und trotzdem lächelte sie, sodass ich es mir lieber verkniff, sie obendrein als die schönste Bienenbraut aller Zeiten zu betiteln, die ich jemals im Diesseits einer Serviertätigkeit nachgehen sah, soll heißen, es wäre verrückt gewesen, einen offensichtlich gelungenen Moment wie diesen überzustrapazieren.

Ich meine, nicht auszudenken, was ich bei einer weiteren Begegnung für das Fräulein Gretchen parat halten dürfte, selbstverständlich unter der Voraussetzung, ich käme erneut nüchtern im Wirtshaus an, was nicht völlig von der Hand zu weisen war und in Bälde auch genau so geschah, und freilich, damals war ich noch deutlich euphorischer, denn niemals hätte ich mir zu diesem Zeitpunkt ausgemalt, mich künftig mit dem schießkellerlichen Schützenverein »Germania« herumplagen und selbst zu einem noch stupideren Phantomkretin mutieren zu müssen, und das Fräulein Gretchen offenbarte sich mir eben da justament als eine, zu all dem »Verwahrtakelten« meines Daseins in Opposition stehende paradiesische Zone, weil allein schon ihr Anblick alles bisherige in den Schatten stellte, all die Vronis und Lalas und Jaquelines, in welche ich allerlei wohl ausschließlich juvenilere Hoffnungen gesetzt hatte, allerdings war ich mir jener paradiesisch-vergretelten Projektionsfläche durchaus bewusst, doch hatte ich zu lange nichts mehr durch die sprichwörtlich rosarote Brille betrachtet, und solche überbordenden An- und Aussagen kamen tatsächlich von mir Lump, dem eigentlich weder Brillen noch gute Laune zu Gesicht standen.

Ich war auf den ersten und auch zweiten Blick das offensichtliche Gegenteil des Fräulein Gretchens, die mir bei unserer nächsten (ersten) Begegnung, und ihr zu begegnen stellte sich eine ganze Weile in der Tat als ein erstes Mal dar, äußerst zuvorkommend das Bier reichte, woraufhin ich ihr, frei von der mir damals noch gewogeneren Leber weg, ein paar Zitate aus den »Weissen Geistern« zumutete, mich demnach wie Alice Greenway vordringlichst fragte, was man jemandem, beziehungsweise einer Servierkraft noch zur sich allmählich überall abzeichnenden Bier- und Leutseligkeit im Gastgarten verbal in Sachen Konversation bieten könnte, und dass sich hierzu vielleicht Greenway's Sprachbilder von einem rauchgeschwängerten Tempel anböten, vor welchem weiß verschleierte Kellnerinnen allerlei alkoholische Opfergaben, im Beisein jener hellen, ja hellsten Schläge der Tempelglocken und dem Klicken der von den Lindenästen baumelnden, aus Balsamholz geschnitzten Fabelfischen, verbrannten, und heiße, von der Haut perlende oder gar wie Perlhühner um benebelte Köpfe kreisende Regenschauer lägen in der Luft, die sich freilich verpflichtet hätten, sich niemals mit dem vor mir stehendem Bier zu vermengen, und allerlei Kosenamen fielen mir auch noch ein, die förmlich durch die luftigen Kleider der im Gastgarten sitzenden Damen zogen, versprengselte, freischwebende Tempelgeruchsmoleküle überall, welche auch jene sich in einem gebärdenden, triebgesteuerten Dämon ans Sonnenlicht zerrten, um diese, mit aller gebotener Missachtung, zu durchbohren, sie also mit penibler Sorgfalt eines übermotivierten Entomologen aufzuspießen, das narkotische Weiß schimmernder und auf mich gerichteter Augen schien nicht mehr zu leugnen zu sein, während sich meine Gedankengänge verselbständigten und ich die Menschen im Gastgarten eindringlicher musterte, wiewohl sich das Fräulein Gretchen zu meinem Leidwesen inzwischen einem ungeduldig sich gebärenden Saufgelage am Nachbartisch zugewandt hatte, mir lediglich zu- und nachraunend, dass sie tatsächlich schon mal in ihrem Leben einen buddhistischen Tempel aufgesucht hätte, doch sei sie nach dem Tempel-Stichwort auch schon wieder aus meinem komplizierten »Gschichtl« ausgestiegen, was ich dennoch als winzigen Erfolg für mich zu verbuchen gewillt war, aller gerechtfertigten, ja gerechtfertigtesten Entgeisterung zum Trotz, soll heißen, Perlen vor die Säue, damit war ich immer schon vertraut gewesen, doch was ich nicht vermag, vermag wohl ohnehin keiner, und was immer mir auch gelingt, es gelingt wohl schwerlich jedem, dachte ich mir schelmisch, freilich mir von einem der Nachbartische anhören müssend, »Oida, wie bist denn du drauf, na prost!«.

Was mich an besagtem Tag auch nicht davon abhielt, ein paar weitere Biere zu konsumieren, den Gastgarten vollständig auszukosten, und immer dann, wenn das Fräulein Gretchen im Schweinsgalopp an meinem Tisch vorbeiglühend ihre uns allen gut zu Gesicht stehenden Gaben (= Alkohol) verteilte, unterließ ich es als einziger, ihr dabei nachzugaffen, so sehr wollte ich mich von der gesichtslosen Masse viriler Trunkenbolde distanzieren, was erwiesenermaßen auch nichts an der Tatsache änderte, dass ich mir ihren Anblick vor meinem inneren Auge umso eindringlicher ausmalte, auch später noch, als ich mich längst wieder in den eigenen vier Wänden, dort allem Gefühlsüberschwang entsagend, einigelte, und mit durchwegs halbherzigen, gar halbherzigsten Einschlafversuchen zugange war, ein wiederkehrender, einen erschöpften Geist ohnehin zusätzlich marternder Umstand wohlgemerkt, der mir regelmäßig (wie schon der Mutter) Migräne bescherte, und wohl auch weiterhin bescheren würde, diese verfluchte Schlaflosigkeit, die bleierne Lustlosigkeit und diese vermaledeite, mich zermürbende In-sich-Gekehrtheit, derzufolge ich auch im Schießkeller kaum mit jemandem wirklich in Berührung geriet, sodass mir nur das Wirtshaus, der Friedhof und irgendwelche Erinnerungen blieben, ich wünschte, es ließe sich behaupten an bessere und glorreichere Zeiten, fern aller halbseidener Einschlafhilfen, zu denen Alkohol hinzuzurechnen wäre, wenn ich doch nur jemals schneller hätte einschlafen können, und ich zählte stattdessen gefühlte Ewigkeiten rückwärts, vorwärts, unendliche Zahlenreihen und -kolonnen, ich wälzte mich wie ein graumelierter Lahar voran, mich selbst dabei weiter zermürbend und verbrühend und verbrennend und verteufelnd, der während seiner misslichen, ja misslichsten Talfahrt nichts sehnlicher erstrebt, als vollständig zu erstarren, sei es auch nur, um fortan die Zimmerdecke zu fixieren, ein wenig nur von der Friedfertigkeit kosten, die doch angeblich auch in der Welt existiert, endlich Teil einer Menschenherde zu sein, die einträchtig auf eine hinter allen Sturmfronten befindliche Weide stapft, um sich dort zu bezirzen, wie es auch ein William Fiennes im »Zug der Schneegänse« postuliert, ein Strom von Punkten, eine umgekehrte Diaspora, ein einander endlich nicht mehr drangsalierendes Menschenknäuel in lockeren V- und W-Formationen, lange, keinesfalls sich bevormundende Menschenketten, die wie gleichmäßigste Stränge von Tang synchron im Wasser wogen, und ein jedes dieser Lebewesen strebt nach Harmonie, um dem Himmel über sich gedanklich ein paar Sommersprossen zu verpassen, als wäre das oberhalb der Menschenherde sich befindliche Firmament eine reine Projektionsfläche, und die Insektenschwärme, die sich davor schieben, blendet man zur Gänze aus, soll heißen, bis sich diese auf alles und jeden stürzen, bis ein infernales Getöse vorherrscht, das dem Lärmpegel auf meinem einstigen Schulhof, beziehungsweise jenem im Gastgarten nicht unähnlich ist.

Der Schulhof war freilich nichts für zartbesaitete Seelen, weil dort diverse und in allen Größen verfügbare Platzhirsche ihr Unwesen trieben, die, ihre Geltungssucht tagtäglich neu verinnerlichend, entschieden haben, eine Schreckensherrschaft aufrechtzuerhalten, derer man sich nicht entziehen kann, sie patrouillierten über das täglich nach frischem Pausenbrot duftende Gelände, die Hemden dabei aus ihren Hosenbünden hängend, und alle hatten wir, unabhängig davon, welche Position wir in jener Hackordnung einnahmen, langes Haar, darüberhinaus einte uns wohl alle ein grundsätzlich zivilisationsferneres Auftreten, was sich möglicherweise auch nur deshalb durchzusetzen wusste, weil ja die Platzhirsche den Ton angaben und im Grunde nach Lust und Laune durch die kopflose, ja kopfloseste Menge pflügten, zu derer ich auch mich zu zählen hatte, um wie für diese Aufgabe berufene Beutegreifer ein geeignet scheinendes Opfer in eine der weniger einsehbareren Ecken, für gewöhnlich also vor oder in den Turnsaal, oder auf die nicht minder schäbige, von unzähligen Schändlichkeiten triefende Toilette, abzudrängen, sie packten eins und natürlich auch mich, schlitzten einem mit in den Hosentaschen heimlich mitgeführten Messern die Turnschuhe auf, zogen sie einem förmlich von den Füßen, schnitten einem überhaupt alle Kleidung auf, als würden sie eine Kartoffel abschälen, bis man (oder ich) in seiner damals noch knabenhafteren Nacktheit vor ihnen zu liegen kam, woraufhin sich einer aus dem Platzhirschtross an einem (oder mir) zu schaffen machte, zuvor seine Fingerspitzen befeuchtend und einen an Brustwarzen und überall sonst berührend, seinen kurzen Machtrausch ausleben durfte, und jedesmal, wenn ich später Fingerkuppen über die Haut gleiten fühlte, loderte reflexhaft eine fürchterliche Wut in mir auf, als würde ich dabei höchstpersönlich und vom Tod leibhaftig an- und aufgerührt, als würde dieser einen jeden in mir befindlichen Bodensatz an die Oberfläche befördern wollen, um mein Gemüt zusätzlich einzutrüben.

Ich erkannte mich folglich in einer mir auch später nicht vollends abwegig erscheinenden literarischen Szene wieder, D. H. Lawrences »Die Frau, die davonritt«, welche wiederum eine Traurigkeit in sich kultiviert, die sich nach ähnlichen Übergriffen in ihr anzusammeln wusste, und die sich ein Leben lang stoisch, und dabei ihr Wesen negierend, ihrem vermeintlichen Schicksal ergibt, sich in abgründigste Gemütsverfinsterungen aufzuspalten, als wäre einem der eigene Körper vollkommen fremd geworden, und spätestens nachdem einer der im Buch agierenden Platzhirsche, nach einem auch dort im Detail durchexerzierten Kleidungsauf- und -weggeschlitze, ihr blondes Haar löst, das sogleich wie ein Schandmal über ihre hängenden Schultern fällt, ist das Trauma für immer existent, ein Bild, das mich jedesmal aus meiner sich manchmal verselbstständigenden Erinnerung reißt, ein klägliches Fiasko nach dem anderen ist das Leben schließlich, das sich auch meiner bemächtigt hatte, eine mich zutiefst vergraulende Ungeheuerlichkeit, die als Harzhämatom die Haut ab- und bedeckt, von Wundheilung gar keine Spur, und auch wenn Windmühlen nicht immer zu erkennen sind, das schießkellerliche Getöse lässt sich nicht mehr ausblenden, ich würde niemals wieder eine mich einlullende Vernarrtheit oder närrische Leichtigkeit verspüren, zu welcher ich früher durchaus fähig gewesen war, vielleicht ja auch, weil ich lebensbejahendere Bücher las, und nicht alles und jeden mit Missachtung strafte, und dennoch nur zu gerne daran glauben wollte, meinen Platz in der Welt noch zu finden, mich zurechtzufinden, weil sich im großen Kosmos schließlich alles irgendwie die Waage hält, wie etwa bei Eliot Weinbergers »Vogelgeistern«, wo die gottgleichen Lushei, Nachbarn der Mara, daran festhalten, Erdbeben würden von der Menschheit ausgelöst, die in der niederen Welt lebt und prüfen will, ob dort oben noch jemand am Leben sei, weshalb auch bei einem jeden Erdbeben die Lushei aus ihren Häusern laufen und »am Leben, am Leben« rufen, damit die da unten Bescheid wissen und mit dem Gerüttel aufhören.

Ich konnte mich niemals für die Mitschüler erwärmen, deren überflüssige, gar überflüssigste Pausengespräche mir wiederholt vor Augen führten, wie anders gestrickt ich war, wie anders ich im Vergleich zu ihnen tickte, freilich auch schon mal richtiggehend »austickte« oder »auszuckte«, etwa unlängst im nur gelegentlich praktizierten Strick- und Häkelunterricht, eigentlich ja Werkunterricht, weil dort normalerweise emsigst »gewerkelt«, also irgendetwas miteinander verleimt oder zugeschnitten oder sonstwie mit den Händen be- und verarbeitet wurde, und nur in etwaigen, eher doch selteneren Supplierstunden gestrickt, gewebt oder gehäkelt werden konnte, nämlich ausschließlich dann, wenn unser für gewöhnlich allgegenwärtiger Werklehrer kränkelte und sich von einer Werk-, beziehungsweise ja eigentlich Strick- oder Handarbeitslehrerin vertreten ließ, die an unserer Schule ironischerweise den Deutschunterricht gestaltete, weil an ihrer Handarbeitsausbildung im Werkunterricht kein Bedarf bestünde, weder die Direktion, noch der Werklehrer förderten ihren diesbezüglichen Einsatz, womit die Deutsch- und für mich ja an sich korrekterweise Handarbeitslehrerin, weil sie, was erst viel später angeprangert wurde, gar kein Deutschdiplom besaß, mit uns »Gfrastern« nur dann das Stricken und Häkeln und so weiter üben konnte, wenn der Werklehrer an einer Angina oder ähnlich gelagerten Unpässlichkeiten laborierte, jedenfalls zeigte sie sich anlässlich solcher Suppliergelegenheiten dann besonders motiviert, um uns aus purster Überzeugung das Nähen, Weben und Häkeln bei- oder wenigstens näherzubringen, weil es nun mal als Fertigkeit zum Leben dazugehöre und es sich dabei auch nicht zwangsläufig um weibliche Tätigkeiten, beziehungsweise weiblichen Mitmenschen vorbehaltene Alltagsarbeiten handeln müsse, was freilich viele Mitschüler und auch Mitschülerinnen vollkommen anders bewerteten, denn die meisten hielten die in ihren Augen handarbeitsaffine Deutschlehrerin, die für gewöhnlich sogar im Deutschunterricht einen blauen Arbeitsoverall wie der Werklehrer trug, schon aufgrund dieser Tatsache für eine ausgesprochene Lesbenschickse, und jemand wie ich, der im Werkunterricht eigentlich ja viel lieber strickte und häkelte und so weiter, als irgendwelche maßstabsgetreuen Miniaturen von Wind- und Wassermühlen, Burgbauten oder Bergwerkstollen anzufertigen, wurde selbstredend leicht zur schwulen Sau erklärt, wenn er fürs Stricken und Häkeln Partei ergriff, als ob es nicht vollkommen egal gewesen wäre, wer sich warum für welches Geschlecht oder Tätigkeiten erwärmte, ja diese ganzen überflüssigen, gar überflüssigsten Homophobien in der Welt waren in sich absurd und freilich nur eine Fortführung dessen, was sich in den jeweiligen Klein- und Großfamilienverbänden abspielte (und gerne unter den Teppich gekehrt wurde), wo sich beispielsweise die Väter über schwule Männer (und Flittchen) und die Mütter gerne über »Mannsweiber« (und Flittchen) ausließen, die obendrein oft auch noch aus exotischeren Ländern stammten, und unwesentlich andere Hautfarben aufwiesen, was man zweifelsohne als unreifes, vermutlich unreifstes Kind schon aus reinstem »Überlebens-Pragmatismus« verinnerlichte, all die rassistischen Haltungen und Diffamierungen und Vorverurteilungen, die im elterlich-nachbarschaftlichen Umfeld kursierten, während man gerade in sich gekehrt und wütend in seinem Zimmer ausharrte, sich einsam fühlte und unbedingt irgendwo dazugehören wollte, wenn es später im Wohnzimmer oder bei irgendeiner Stammtischrunde zur Sache ging, zu der man (also nicht ich) die Väter hatte begleiten dürfen, und man (nicht ich) also der Handarbeits- und Deutschlehrerin obendrein noch genüsslich ihre nicht völlig astreine Herkunft unterstellte, die auch im Schulhof regelmäßig andiskutiert wurde, ob die überhaupt jemals einen ordentlichen Asylantrag bei den entsprechenden Behörden eingebracht hätte, und demnach ordnungsgemäß an der Schule angestellt wäre, oder ob man sie einfach nur aus pragmatischen Gründen, soll heißen einer Notlage heraus, unter der Hand beschäftigte, weil schließlich überall eklatanter, gar eklatantester Lehrermangel vorherrschte, der sich freilich auch in anderen Unterrichtsfächern bemerkbar machte, als nämlich sogar mal ein sogenanntes »Au-pair-Mädchen« aus einer der französischen Partnerschulen (ich glaube aus Aix-en-Provence) für eine ganze Weile den diesbezüglichen Sprachunterricht an unserer Schule übernahm, weil schlicht, wie die Direktion per Aushang verlautbarte, niemand aufgetrieben werden konnte, der dafür ausgebildet gewesen wäre, also einen regulären Universitätsabschluss vorzuweisen gehabt hätte, und man die junge, gerade mal volljährig gewordene Frau in der Schule freilich mit diversesten Anzüglichkeiten überrollte, angeblich auch im Lehrerzimmer selbst, wo man ihr unterstellte, es dem Werklehrer regelmäßig auf »Französisch« zu besorgen, während die Handarbeits- und Deutschlehrerin so rein gar nichts von einer echten »Hand- und Mundarbeit« verstand, und ich also dann wie gesagt richtiggehend im Werkunterricht ausgezuckt bin, beim selten praktizierten und mir zu diesem Zeitpunkt längst liebgewordenen Stricken, weil man (die Klasse) meine damals ohnehin fragile, vielleicht sogar fragilste Männlichkeit wiederholt und unentwegt in Frage zu stellen wusste, weswegen ich eine der durchaus waffentauglichen Stricknadeln mit aller Kraft einem hierfür verantwortlichen Mitschüler in die Hand rammte, um mich so ein für allemal der lästigen Hänseleien, ich sei eine achselfickende Schwuchtel, eine arschgurkige Analrosine, ein scheißefressendes Fotzengulasch, zu entledigen, ja ein für allemal und mit aller Vehemenz klarzustellen, dass mich das Austapezieren eines Papp- beziehungsweise Schuhkartons (eine der beliebtesten Übungen im Werkunterricht des Werklehrers), ebenso wie das nachfolgende Einsetzen von in der Optik der 60er Jahre verzierten Trennwänden, und das Möblieren der einzelnen, dadurch geschaffenen Zimmerabteilungen, nicht mal ansatzweise so interessierte, wie jenes mich in Wahrheit beruhigende und mich insgesamt friedfertiger stimmende Stricken, etwa das eines überlangen, mich fast schon gänzlich verhüllenden Winterschals, mit dessen Hilfe ich mich später möglicherweise sogar im Keller würde aufhängen können, wenn ich endgültig an den Punkt gelangte, die weltlichen Freuden nicht mehr länger ertragen zu wollen, wenn die Zuspitzungen und Anfeindungen, die einem sogenannte Mitmenschen ständig angedeihen, längst ihresgleichen suchen, und man davon restlos gesättigt und vollkommen ausgelaugt, ja apathisch in seinem Zimmer dahinvegetiert, den aus brauner und weißer Schafwolle gefertigten, grobmaschigen Winterschal dabei an den wie gefühlt in einem Schraubstock eingezwängten Brustkorb drückend, darüber nachdenkend, warum es nicht schon von Rechtswegen einem jeden Individuum in unserer Gesellschaft freistehe, dann aus dem Leben zu scheiden, wann es das nach eigenem Gutdünken und Dafürhalten wolle, und warum also in diesem rückständigen Land keine Hilfestellungen bei solchen, meistens ja medizinisch begründbaren suizidalen Vorhaben geleistet werden, warum man etwa in drastischen Fällen von Ganzkörperlähmungen und permanenten Tobsuchtsanfällen und so weiter nicht einfach irgendwo anrufen oder anrufen lassen kann, damit sie (die zuständigen Behörden) diesem ganzen Leidensweg ein einigermaßen humanes Ende setzen, und warum man stattdessen bloß immer wieder und von unserer verkommenen Gesellschaft mit Nachdruck zum Leben gezwungen wird, als ob dieses irgendeine an sich unkündbare Mitgliedschaft in einem obskuren Verein darstelle, als ob es in Wahrheit darum gehen würde, dass sich die sogenannten Mitmenschen besser fühlen und irgendeinen Schein wahren können, weil es durchaus erleichternd sein muss, jemanden in seiner Nähe zu wissen, auf den man seine Wut richten, wo man alles auskotzen und abladen kann, was in einem brodelt, all die einem selbst innewohnenden, sich in einem scheinbar wie aus dem Nichts manifestierenden Widerwärtigkeiten.

Ich ließ mir vom Vater manchmal unter der Hand (Mutter durfte davon nichts wissen) eine Entschuldigung aufsetzen, um dem Schulunterricht fernbleiben zu dürfen, vornehmlich an jenen Tagen, wo der nächste Werkunterricht auf dem Plan stand, wo also der nächste Schuh- und Pappkarton mit irgendeiner bizarren Wohnszenerie be- und gleichsam mit Leben erfüllt werden musste, weil schließlich auf Möblierung und detailgetreue Ausstattung der einzelnen Zimmer seitens des Werklehrers viel Wert gelegt wurde, ich demnach unentwegt und ungelenk mit meiner Laubsäge, dem Glasschneider, der Schlagschere und so weiter, irgendwelche Ministühle und Minitische und Minispiegel und Miniküchenkommoden und Minibetten und was weiß ich aus diversen Holzplättchen, Kartonscheiben, Zahnstochern, Drähten et cetera hätte herstellen müssen, um in weiterer Folge aus Kork und Styropor und Plastilin auch noch Minimenschen und Minihaustiere »zusammenzuschustern«, die mit Klebstoff vor dem Spiegel stehend oder im Bett liegend oder in der Küche mit Miniminigeschirr hantierend zu fixieren gewesen wären, damit diese später nicht versehentlich aus den Wohn- und Lebensbereichen herauspurzelten, wenn die Schuh- und Pappkartons als Einzelsegmente aufeinander gestapelt und zu einem Wolkenkratzer mit diversen Fensteraussparungen zusammengesetzt wurden, durch die man ins Innere lugte und die dort »ausgeführte Atmosphäre« lobte oder bekrittelte, und der Vater schien in diesem einen Punkt durchaus Verständnis für mich zu zeigen, als würde er sich unangenehm an die eigene Schulzeit erinnert fühlen, denn er kritzelte die Entschuldigungen nicht etwa leichtfertig hin, vielmehr legitimierte er das Fernbleiben seines Sohnes mit Formulierungen wie »hiermit bitte ich sie ausdrücklichst, meinen Sohn Thom Ixypsilon am 18. Oktober vom Schulunterricht freizustellen, weil dieser an einer Begräbniszeremonie teilzunehmen hat«, oder »es ist leider unvermeidlich, dass mein Sohn Thom Ixypsilon am 27. Februar dem Schulunterricht fernbleibt, weil dieser bei einer kirchlichen Trauerfeier zugegen sein muss«, und »selbstverständlich werde ich den Unterrichtsstoff, vom 14. März, welchen mein Sohn Thom Ixypsilon in Anbetracht des unerwarteten Todesfalles seines Onkels zweiten Grades verabsäumte, persönlich zur Gänze aufarbeiten,« bestmögliche (und niemals frei erfundene) Rechtfertigungen also, weil ja schließlich immer reichlichst gestorben wurde, wofür ich überaus und aus tiefstem Herzen dankbar war und bin.

An den gewonnenen Tagen, die in der Schule freilich als »Fehltage« protokolliert wurden, was als abstruse Falschannahme wohl nicht zu überbieten ist, versuchte ich die Zeit insofern sinnvoll zu nutzen, weil ich mich be- und abmühte, sie nicht sinnlos zu verprassen, ich war also immer drauf und dran, wenigstens der Fantasie freien Lauf zu lassen, ihr jeglichen »Gestaltungsfreiraum« anzubieten, und meinte obendrein kurzfristig, dass ein Kopf, der voller Fantasie stecke, auch aus seiner Misere gerettet werden könne, wie doch viele in der Welt ebenfalls daran glaubten, dadurch, dass sie ihren Kopf mit Fantasie bevölkern, ge- und errettet werden zu können, doch kein Mensch, kein noch so ordentlicher Mitmensch wohlgemerkt, und ergo auch kein Kopf, beziehungsweise »Mitkopf«, kann in Wahrheit gerettet werden, denn ein Kopf ist schon dadurch, dass er in der Welt existiert, rettungslos verloren, überall lauter verlorene Köpfe, die lauter verlorene Körper auf lauter verlorenen Kontinenten bevölkern, und ich meine, wenn man erst zu diesem Punkt gelangte, wo einem nicht einmal die eigene Fantasie lohnenswert schien, was sollte dann überhaupt noch werden, und so beschränkte ich mich lieber darauf, die sich häufenden schulischen Fehltage fantasielos zu gestalten, indem ich sie mit monotonen Strickarbeiten ausfüllte, wodurch ich bald jegliche Lust daran verlor, an Schals, Handschuhen oder Mützen zu arbeiten, es erforderte einfach etwas Größeres, um die Zeit totzuschlagen, und daher setzte ich mir in diesen meinen (verlorenen) Kopf, einen Überzug für einen abgestorbenen Baum in der Nähe unseres Hauses anzufertigen, welchen ich diesem wie einen Jumpsuit würde überstreifen können, was sich in der Form aber schließlich als ein zu schwieriges Vorhaben herausstellen sollte, ich mich also darauf beschränken musste, weiter an diesem überlangen, aus unterschiedlichen Farben und Wollresten und überhaupt allen halbwegs strickbaren Materialien bestehenden »Schal« zu stricken, den ich schließlich ganz um den toten Baum herumwickelte, was sich zuerst leicht realisieren ließ, da dieser nicht mehr über ganz so viele Äste und Verzweigungen verfügte, der allerdings eine stolze Höhe von zehn Metern aufwies und ich mehrfach vom Baum abzustürzen drohte, doch als er schließlich vollständig umwickelt war und ich bereits an weiteren »Überzügen« für weitere bedeutungslose Objekte strickte, hörte ich davon, dass Menschen vermehrt zu dem von mir »eingestrickten« Baum pilgerten, oder überhaupt extra mit dem Auto hinfuhren, um den Baum genauer in Augenschein zu nehmen, und bald darauf stand etwas darüber in der lokalen Zeitung, wo plötzlich von Kunst die Rede war, und davon, welcher Künstler wohl dieses Kunstwerk erschaffen habe, welche Ursache (gar Intention) dahinterstecke, man ereiferte sich sogar in diesbezüglichen Ansätzen, weil ich noch weitere Objekte in unserem Viertel mit Strickschalüberzügen umwickelte, einen ausrangierten Zugwaggon, ein Russendenkmal und so weiter, und es zeigte sich dabei nur, dass die Ursachenforschung ausschließlich eine Ersatzursachenforschung blieb, weil man immer nur Ersatzursachen und Ersatzintentionen zu formulieren wusste, und man sich auch mit Ersatzursachen und Ersatzintentionen zufrieden stellen ließ, sogenannten Expertenmeinungen und Fachexpertisen selbsternannter Weltendeuter, die darüber genau Bescheid zu wissen glaubten, das Ganze sei nämlich ein untrügliches Zeichen des Protests gegen den Klimawandel, eine symbolische Schutzhülle für die zerbrechlicher werdende Natur, ein mutmaßlicher Hilfeschrei einer Person, der nicht egal ist, was aus allem wird, ja die ganze Welt erklärt man sich, aber das ist nur meine Meinung, aus nichts anderem als aus Ersatzursachen und Ersatzintentionen durch Ersatzursachenintentionsforschung, weil niemals die Wahrheit (und welche sollte das auch sein) ans Licht kommt.

Oft ließ es sich gar nicht vermeiden, die eigenen Tätigkeiten ad absurdum zu führen, weil es das einzige Mittel blieb, die Ungeheuerlichkeiten zu versinnbildlichen, welchen man in den unterschiedlichsten Lebensphasen anheimgefallen ist, ja in welchen man mutmaßlich seit der Geburt steckte, beziehungsweise förmlich wie ein festgefressener Kolben bis zum Anschlag seit der Kindheit und Jugend feststeckte, als würde man etwa wärmende Fäustlinge für die kältere Jahreszeit zu stricken beabsichtigen, die man (ich) kurz vor ihrer Fertigstellung wieder auf- und eigentlich von sich abtrennt, als wäre ein Auftrennen und Zunichtemachen einer einen beanspruchenden Arbeit in Wahrheit unvermeidlich, ein Hilfeschrei, den freilich niemand als solchen zu deuten imstande ist, und sich selbst die Handarbeits- und Deutschlehrerin von meiner »Auftrennmanie« begeistern ließ, weil ich eben die perfekten Fäustlinge zu stricken mich entschlossen zeigte, weil eine jede Masche und Schlaufe perfekt sitzen und man (ich) sich nicht mit Kompromissen zufrieden geben wollte, was zugleich vortrefflich den Dilettantismus dahinter veranschaulichte, dass es nämlich das Merkmal eines jeden armseligen Dilettanten sei, sich immer wieder am Schwierigsten und Herausforderndsten in einer jeden Lebensphase zu versuchen, es demnach ein kläglicher, gar kläglichster Anfänger- und folglich sogar »Lebensfehler« sei, sich die Latte zu hoch zu legen, sodass man unweigerlich daran scheitern wird müssen, und man (ich) also unentwegt zu dem Punkt gelangte, dass man (ich) das Strickwerk und die bereits wieder aufgetrennte Wolle zu seinen Füßen als »unangenehm«, ja »unappetitlich« erachtete, als hätte dort irgendein »Wolltier« einen ungebührlichen Wollhaufen hinterlassen, als hätte es sich diesen nicht länger verkneifen können, in den zu steigen man (ich) tunlichst vermied, ja die neuwertige Wolle sogar entsorgte oder verbrannte, weil man (ich) beim nächstanstehenden Versuch bereits wieder neueste Wolle in einer frischen Farbe be- und verarbeiten wollte, die einem noch nicht penetrant zu Füßen gelegen ist, diese Wolle, die man (ich) schließlich immer wieder durch seine Finger hatte gleiten lassen, um ihr so die Jungfräulichkeit zu rauben, was von dem Strickakt freilich ein völlig falsches Bild vermittelt, und eigentlich wurde mir bei dem ständigen, ja beständigen Stricken von Fäustlingen zusehends bewusster, dass ich sie wie nichts anderes auf der Welt hasste, und sie bereits als Kleinkind verabscheut hatte, wie sie da an einer Schnur um meinen Hals baumelten, als wären sie irgendein »Nutztiergeschirr«, an dem mich die Mutter jedesmal würde schnappen und zügeln können, und ich mich obendrein zu erinnern meinte, gesagt zu haben, dass ich keine Fäustlinge mehr tragen möchte, was zur Folge hatte, dass sie noch weitere Paare einkaufte, und ich dann richtiggehend erleichtert war, als mir der Vater einmal zu Weihnachten gefütterte Lederhandschuhe schenkte, in welchen sich ein jeder Finger lokalisieren und ausmachen ließ und ich auch leichter Schneebälle formen und vorbeifahrenden Fahrzeugen nachwerfen konnte, wobei mich das Gefühl beschlich, mich mit Handschuhen endlich erwachsener und selbständiger fühlen zu dürfen, wohingegen Fäustlinge geradezu wie deformierte, in sich verwachsene Finger und Handflächen und -ballen wirkten, als wäre man damit für alle Zeiten körperlich (und geistig) benachteiligt.

Ungeheuerlichkeiten ließen sich eigentlich beinahe überall ausmachen, sobald man den Blick für diese geschärft hatte, etwa beim Zeichnen im Wohnzimmer früher, wenn mir die Mutter beiläufig Papier und Stifte in die Hand drückte, um mich still zu halten, und ich also irgendetwas mit Blei- und Buntstiften zu verewigen versuchte, zunächst längere Zeit nur mit Bleistiften unterschiedlichster Größen und Stärken, die mich als Kind insofern begeisterten, weil man sie ausradieren und somit alles »Verursachte« problemlos ungeschehen machen konnte, was freilich nur dazu führte, dass ich ständig etwas ausradierte, und viel zu wenig bis zu seiner »Fertigstellung« vollendete, und auch wenn ich mal mit etwas fertig geworden war, was, meiner Meinung nach, als gelungen hätte erachtet werden können, wurde ich von der Mutter fatalerweise ermuntert, fallweise mehr doch angeherrscht, alles Geschaffene wieder zur Gänze auszuradieren, worin scheinbar ihrerseits die eigentliche Intention lag, mich unentwegt und fein säuberlich das Gezeichnete ausradieren zu lassen, was zugleich, wenn man es ordentlich anstellte, mehr Zeit benötigte, als es aufzuzeichnen, und es würde im Nachhinein betrachtet auch erklären, warum ich wesentlich mehr Radiergummis als Bleistifte besaß, denn in Wahrheit erhielt ich mit einem jeden gekauften Bleistift zugleich einen neuen Radiergummi in die Hand gedrückt, und ich zeichnete und zeichnete, kritzelte und malte diverse Flächen in unterschiedlichsten Grautönen aus, die ich bald schon wieder verbissen auszuradieren versuchte, bis schließlich überall nur noch Radiergummirückstände im Wohnzimmer auf- und zusammenzukehren blieben, die meine zeichnerische Tätigkeit schlussendlich wesentlich deutlicher versinnbildlichten, als irgendwelche Bilder, weil ich schlicht kein zeichnender, vielmehr aber ein aus- und wegradierender Junge geworden war, der sich freilich schon fragte, warum der Mutter niemals auch nur eine meiner Zeichnungen so weit gefiel, dass sie fortbestehen bleiben durfte, warum sie also immer nur wegradiert werden musste, und erst doch die nachfolgende Phase mit den Buntstiften, die ich wohl auch deshalb für mich entdeckte, weil sie sich nicht einfach ausradieren und so mir nichts dir nichts von einem Papierbogen entfernen ließen, und ich begeistert gelbe Sonnen und grüne Hügel und blaue Meere ausmalte, die durchaus im Kinderzimmer erhalten blieben, doch wann immer ich die Arbeit daran unterbrach, zur Toilette eilte, oder kurz mal was aß, oder mich im Kinderzimmer umzog, oder mich von etwas ablenken ließ, oder was weiß ich, im Grunde aber jeden Morgen oder immer dann, wenn ich die Buntstifte wieder zur Hand nahm, ihre Spitzen tatsächlich abgebrochen, und sie wie von einer Urgewalt durcheinander gewirbelt worden waren, und ich sie vor einem neuerlichen Malversuch zunächst mit dem Spitzer zuspitzen und wieder der Farbe nach in ihre Fächer einordnen musste, und kaum war der nächste Tag da, oder ich länger auf der Toilette gesessen, oder kurz mal vor dem Haus gewesen, waren die Buntstifte erneut wie von Zauberhand abgebrochen, womit ich sie wiederum an- und zuzuspitzen hatte, was freilich unter dem Strich mehr »Zeichenzeit« in Anspruch nahm, weil die zugespitzten Stifte gleich wieder abbrachen, sobald ich sie etwas kräftiger auf dem Papier auf- und einsetzte, und ich eigentlich meine Zeit mit den Buntstiften irgendwann nur noch damit verbrachte, sie wiederholt zuzuspitzen, abzubrechen, erneut zuzuspitzen und so weiter, bis bald überall nur noch kleine Buntstiftstummel ver- und überblieben, und ich zwar problemlos neue Buntstifte von der Mutter in die Hand gereicht bekam, doch wiederholte sich das seltsame »Spiel« weiterhin, als wären sie vorab wie in einem Sturm mutwillig zerschmettert worden, was man ihnen freilich nicht ansah, und erst beim Benutzen und Abbrechen und Zuspitzen und Abbrechen und Zuspitzen und neuerlichem Abbrechen wurde mir klar, dass es dabei nicht mit rechten Dingen zugehen konnte, und sich irgendwer (oder -was) in der Welt gegen mich verschworen haben musste.

Oder wenn ich mich daran erinnerte, wie oft mich der Vater mit zehn, zwölf Jahren ermunterte, doch das stickige Kinderzimmer zu verlassen, weil die Luft darin ja immer »zum Schneiden« war, wie er versicherte, und ich dann gar nicht anders konnte, als mir vorzustellen, wie er (oder jemand anderer) die Luft mit einem langen Messer (Machete?) in Streifen schnitt, sie kappte und zerkleinerte, bis alles wie in einem Schlachthaus am Fußboden lag, Luftstücke und Luftgedärme, und ich sogar darüber hinwegsteigen musste, wenn mich der Vater zum Fenster beorderte, um endlich mal ordentlich »durchzulüften«, dem ich auch ausgiebigst nachkam, ob nun im Winter oder Sommer, am Fenster zu stehen, und durchzuatmen, und die Luft förmlich hereinzubitten, um den Luftaustausch im Kinderzimmer nach bestem Wissen und Gewissen zu befördern, weil ich damals im Sommer (und auch Winter) recht viel schwitzte und der Vater gar nicht anders konnte, als mich zum regelmäßigen »Durchlüften« und zum damit einhergehenden »Auslüften« zu bewegen, also etwa vor das Haus zu treten (im Sommer und Winter), oder einen Spaziergang an der frischen Luft in Betracht zu ziehen, um den Kopf freizubekommen, der, wie er meinte, voller Pubertätskram stecke, was sich im Kinderzimmer durchaus an den neben den Buntstiftbildern hängenden Postersujets demonstrieren ließ, die irgendwelche vollbusigen Sängerinnen oder Schauspielerinnen oder gar »Kampfsportikonen« zeigten, namentlich etwa Bruce Lee, dessen Durchhaltevermögen und Opferbereitschaft mich wohl beeindruckten, wo er sich doch sogar die Schweißdrüsen operativ hatte entfernen lassen, um nicht ständig an den Filmsets alle paar Minuten nach aufwendigen, gar aufwendigsten Kampfszenen trockengerieben werden zu müssen, damit also die Luft in seiner Nähe nicht immer nur »zum Schneiden« war, wie ich meine, und ich es irgendwann mit dem Durch- und Auslüften tatsächlich übertrieb, weil ich gar nicht mehr die Fenster und Türen schloss, wochenlang fast nur noch vor dem Haus herumsaß, bei jedweder Wetterlage wohlgemerkt, bis der Vater irgendwann ein Machtwort sprach und das Durch- und Auslüften insofern reglementierte, weil ich fortan nur noch dienstags und donnerstags die Fenster öffnen, und mich nur noch am Wochenende vor das Haus setzen durfte, und Mutter anlässlich dieser Eingriffe und in Anbetracht der Gelegenheit alle weiblichen Poster in meinem Kinderzimmer entfernte, demnach die Kim Basinger und Heather Locklear und Bo Derek vornehmlich, die mich zumindest noch eine ganze Weile gedanklich ge- und verleiteten.

Freilich, bei genauerer Betrachtung stellen generell alle Figuren (und alle Menschen) nur irreführende Mutmaßungen an, wie alles im Kosmos zusammen- und voneinander abhängt, sie blicken zum Nachthimmel, um sich irgendeine Art Absolution erteilen zu lassen, und keiner ist in Wahrheit davor gefeit, Sternschnuppen nicht als kurzfristige Phänomene zu erachten, ja vielmehr kann man sich bei ihrem Anblick nicht dem Reflex entziehen, spontan Wünsche abzusondern, was doch alles über uns Menschen (und Figuren) aussagt, wie auch über mich, in meinem mich auf dem Heimweg ereilenden und unerwünschten Gedankenwirrwarr, wie ich angetrunken von der Gastwirtschaft in die zusehends eher an eine Tierhöhle erinnernde Behausung wanke, dort auf in den Staub getretenen Pfaden wandele, den ewigen gleichen Wegen einer längst von allen guten Geistern verlassenen Kreatur, deren anrüchige, gar anrüchigste Gedankengänge von pervertierten Verstiegenheiten durchdrungen werden, als hätte jenes oben und unten auftretende Gerüttel und Gezerre, zugleich die denkbar unwürdigsten Individuen aufgescheucht, all die verlorenen Phantome, die sich nicht mehr aus ihrer Verkopftheit befreien können, ich bin am Leben, ich bin nicht am Leben, in keinem der Zustände kann und werde ich jedenfalls zur Ruhe kommen oder glücklich sein.

Wie auch mein beinahe schon Alter Ego Todd Domboski, vor dem sich bekanntlich der bodenlose Abgrund auftat, im großmütterlich gepflegten und wohlgestalteten Garten des ganz und gar gedeihenden Städtchens »Centralia« in Pennsylvania, als dieser keineswegs damit rechnete, und der diesem Ereignis zweifelsohne eine ähnliche Bedeutsamkeit zugestand wie ich, weil Spalten und Rissen seit jeher überall geisteszersetzende Windmühlen entsteigen, die sich überall in der Welt mit einer Selbstverständlichkeit ausbreiten, die ihresgleichen sucht, und man bedenke etwa diese ganze Sache mit Bethlehem Steel, eine Unternehmung, jedenfalls viel mehr als nur ein Unternehmen, das einer amerikanischen Stadt seinem Namen gab, das sich insofern verdient machte, weil es die Stahlherstellung revolutionierte, um etwa die Golden Gate Bridge und allerlei »Schiffernakeln« für den Zweiten Weltkrieg und so weiter zu erbauen, denn Bethlehem Steel erfand den »I-Beam-Träger«, mit dessen Hilfe überhaupt erst Wolkenkratzer errichtet werden konnten, was schließlich zur Folge hatte, dass das amerikanische Bethlehem und das nicht in allzu großer Ferne gelegene amerikanische Nazareth er- und aufblühten, was freilich nicht lange vorhielt, und so wurden die Industrieanlagen von Bethlehem Steel später zu Spielhöllen umgemünzt, zu welchen bis heute aus den gesamten Vereinigten Staaten ältere Menschen herangekarrt werden, die dort ihre Existenzen auf's Spiel setzen, was doch überdeutlichst veranschaulicht, dass alles, was der Mensch anfasst, in den Untergang führt, was sich auch dadurch beweisen ließe, dass unter der niederen Welt eine immer noch niederere, wenn nicht gar niederträchtigstere existiert, und wenn die gottgleichen Lushei früher oder später die Nase voll von uns haben werden und den Spieß einfach umdrehen, und ihrerseits so lange aufstampfen und lärmen und gegen den ihnen zum Greifen nahe liegenden Kosmos schlagen, bis dieser unwiederbringlich aus dem Gleichgewicht gerät und überall Risse und Spalten aufklaffen, um das Darüber- und Darunterliegende zu verschlingen, dann wird das absolute Nichts unaufhaltsam um sich greifen, ein Nichts, in welches ich freilich schon seit der Kindheit geworfen worden bin.

24. März, 11:00 Uhr

Verunmöglichung, die … in eine Richtung verlaufende Bewegung, deren Kraft mit dem Alter zunimmt, ein wiederkehrendes Fallen, das in Massen auftritt, ein durch die Verminderung von Lebensinhalten hervorgerufenes Phänomen, das sich mittels Schlafstörungen bemerkbar macht, ja die Gesamtheit dessen, was ein Verstorbener für gewöhnlich hinterlässt, ein Schaum, der auf heftig bewegtem Wasser entsteht und mit der Strömung wegtreibt, ringsum heulende Wölfe.

Obwohl mich und das Fräulein Gretchen neuerdings gelegentliche und im sommerlichst sich gebärdenden Gastgarten vor sich hinplätschernde Gesprächsfetzlein verbanden, konnte dieser Umstand nicht darüber hinwegtäuschen, dass ich keinerlei wie auch immer beschaffenen Boden gegenüber anderen herausgeputzten, geschniegelten und -striegelten Stammgästen gewann, im folgenschwereren, ja substanzielleren Sinne schien ich keinesfalls geeignet, mich in Fräulein Gretchens Gunst über ein Mindestmaß an einstudierten, gar einstudiertesten Höflichkeiten und sachtestem Schultergeklopfe hinauszubewegen, obwohl ich eine jede sich mir bietende Gelegenheit, freilich ohne die damit verbundenen Aufdringlichkeiten und Schlüpfrigkeiten, denen man als Mann in solchen Situationen leicht anheimfallen könnte, zu ergreifen wusste, welche mein Bestreben, dem Fräulein Gretchen in empfindsamerer und gewiss doch amikalerer Weise näherzukommen, zu befördern vermocht hätte, und welches zu befördern ich mich insgesamt entschlossen zeigte, etwa im wiederholten Erwerb gelegentlicher Lottoscheine, Rubbellose und ähnlicher Strohhalme, gar der ordinären Teilnahme an allerlei mehr oder weniger peinlichen Preisausschreiben, welche mich allesamt in die Position versetzen sollten, meine angespannte, pekuniäre Lage zu stabilisieren, um dem Fräulein Gretchen ein Mindestmaß an Amüsement beziehungsweise Komfort bei etwaigen mir vorschwebenden Unternehmungen bieten zu können, soll heißen, sie etwa zu einem mehrgängigen und -stündigen Essen in ein deliziöses Haubenlokal auszuführen, oder sie zu einer Landpartie oder ähnlich gelagerten Aktivitäten einzuladen, insbesondere nach ihrer unglücklich, beziehungsweise unglücklichst verlaufenen Bindung und Scheidung vom vermeintlichen Traummann, ein Umstand, der meine zarten Avancen ohnehin bekanntlich für eine Weile im Keim erstickt hatte.

Freilich meine ich damit nicht etwa die überstürzte Trennung der einstigen Turteltäubchen, die mich aus einer von Hinder- und unliebsamen bis unliebsamsten Vorkommnissen gepflasterten Bahn warf, nein, ich beziehe mich auf das vorschnelle, Hals über Kopf um- und mir in der Gaststätte nacherzählte, ja vorgesetzte Heiratsgeplänkel, welches seinerzeit meinen eh doch fragilen Geist, diesen in pechschwarze, gar pechschwärzeste Löcher einer nunmehr über mir einstürzenden Gegenwart versenkend, ihn in Höllenglut ertränkend und schwenkend, regelrecht wegfegte, und doch ging die Plänkelei selbst nach diesem Lebensab-, ja denkbar unerquicklichsten Lebenseinschnitt weiter, das Fräulein Gretchen tauchte bekanntlich, nachdem sie zwei Jahre lang von der Bildfläche verschwunden blieb, erneut in meinem mir durch die überhastete Vermählung vergrämten, ja längst geradezu vergällten Stammlokal auf, nunmehr bekanntlich vom ehelichen Hafen und den damit verbundenen Pflichterfüllungen losgeeist, allmählich wieder und sukzessive gesündere, ihr zuträglichere Gesichtsfarbe gewinnend, und unsere gelegentlichen Unterredungen nahmen wieder Fahrt auf, das Bier mundete mir schlussendlich wieder besser, obwohl ich nicht hätte behaupten können, in jener trostlosen Zeit, in der das Fräulein Gretchen durch Abwesenheit glänzte, weniger Alkohol konsumiert zu haben, doch trat ich meinen geregelten Gang in die Gastwirtschaft nun endlich leichteren Schrittes an, eines im Grunde gar nicht unverdienten Tages sogar mit einem »Zettelbrief« über ein gewonnenes Preisausschreiben in der Hand wedelnd, einen luxuriöseren, dreitägigen Aufenthalt in einer Suite für zwei Personen in Hallstatt am gleichnamigen See im Hotel »Grüner Baum« hätte ich zu verprassen, es stand dort schwarz auf weiß protokolliert.

Ich versuchte das Fräulein Gretchen bei der nächsten sich bietenden Gelegenheit als Reisebegleitung zu gewinnen, sie gewissermaßen zu invitieren, freilich unentwegt beteuernd, ja beschwörend, dass sie im Falle einer Zusage selbstverständlich ein eigenes Zimmer für sich zur Verfügung gestellt bekäme, ich selbst würde in besagter »Königssuite« schon noch ein Sofa oder anschmiegsames Kanapee finden, im geräumigen Vor- oder, wie bei begüterten, ja betuchtesten Gästen in solchen Etablissements üblich, Empfangsraum zweifelsohne, und zur Not gäbe es bestimmt zwei, drei schaumstoffgepolsterte Liegen am Balkon, ich schliefe zudem gerne an der frischen Luft und wüsste auch niemanden, den ich sonst zu einer solchen Ausflugsfahrt, ja Sommerfrische hätte mitnehmen können et cetera, all diese »gestelzten« Sätze, ich versicherte sie glaubhaft und in aller Deutlichkeit, und bevor ich zu weiteren, noch umfangreicheren Schilderungen, An- und Lobpreisungen der Vorzüge jener noblen, grünbäumlichen Residenz und des unleugbar weltmännischen Aufenthaltes in Hallstat ansetzte, erwiderte sie kurzum, dass sie schon immer mal die dortige, historisch relevante Altstadt samt Beinhaus habe auf- und besuchen wollen, und sie sich problemlos ein paar Tage in der Gastwirtschaft freinehmen könne, sofern ich die genauen Umstände nicht überall herumposaune, darüberhinaus sei sie überzeugt, dass ich durchaus ein legerer, allerdings doch Gentleman sei, meine Belesenheit und grundsätzliche Pfiffigkeit kämen ja nicht von ungefähr, sie lächelte und sprach weiter, doch nahm ich alles Folgende nicht mehr so im Detail wahr, weil ich bereits in einer sich selten genug einstellenden Glückseligkeit schwelgte, meinen von widrigen, gar widrigsten Lebensumständen gepeinigten Geist darin eintauchte, wie ich und das Fräulein Gretchen als eine künftige Reisegesellschaft wirken würden, das alles war gar nicht auszudenken und demnach auch den vermaledeiten Preisausschreibungsfirlefanz und Lottoschwachsinn wert gewesen.

Ich hatte das spielsüchtige Verhalten bereits wochenlang in Zweifel gezogen und auf meinen noch labileren Zustand zurückgeführt, ich meine, als ob ich je vom Glück verfolgt oder sonstwie bevorzugt gewesen wäre, nichts und niemand hatte mir zeitlebens etwas geschenkt, noch hatte ich jemals etwas Nennenswerteres gewonnen (einmal wohl einen Kanarienvogel bei einer drittklassigen Tombola), vielmehr war ich überall misstrauisch beäugt und aufs »Widerlichstwidrigste« angemotzt worden, beinahe schien mir mein Leben wie von Sara Baume in »Die kleinsten, stillsten Dinge« beschrieben, denn wo immer ich auch ging und stand, dort war es für gewöhnlich so, als würde ich gar nicht existieren, als befände ich mich auf der Oberfläche eines nur von Staub- und Giftmikroben bevölkerten Trabanten irgendeines vollkommen in Vergessenheit geratenen Planeten, nicht einmal einen Raum-, vielmehr einen sterilen, antiseptischen Schutzanzug trug ich am Körper, der mich in hinterhältiger, gar hinterhältigster Weise vom übrigen Kosmos absentierte, der perfidest verbarg und ausdrücklichst negierte, was für eine liebenswerte Existenz ich etwa an der Seite der richtigen Frau, ja in irgendeiner mir gewogeneren Umgebung, abgegeben hätte, anstatt also mein desperates Dasein in einem hermetischen Harzgefängnis fristen zu müssen, welches ich, wenn ich stampfend, schwankend und mit den Armen rudernd meinen Weg ging, selbst nicht mehr bemerkte, mich sogar darüber wunderte, dass sogar gestandene Männer mit dichten Bärten und noch dickeren Bäuchen lieber in den Rinnstein auswichen, ihre Schuhe freiwillig in das dort nach Regengüssen sich sammelnde und länger stehende faulige, gar fauligste Schmutzwasser tauchten, soll heißen, alles war den Menschen augenscheinlich lieber, als von mir auch nur gestreift zu werden, als bestünde mein Körper aus Asbest, als wäre das Harz an und in diesem reinstes Gift, und wer wollte und sollte es ihnen schon verdenken, ein Phantom blieb ich durch und durch, immerfort auf mich selbst zurückgeworfen, und immer öfter irgendwo Münzen in Spielautomaten schiebend, Lottoscheine lösend, mich sogar mit Hütchenspielern einlassend.

Wenn ich mich im diskontesten (billigsten) aller Supermärkte in eine Kassenschlange stellte, drückte die Kassiererin, wie auf direkten Befehl aus einer mir nicht einsehbaren Schaltzentrale, auf den neben ihr penetrant aufblinkenden Schalter und verschwand plötzlich im Lagerraum, und selbst wenn ich mich an einem mickrigen, gar mickrigsten Spielplatz vorbeischleppte, gab es immer eine entrüstet ihre Nasenlöcher aufblähende Mutterkuh oder irgendein pickelgesichtiges, zeterndes Au-pair-Mädchen, das sich meine Visage einzuprägen versuchte, und säße ich erst im Auto, sie würde sich gewiss das Kennzeichen aufnotieren, um mich bei nächstbester Gelegenheit einer zuständigen Amtsperson zu melden, und selbst wenn ich irgendwo über das Wasser schreiten oder ein noch größeres, wahrlich offenkundiges Wunder vollbrächte, etwas mit Blitzen und Graupelschauern zum Beispiel, so würde man sich doch nicht die Zeit nehmen, mich auch nur zum belanglosesten Bewerbungsgespräch, etwa bei den innerstädtischen Wasser- und Elektrizitätswerken, einzuladen, auch wenn ich, mit solchen und ähnlichen Gaben gesegnet, wahre Wunder an der Menschheit hätte vollbringen können, und genau das meine ich und meinte ich ein Leben lang, dass mir das Unglück überall hin folgte, und ich doch besser niemals hätte geboren werden sollen.

Und dann also diese Sommerfrische, ein kleines, am Ende wirklich nicht mal unverdientes Glück, das obendrein als Reise eine Kehrtwende in meinem Leben hätte darstellen können, eine gewiss spektakuläre, wenn nicht gar spektakulärste Abwechslung, ein mir längst fremd gewordenes, beschwingtes Amüsement, freilich in allem gebotenen und vorab ausführlich definierten Rahmen, als wäre der unabkömmlich wirkende Harzpanzer schlagartig von mir abgefallen, als hätte ich mich, einem echten Wunder gleich, aller »Asbestharzanzüge« entledigt, als lägen die Fechtmasken, die schon immer mein Gesicht verdeckten, nunmehr am Boden verstreut, als zeigten die Fliegengitter in meiner Wohnung endlich Löcher und Risse und alle Insekten, welche dahinter mit mir ihr Dasein hatten fristen müssen, schwärmten fröhlich in die Welt aus, in die luftigen, fast schon sorglosen Weiten meiner sich endlich wieder entfaltenden Wahrnehmung, und obwohl wir zunächst also in einem restlos, gar restlosest überfüllten Großraumwagen der Bundesbahnen vergeblich nach einer uns gefälligen Sitznische Ausschau halten mussten, verspürte ich eine unendliche, mich in die Lüfte befördernde Leichtigkeit, als hätte ich mich selbst in einen ganzen Fliegenschwarm verwandelt, und selbiges Hochgefühl hielt auch noch nach der Ankunft am unscheinbaren Bahnhof Hallstatt an, der freilich trotz des unfassbaren Gedränges ausreichend Lücken zwischen den strömenden Touristenmassen zuließ, vornehmlich eine Klientel chinesischer Herkunft, wie das Fräulein Gretchen vermerkte, das sich gewissenhaft, ja beflissentlich einen überaus schmalen Pflasterpfad abwärts zum Seeufer wälzte, zu einer dort bereits von Mückenschwärmen eingekesselten und geduldig vor Anker liegenden Fähranbindung, sodass uns kaum anderes verblieb, als mit diesem trägen Strom mitzuschwimmen, um uns bald darauf in einer gut fünfzig Meter langen Warteschlange wiederzufinden, deren oberstes Ziel es naturgemäß zu sein schien, denkbarst schnell an Deck des zu klein wirkenden Fährgefährts zu gelangen, dessen vordringlichste Aufgabe es alsdann sein würde, uns geduldige Passagiere, mittlerweile von starker Sonneneinstrahlung durchaus in Mitleidenschaft gezogen, überzusetzen, also ins selige, ja aus der relativen Ferne seligst wirkende Hallstatt zu transportieren, eine Seequerung wohlgemerkt, die sich schon bald im wahrsten Sinne des Wortes als schändliche, ja schändlichste Sardinenfahrt entpuppen sollte.

Es war alles andere als verwunderlich, dass zwei der gefühlt achthundert chinesischen Mitmenschen an Bord (jener auf »Hallstatt« getauften Nussschale) in all dem frenetischen Geschiebe und fanatischen, gar fanatischsten Pre-View-Hallstatt-Gewimmele plötzlich ins blaugrüne Wasser abplumpsten, markerschütternd und entrüstet kreischend, radebrechend sich erzürnend und in einer mir unbekannten Landessprache fluchend, ich meine, ausdrücklichst uns alle, die da an der Reling standen und den Vorfall beobachteten, aus lauter Kehle zum Teufel wünschten, wie man mir etwas später seitens des sprachkundigen Bordpersonals zuraunte, uns, mir und dem Fräulein Gretchen allein, den einzigen augenscheinlich heimischen Daseinsformen am Schiff, denen das Wort »aufpudeln« geläufig war, welches nämlich zuvor noch der Hallstätter Kapitän (samt seiner beider Leichtmatrosen) in den Mund genommen hatte, »di solln si net so aufpudeln, di Schoodafressa, is jo nix gscheng«, was als Zwischenfall tatsächlich kaum einen der anderen Reisegäste zurückhielt, schon während der Rettungsaktion diverse technische Gerätschaften zu zücken, und diese zunächst auf die beiden Unglücksraben und danach auf die Silhouette von Hallstatt auszurichten, klickende Fotoapparate und surrende Filmkameras vornehmlich, doch auch neumodische Drohnenexemplare wurden aus diversen Markentäschchen und -köfferchen unverzagt von der Leine gelassen, welche fortan wie hummelbäuchige Flugknäuel vom Schiff aus auf Hallstatt zupreschten, um ihren jeweiligen Eigentümern die exklusivsten Luftbilder und Luftblickwinkel auf das altehrwürdige Stadtgemäuer zu gewähren, wohingegen die genervte Mannschaft, die beiden Verunglückten inzwischen aus den Fluten bergend, lautstark ihre Berufswahl in Frage stellte, nichtsdestotrotz einen Mann mittleren Alters und eine jüngere Frau errettend, welche die überhandgenommene und munter drauf los grassierende Teilnahmslosigkeit der anderen Fahrgäste nicht fassen und deshalb nur die Köpfe schütteln konnten, man verfrachtete sie auch unverzüglich unter Deck, um nicht weiter die Urlaubsstimmung zu trüben, und flößte ihnen auf dem Weg dorthin aus einer ausgebeulten, wenn nicht gar der ausgebeultesten Thermoskanne, die ich je gesehen hatte, etwas Flüssigkeit (vermutlich Tee) ein, und setzte die Fahrt danach mit voller Kraft fort, nicht ohne via blechernst knisternder Bordlautsprecher darauf zu bestehen, dass das Aussetzen und die Inbetriebnahme von Drohnenluftvehikeln vor, in und über Hallstatt unter Strafe stehe und sogar behördlich verboten sei, was freilich niemanden zu kümmern schien, mag ja auch sein, der im breiteren, salzkammergutschen Dialekt vorgetragene und in ein holpriges, ja holprigstes Englisch übertragene Appell blieb zum Leidwesen der sich echauffierenden, nautischen Verantwortlichen unverständlich, womit die gut fünfzehn gestarteten Quadrocopter erst nach dem Anlegemanöver und beim allmählichen Verlassen des Schiffes wieder zur Landung genötigt werden konnten, all dies freilich bereits unmittelbar vor der Hallstätter Promenade mit ihren geschichtsträchtigen Kirchtürmen, was das Fräulein Gretchen kurzum fragen ließ, ob wir nicht bei unserem Aufenthalt ein vermehrtes Augenmerk auf diverse Flugroboter richten sollten, nicht, dass uns eines dieser Erwachsenenspielzeuge noch auf die Köpfe falle, und nicht, dass dieses den so hübschen Postkartenhimmel mit sich reiße, fügte ich augenzwinkernd und immer noch mich schwebend fühlend hinzu, allemal schien aber einiges darauf hinzudeuten (etwa die Warnschilder zu den zahlreichen Taschendieben), die Augen besser offen zu halten.

Wir bezogen durchaus gut gelaunt unsere Zimmersuite im Hotel »Grüner Baum«, wohlgemerkt nach einer äußerst harmonisch verlaufenen Zimmeraufteilung, die mir in Wahrheit durchaus etwas Kopfzerbrechen bereitet hatte, das Fräulein Gretchen logierte demnach im großzügigen Balkongemach in einem großflächigen Doppelbett, ich wiederum bettete den Kopf auf ein äußerst formidables und sich tatsächlich gut in die weiteren Räumlichkeiten einfügendes Kanapee im Foyer des Balkongemachs, einem entspannten Miteinander stand so gesehen nichts im Wege, wie ich noch dachte, und wir zogen unmittelbar darauf bereits wieder los, um uns die holprigen Gassen und Gässchen des pittoresken, wenn nicht gar pittoreskesten Städtchens des Salzkammergutes zu erschließen, das Fräulein Gretchen strahlte dabei merklich übers ganze Gesicht und verfiel allmählich in eine mir bis dato bei ihr unbekannte Urlaubsstimmung, derer ich im üblichen Biotop des Gaststättengastgartens freilich nie gewahr geworden war und es auch schwerlich jemals werden würde, frei nach den Schriften Michael Ondaatjes in seinem mir ansatzweise geläufigen Werk »Kriegslicht«, wonach ein Fisch, der sich im Schatten tarne, nicht mehr ein Fisch, vielmehr aber Teil der Landschaft sei und zu dieser werde, was seltsamerweise einige tristere Gedankengänge in mir auf den Plan rief, welchen zufolge nämlich das Fräulein Gretchen in der Gaststätte kein eigentliches Individuum darstellte (und auch nie dargestellt hatte), vielmehr handelte es sich bei ihr um ein mehr oder weniger landschaftliches, eine Art gegenständliches Interieur einer unbarmherzigen Bewirtungsmaschinerie, deren Be- und Ausschilderung als Servierkraft doch lediglich eine zutiefst sinnlose Existenz versinnbildlichte oder bestenfalls kaschierte, welche ich bislang nicht zu be- und greifen gewusst hatte, weil ich mich doch, so wie auch die anderen in ihrer Wahrnehmung eingeschränkten und limitierten Schnapsbrüder, vornehmlich mit mir und meinen Eigenheiten auseinandersetzte, in vom unmäßigen Alkoholkonsum eingetrübten Landschaften wandelte und solche in einen unübersichtlich werdenden Makrokosmos zu verwandeln wusste, von Fischen und anderen Kreaturen fand sich dort keine Spur mehr, Individuen kamen in meinem gesamten Weltbild schließlich gar nicht mehr richtig vor.

Vielleicht ja doch, mit der einen Ausnahme von in mich nahezu willkürlich und regelmäßig hineinlaufenden und sich zwischen und unter den Hosenbeinen ver- und einwickelnden Hunden, deren Zick-Zack-Laufwege ich niemals, selbst im enthaltsamsten Zustand, abzuschätzen wusste, und die sich offensichtlich einen diebischen Spaß daraus zu machen schienen, mich in gefährliche Schieflagen zu manövrieren, weil ich ihnen, aus reiner Sorge auf sie draufzutreten, auszuweichen versuchte, womit ich ein jedes Mal an all die wesentlich klügeren Wölfe in fernen Wäldern denken musste, die sich seit jeher in geraden, ja nahezu geradesten Linien aufmachten, sie spurten und waren in ihren Fährten eben dadurch von einem jeden Hund unterscheidbar, der mit seinem unsteten »Stöckchenholdasein« und seiner Unterwürfigkeit seine Degeneriertheit hinlänglich schon durch die Art und Weise der Fortbewegung dokumentierte, was freilich keinesfalls etwas daran änderte, dass ich Hunde mochte, doch stand mir damals keine Zeit mehr zur Verfügung, um mich weiter mit solchen fast schon philosophischen Fragen und Miseren auseinanderzusetzen, ob und wie, wer und wann an Individualität und natürlichen Instinkten einbüßt, weil mich das Fräulein Gretchen schließlich wie eine nicht sonderlich schwere und bereits etwas ranzige Handtasche um ihren vom Serviergehopse gestählten Unterarm ge- und eingehängt hatte, und sie zog mich auch unverzüglich wie ein zielstrebiger Raubfisch vulgo Wolf auf direktestem Wege zur katholischen Pfarrkirche »Maria am Berge« und seinem hinlänglich bekannten Beinhaus, welches wiederum, zu meinem großen Erstaunen von keinen Menschenmassen bestürmt, förmlich auf uns zu warten schien, in trauter Zweisamkeit traten wir sogleich nach der Entrichtung einer unwesentlichen Gebühr in das der sommerlichen Hitze trotzende Gemäuer ein, zwei durchwegs beherzte und lebendige Individuen, die eine Weile vor den blanken Augenhöhlen der ruhenden Toten schauliefen, auf und ab und erneut von vorne die bunt bemalten Schädelreihen musternd, dort das Eichenlaub als Zeichen des Ruhmes, hier der Lorbeer als Zeugnis des Sieges, ein wenig Efeu noch als Symbol des Lebens und natürlich die obligaten Rosenblüten, opulent aufgemalte Pflanzengärten zur Veranschaulichung einer ewig währenden und über den Tod sich erhebenden und bestehenden Liebe, womit der auf leisen Sohlen sich anschleichende Wunsch, den eigenen Kopf auf die eingelagerten, säuberlich in einer Formation dämmernden Schädel abzulegen, fast schon ein Gebot der Stunde darzustellen schien, weshalb ich mich wohl auch aus einer der allgemeinem Leichtigkeit geschuldeten Laune hinreißen ließ, das Fräulein Gretchen spontan zu umarmen, und ihr einen Kuss aufzuhauchen, mich also ihren Lippen etwas anzunähern, ohne sie jedoch wirklich zu berühren, woraufhin sie sich entrüstet und in aller Heftigkeit von mir losriss, um mir ein »Sie spinnen doch jetzt völlig« entgegenzuschmettern, und behände aus der Kapelle zu eilen, durchaus verdattert hörte ich ihre Schritte auf den steinernen Stufen nachhallen, und auch später im Hotel würdigte sie mich keines Blickes mehr und reiste am nächsten Morgen, gleich nach einem in ihrem verschlossenen Zimmer eingenommenen Frühstück, ab, und ich habe sie, um ehrlich zu sein, danach nie wieder richtig angesehen, beziehungsweise bin ihr wahrscheinlich sogar nie wieder über den Weg gelaufen.

Vor meiner Abreise aus Hallstatt, verkroch ich mich tunlichst in der mir nunmehr zur Gänze zur Verfügung stehenden Hotelsuite, ich fühlte und empfand allerdings nichts mehr, soll heißen, ich versuchte mich krampfhaft mit irgendeiner beliebigen, gar beliebigsten Lektüre abzulenken, um nicht über das Ausmaß des Geschehenen (und mein gebrochenes Herz) nachzudenken, die »schönschaumige« Leichtigkeit war wie weggewischt, ja ich verschwand und tauchte in eine dieser kindlichen Traumwelten ab, die ein Trauma ansatzweise zu übertünchen scheinen, beziehungsweise solches zu gerne wollen, also zählte ich mit leiser Stimme bis hundert, um etwas »herunterzukommen« und las danach, in Ermangelung anderer Buchlektüren im Hotelzimmer (ein eigenes Buch hatte ich nicht eingepackt) etwas namens »Rotkäppchen«, ein Jugendbuch wohl im näheren Sinne, das einer der früheren und kindlicheren Gäste zurückgelassen haben musste, wo einem schon im ersten Kapitel hämisch attestiert wurde, zu viel seltsames Zeug zu lesen, und dass man schon aus der Ferne danach aussah, als hätte man Gesellschaft nötig, mit dem roten Käppchen und dem schlampigst über die Schultern geworfenen Mantel, dessen Ärmelchen gut und gern einen Tag lang frei auf den Seiten schlenkern durften, wenn man am nebligen See entlangstreifte, da man (das Rotkäppchen) sich beharrlich weigerte, mit ihren dünnen Ärmchen ordentlich ins Kleidungsstück hineinzuschlüpfen, und das sei eben mein (also ihr) Style, las ich weiter, ziemlich lässig das alles, eben mehr wie ein asymmetrischer Poncho, ein vorschnell übergestreiftes rötliches Fell, und die andere handelnde Figur, die folglich den Wolf abzubilden versuchte, zeigte diesen in seinem ersten Aufritt mit einem Walkman, welchen er sich am Hosengürtel fest- und einklemmte, er setzte sich einen mit Schaumstoff gedämpften Kopfhörer auf, »Realität sei ein Klang, man müsse sich darauf einstellen, dürfe nur nicht einfach weiterschreien«, hörte ich mich seinen Kommentar nachäffen, und einen Moment lang war mir tatsächlich und unbedingt zum Heulen.

Mit Büchern kannst du mich allmählich jagen, räusperte ich (der Wolf) zurück, und ich hatte eigentlich nie wirklich verstanden, was für eine praktische Bewandtnis es mit all den Sätzen der Weltliteratur auf sich haben soll, jedenfalls, mir haben sie kein Glück gebracht, doch summtest du (das Rotkäppchen) sie mir weiter ins Ohr, »Netze flicken, ein Strohdach decken, aus Binsen einen Korb flechten, einer Kuh das Bein schienen, den Himmel lesen, Schafe scheren, einen Sarg zimmern, beim Melken das richtige Lied vorsingen und auf dem Akkordeon siebenundzwanzig Lieder spielen«, ich meine, was für Sätze, welche sich wie ein verdrehter Tesafilm durch meinen dröhnenden Kopf wanden, und ich musste fortan gedanklich wirklich löchrige Netze scheren, ein Strohdach zimmern, aus Binsen einen Korb flicken, einer Kuh das Bein lesen, den Himmel schienen, Schafen vorsingen, einen Sarg zudecken, beim Melken das richtige Lied flechten und auf dem Akkordeon siebenundzwanzig, hä?, das Rotkäppchen zeigte mir den Vogel, was wohl heißen sollte, ganz ehrlich, welchen Sinn haben diese verdrehten »Anwandlungen« überhaupt, wenn sie einem (mir) keinen Trost bieten, und die einen (mich) an kein Ziel bringen, bestenfalls und überaus unverschämt zunächst eine Mitfahrgelegenheit offerieren, um einen (mich) später wieder genervt in einer Einöde ab- und auszusetzen.

»Da regt sich jemand in uns, der hier nicht lebend davonkommen wird,« zischte das Rotkäppchen wie ein bösartiges Frettchen, und ich dachte mir noch, das alles klingt wirklich wesentlich anders als das Märchen, das ich mal gekannt, mir als Kind ausgemalt hatte, und ich fühlte eine noch unerträglichere Leere in mich kriechen, als würde mir erst während des Lesens dämmern, dass das Fräulein Gretchen dahin war, als wäre mein ohnehin entbehrliches, gar entbehrlichstes Leben plötzlich wie die Luft, die unter Druck einer Pressspanplatte entweicht, während diese von seelenlosen Maschinen zu einer Pressspanplatte verarbeitet wird, soll heißen, ein Geräusch, das man nicht unbedingt hören und schon gar nicht zugegen sein will, wenn es von sich gegeben wird, und die zuvor noch illustre, ja illustreste Zimmersuite mit ihrem großzügigen Balkongemach und dem großflächigen Doppelbett und dem äußerst formidablen und sich gut ins Gesamtkonzept einfügenden Kanapee im Foyer, verschwamm nunmehr zusehends, ich befand mich, wie auch das Rotkäppchen im Buch übrigens, in einer hermetischen Dunkelkammer, wälzte mich, aus einem weiß Gott von wo stammenden Impuls, im bereitgestellten Entwicklerbad, als könnte ich mich auf diese Weise vom Schmerz ablenken, als würden die gesundheitsschädlichen Chemikalien etwas auf meiner Haut »ausbelichten«, jenes Matte und Ungefähre, um das niemals Geschehene dennoch ansichtig werden zu lassen, mich und das Fräulein Gretchen vornehmlich, wie wir gemeinsam durchs Leben schreiten, und uns gemeinsam an einer Kreuzung hinkauern, und gemeinsam die dort entlang führenden Straßenbahnschienen berühren, als würden wir den Puls eines verletzten Tieres fühlen, vielleicht ja den eines entflogenen Kanarienvogels, und ich dachte noch, bestimmt meinen wir jenen, den ich als Kind bei der Tombola gewonnen habe, und dessen Herzschlag man weder in den Flügeln, noch am Torso oder Kopf, noch in den klammen Spreizfüßen er- und aufspüren konnte.

Ich meinte, das Zimmermädchen vernommen zu haben, das durch die Tür eintrat, um mich nach Befinden und etwaigen

Wünschen auszuhorchen, und ob Madame (wohl das Fräulein Gretchen) nicht wünsche, dass man ihr ein Bad einlasse oder etwas in der Art, und ich musste an die »Badenachmittage« bei uns denken, dass mir als Kind (laut Mutter) nur eine bestimmte und immer doch »geringfügigere« Menge Wasser und Badeschaum zustanden, und ausnahmslos seien nur Plastiksoldaten und Plastikkriegsgerät und Plastiktiere erlaubt, die ein Seifenbad auch problemlos wegstecken, was allerdings nur die halbe Wahrheit war, wo doch den meisten meiner Plastiktiere und Plastiksoldaten und selbst dem Plastikkriegsgerät ein Bein oder die Hand oder ein Rad fehlte, als hätte es jemand säuberlich, beispielsweise mit unserer Geflügelschere, abgetrennt, nur um mir eins auszuwischen, und besagte Geflügelschere kam ohnehin seltener zu einem offiziellen Einsatz, und falls doch, konnte ich mir sicher sein, der Vater würde mit ihr ein Huhn in null Komma nichts tranchieren, dessen Knochen und Knorpel keinesfalls gegen das Scherenmonstrum ankamen.

Das Rotkäppchen in meiner Lektüre hatte gleichfalls einen Verlust zu betrauern, man (ich) konnte es förmlich auf den vergilbten und da und dort sogar mit Kugelschreiber bekritzelten Seiten (was für eine Unart!) aufschreien hören, die Großmutter hätte versucht, für einen Vogel abzubremsen, der achtlos irgendwann in der Straßenmitte saß, und das Auto sei dabei derart ins Schlingern geraten, dass es gegen einen Tannenbaum prallte, was den Wolf auf den Plan rief, der (what the fuck!) Erste Hilfe leisten wollte, was mich wiederum die Kompetenz des dem Buch vorangegangenen Lektorates anzweifeln ließ, was jedoch insgesamt ein noch größeres Unwohlsein in mir hervorrief, selbst etwas in Hallstadt verschuldet, soll heißen, mitverschuldet zu haben, und ich dachte mir resümierend, ich würde mir nie mehr im Leben etwas Zuneigung wünschen, nie mehr irgendwelchen substanzlosen, ja substanzlosesten Träumen nachhängen, wo wir doch alle insgeheim mal Astronauten und Models oder Tennisstars werden wollten, die unablässig vor den Windmühlen Backhand üben, vor allem die hohen Bälle, die man in tiefer Körperdrehung, den Schläger dabei beidhändig fast vom Rücken hoch- und aufziehend, mit aller gebotenen Kraft zurückgibt, bis man irgendwann nicht mehr kann, mitten in der Nacht erwacht und sich dabei ertappt, nach den Schwielen zu fassen, die sich innerlich entzündet zu haben scheinen, und schon verstrickt man sich in noch weiteren Ungeheuerlichkeiten, dass man etwa eine ganze Woche lang in seiner Freizeit auf drei Fotos mit Ohren starrt, die definitiv nicht mehr als gewöhnliche Ohrmuscheln zeigen, nicht einmal sonderlich wohlgestaltete Exemplare, oder die von irgendwelchen für ihre »Ohrsexiness« bekannten Prominenten, falls es das überhaupt in der Welt gibt, oder etwa diese Idee für eine Ladenkette für gebrauchte Wollmasken, die ich stricken und eine Weile tragen und danach verkaufen könnte, doch wie dem auch sei, der Wolf (ohne Wollmaske) lief nach der misslungenen Erste-Hilfe-Aktion auch schon wieder in den Wald zurück, während das Rotkäppchen nahtlos im Haus der Großmutter mit Töpfen zu hantieren begann, sie hatte dabei die Vorhänge aufgezogen, als wollte sie, dass es auch alle sehen, dass sie für mich (den Wolf) etwas zum Essen zubereitet, und mich (den Wolf) beschlich das Gefühl, es könnte vielleicht doch noch ein guter Tag werden, mit einer ausgiebigen Nun-aber-doch-

Mahlzeit, die einen zweifelsohne verleitet, über alles andere hinwegzusehen, als könnte man der Leere und Enge des Hotelzimmers daraufhin tatsächlich entkommen, und ich wollte die Geschichte lieber selbst zu einem passablen Abschluss bringen, setzte mich zu Rotkäppchen an den Tisch und gab etwas »Leichtfüßiges« zum Besten, schwadronierte davon, dass John Franklin doch immer von den Ureinwohnern dafür bestaunt wurde, niemals eine Fliege totzuschlagen, und selbst wenn ihn eine stach, während er etwa den Sextanten einrichtete, blies er sie sanft vom Handrücken und meinte nur, in der Welt sei schließlich Platz genug für uns alle, und anschließend, als ich mich satt gefressen hatte, schwankte ich aus dem Haus, ohne jemals weiter viel über Wölfe nachgedacht zu haben, außer vielleicht, dass diese immer im Vorteil sind, niemals übereinander reden zu können (und zu müssen).

24. März, 11:01 Uhr

Heimsuchung, die … ein überraschender Schicksalsschlag, bedrohliches Ereignis oder eine Entwicklung, welcher die Betroffenen schutzlos ausgeliefert bleiben, sie darf auch als Strafe oder religiöse Prüfung gedeutet werden; ein über einem hereinbrechender Besuch, der für gewöhnlich Erschrecken auslöst, somit ein Hausfriedensbruch sondergleichen; in der Heimsuchung der Stadt durch eine tödliche Seuche, übertragen durch massenhaft auftauchende Ratten, meinte man sich den Schrecken der Barbarei noch einmal vor Augen führen zu können.

Hatte ich immer schon so ein Gefühl im Mund gehabt, wie Insekten auf einer Windschutzscheibe, unbedingt Myriaden von ihnen, verschmiert und zerquetscht und vernichtet durch meine bloße Existenz, die ich trotz aller Bemühungen nicht leugnen kann, während ich unentwegt nach Möglichkeiten trachte, mir eine mir längst zustehende Auszeit vom Leben zu gönnen, in der Dunkelheit entspannt sich schließlich mein Kopf, er pulsiert, vibriert nicht mehr, und die unlautersten Gedanken, die mir tagsüber nachstellten, sie verschwinden in Kaskaden aus trügerischer Reflektiertheit und Träumen, gleichen einem wagemutigen Sprung eines grundmotorisch in Wahrheit völlig Unbegabten, dessen Leben auch ohne zusätzliche Anstrengungen einem Sturz aus tausend Fenstern nahe kommt, eine sich zwischen den Alltäglichkeiten manifestierende Störung bin ich wohl, abscheulich durch und durch, eine längst undefinierbare Geräuschmenagerie, die immerzu vor- und davonprescht, förmlich zwischen der eigenen Schädeldecke und dem Schädelgrund, mehrheitlich wohl Schlund, herumpendelt, während ich nervös den Puls zu kontrollieren versuche, mal das eine, mal das andere Bein aus dem Bett strecke, um den unauslotbaren Boden darunter zu ermessen, ja ich will mich einfach nur erden können, Spannungen abbauen, diese einem innewohnende Gestörtheit ableiten und mich gewillt zeigen, eine Entlastung herbeizuführen, wie ein sommerliches Gewitter mit seinen Blitzen, wie ein hungerschmales Raubtier, das seine Gier zur Schau stellt, wie eine Raupe, die sich neurotisch streckt und zusammenzieht, um endlich irgendwann das Stadium eines prächtigen, gar prächtigsten Schmetterlings zu erlangen, wiewohl ich mich in Wahrheit stets vor solchen Transformationen gefürchtet habe, schon als Kind die Beine ums Verrecken nicht aus dem Bett strecken wollte, um keinerlei Haifischen anheimzufallen, welche ich im Kinderzimmer um meine Bettinsel kreisen zu verspüren glaubte, ja wie mich zeitlebens alles unaufhörlich umströmte, gefährlich und wild und keinesfalls von der Hand zu weisen, schimmrige, ja schimmrigste Fischhaut und finsterste Augenhöhlen in der Dunkelheit.

Meine Sehnsucht nach Veränderung verspürte ich mit jeder Faser, sie war vollkommen unbestritten und doch ein absolutes Gräuel, allein die Vorstellung abgerissener, eher doch von »Kinderzimmerhaien« abgebissener Körperteile, die zweifelsfrei eine Veränderung, eine Form von Transformation darstellen würden, blieb unterm Strich nur Wahnsinn, selbst in meinen Träumen schien alles dazu geneigt, »aus der Haut fahren zu wollen«, dort nahezu manisch nach vermeintlichen Strohhalmen langend, wie ich also verstört aus diesem mir wie ein Kindertattoo lose aufgeklebten Körpergeist einen Ausweg zu finden versuche, um endlich und unzweifelhaft jemand anderer, jemand besserer zu werden, doch bleibe ich mir ein einziger Bremsklotz, der sich naturgemäß von Schönerem in der Welt abhält, und selbst wenn dem so wäre, dass eine echte Transformation gelänge und ich ein neues Leben beginnen könnte, wer könnte schon garantieren, dass mich nicht bald wieder die alten Gedanken und noch älteren Wesenszüge plagen, und ich noch verzweifelter um die Frage aller Fragen kreise, warum zum Teufel, warum in aller Herrgottsnamen, warum verdammt sei man außerstande, sein Leben glücklich zu gestalten, die Hypotheken und Altlasten endgültig abzustreifen, ihnen jegliche Basis zu entziehen, als wäre man eine vollkommene Schlange, die sich doch in ihrem Schuppenkleid einem jeden Unglück dauerhaft zu entziehen weiß, weil es ihr nach der Häutung nicht mehr anhaften kann (und wird).

Mich wenigstens im Traum häuten zu können, ja was hätte ich nicht dafür gegeben, dort ein solches Szenario, eine solche Gabe erleben zu dürfen, doch war es willentlich nie geschehen, es blieb mir wie vieles andere verwehrt, verstellt von vielen anderen verwirrenden Traumbildern, die bisweilen an Plattheiten nicht zu überbieten waren, das Schöne existiert ja nicht einmal in meinen Träumen, und es wird also niemals auch nur einen Hauch von Realität aufweisen, irgendeinen praktischen Wert haben, bestenfalls veranschaulicht diese Sehnsucht weitere unerfüllte Wünsche, die freilich zur Farce mutieren, während man geistlos seine Nägeln kaut, wie beiläufig die Haut von seinen Fingerkuppen schält, als ließe sich der Vorgang doch irgendwie auf den gesamten Körper ausweiten, um einem ersehnten Wunschbild nahe zu kommen, doch bricht man selbst solche unbedeutenden, ja unbedeutendsten Andeutungen jenes »aus der Haut fahren« dort ab, wo es zu bluten und zu schmerzen beginnt, wo einem eindringlich vor Augen geführt wird, dass es auf diesem Wege kein Entrinnen aus den eigenen vier Wänden geben kann, aus den Armen und Beinen, aus dem Korpus und Kopf, denn unabhängig davon, wie viel Schmerz ich mir zufüge, wie weit ich auch gehe, es zieht keinerlei Veränderung nach sich, kein neues Bewusstsein erwartet mich, kein Glück und keine Leichtigkeit.

Ein in meinem Alltag wiederkehrendes und mich forderndes Thema war die denkbare Anschaffung eines Haustieres, vornehmlich eines solchen, dem ich ein Zusammenleben mit mir überhaupt zumuten wollen würde, was unverzüglich diejenigen ausschloss, die unter Umständen über ihre momentane Lage oder Existenz nachdenken, die also etwas empfinden hätten können, was über eine reine Bedürfnisprogrammierung hinausreicht, gewiss alle Vögel und alle Säugetiere, womit sich nach reiflichen Überlegungen lediglich Reptilien und Fische als realistischere Möglichkeiten anboten, denen ich freilich keinesfalls tiefergehende Gefühle hätte absprechen wollen, zu welchen sie am Ende gar in einer mir nicht nachvollziehbaren Art und Weise befähigt wären, schlussendlich also zu wesentlich umfangreicheren und umfassenderen Gefühlsspektren auserkoren waren, als ich sie evolutionär je hätte hervorbringen können, ich, der ich nach außen (und wohl auch innen) hin äußerst unglücklich mit seinen Gefühlen hantierte, was mir stetig doch andere attestierten, sodass man diesem Umstand im Laufe eines Lebens unwiederbringlich noch mehr Beachtung schenken muss.

Es läge an meinen Blicken, wurde mir ständig vorgeworfen, du allein bist das Problem, du allein mit deiner Art, ließ man mich spüren, was ich insofern zyklisch über mich ergehen lassen musste, weil es wiederholt auftauchte, periodisch an mich adressierte Be- und Anmerkungen, die Menschen auch hätten unterlassen können, sei es auch nur, um sich vorsichtshalber keinen Ärger einzufangen, den ein mit solch Wortmeldungen und unerquicklichen Unmutsäußerungen Bedachter schon hätte bekunden dürfen, der darob ja auch mal in Rage hätte geraten können, was einerseits der attestierten »Gefühlshantelei« widerspräche, andererseits, aus der Situation heraus, nachvollziehbar wäre, dass also so einer wie ich auch mal aus verständlichen, nachvollziehbaren Gründen aus seiner Haut fahren könnte, einem unkontrollierbaren Impuls folgend, der dem rechthaberischen, gar rechthaberischsten Gegenüber nur noch das Maul stopfen und unentwegt Blicke in alle Richtungen werfen möchte, die angeblich und laut Volksmund zu töten imstande sind, vielleicht auch nur, um endlich seine Mitmenschen darin zu bestärken, Recht behalten zu haben, endlich also mit eindeutigen Tätlich- und Gehässigkeiten ihre Position mir gegenüber untermauern zu dürfen und somit für endgültige Gewissheiten zu sorgen, nämlich, wir wollen dich ausweiden und deine Haut auf der Wäscheleine verschrumpeln lassen, so wie auch du unsere Häute auf Wäscheleinen in der Sonne verschrumpeln lassen willst.

Dass so einer wie ich Schlangen, Echsen, Lurche oder vergleichbare Kreaturen bei sich zu Hause kultiviere, stelle wohl keine große Überraschung mehr dar, es wäre vermutlich gar nicht der Rede wert und würde ins Bild passen, die Mitmenschen könnten mich, um mich eines Sprachbildes in Zusammenhang mit einer weiteren kaltblütigen Tierart zu bedienen, vom Haken lassen, mich nicht mehr in meinem Tümpel behelligen, zu welchem ich auch ohne ihr weiteres Zutun verdammt bin, um dort bis ans Lebensende meine Kreise zu ziehen, und niemals doch das schöne Meer zu sehen, weil der überschaubare Pfuhl freilich keinerlei Verbindung zu einem solchen aufweise, und auch niemals aufweisen werde, was wiederum diese merkwürdige, einem wohl durch biologische, vielleicht ja zellmolekulare Prozesse eingepflanzte Ahnung von einem Meer ad absurdum führe, als befände sich dieses in einem unerreichbaren Paralleluniversum, irgendeiner mir nicht zugänglichen und unfassbaren Dimension, ganz egal, wie sehr ich auch strampele, mich winde, mich selbst zu überwinden scheine, alles versuche, ich meine, wirklich alles.

Es ließe sich durchaus darüber streiten, was mir so alles im Laufe meines Lebens eingepflanzt, vornehmlich auch nur subtil eingetrichtert worden ist, das fortan wie ein heimtückischer Fluch über meinem Dasein hängt, mir die unverstellte Sicht auf das große Ganze raubt, dunkle und dunkelste Wolken überall, fortwährend und immerdar eisige, gar eisigste Schauer hervor- und in mir abrufend, ungeheuerliche Heimsuchungen wie man sie nur aus Horrorfilmen kennt, und im Grunde träfen diese Tatsachen auf alles zu, was man (oder ich) irgendwo aufgeschnappt zu haben meine, dem man (oder ich) ausschließlich durch Zufälligkeiten zum Opfer gefallen ist, vorwiegend in einem Alter, in dem noch alles hätte werden und alles hätte sein können, was einem (oder mir) vorschwebt, doch hatte man (oder ich) damals keine genauere Vorstellung davon, und von der Welt schon gar nicht, weil sich diese erst in einem Ausformen und wie ein Pilz aus einem hervorschießen musste, jedoch ausschließlich von anderen geformt oder vorgeformt oder in Abhängigkeiten gehalten worden ist, und obwohl solche Anmaßungen, wie sie ja größer gar nicht sein könnten, einen absolut unausgegorenen Eingriff in die Menschwerdung darstellten, würde man (oder ich) sie ein Leben lang nicht mehr korrigieren, geschweige denn auslöschen können, was andere (die Täter) freilich zu begründen suchen, dass man es doch immer nur gut gemeint hat, sich vielleicht noch mit einer Argumentation absichert, längst überfällige, gar überfälligste Erziehungsmaßnahmen gesetzt zu haben, die schnell zur Hand waren und Wirkung zeigten und alles zu legitimieren schienen, was Übergriffe generell und überall auszeichnet, diese sorglose Missbräuchlichkeit, diese selbsternannte Selbstlosigkeit, die zum Himmel und bis zu den Sternen schreit.

Im Fachhandel wurde ich freundlich darauf hingewiesen, dass Schlangen keinesfalls so pflegeleicht wären, wie man ja vielleicht als Laie mutmaßen könnte, und dass man im Sinne eines verantwortlicheren Umgangs mit solchen Tieren eine wie auch immer geartete und eher doch spontane Anschaffung durchaus abwägen sollte, vornehmlich in meinem Fall, wo ich mich doch offensichtlich für Gifttiere begeistere, was nicht ganz der Wahrheit entsprach, da ich mich felsenfest zu erinnern meine, lediglich keinerlei Exemplare von meinen Überlegungen ausgeschlossen zu haben, unter Umständen also länger vor diversen Terrarien innegehalten hatte, die eher gefährlichere Tiere beherbergten, was wiederum einem zutiefst menschlichen Impuls entspräche, diese schillernden Exoten doch genau in Augenschein nehmen zu wollen, um in freier Wildbahn nicht zufällig einem solchen zu begegnen (vollkommen egal wie unwahrscheinlich ein Aufeinandertreffen wäre), doch wollte mich der Verkäufer vielleicht auch nur in meiner Entscheidungsfindung bestärken, sie in eine gewisse Richtung lenken, ich meine, wer weiß wie lange für gewöhnlich eine Mamba, Kobra und Co. aufs Frauchen oder Herrchen warten musste, eine seltene Kundschaft wohl, die sich den täglichen Umgang mit einem dieser »Todesspender« freiwillig auferlegen mag, was zweifelsohne andere in einem Haushalt sich befindliche oder gelegentlich dort einkehrende Mitmenschen unweigerlich in Gefahr brächte, und man also schnell als vollkommen verantwortungslos gälte, und gar erst die Kombination von einer Waffe und einer Giftschlange, vielleicht ließe sich ja noch das eine oder andere halbwegs tolerieren, doch eine Kombination dieser beiden Zutaten, von welchen man im Laufe eines Lebens wohl sogar noch einige mehr anhäufte, die wäre unter Garantie nur einem geringen, gar geringsten Bruchteil an Personen zu- und nicht abträglich, deren Gesellschaft dann einem selbst recht schnell nicht mehr sonderlich zuträglich scheint.

Ich ertappte mich im Fachgeschäft mehrfach dabei, mit den Fingern gegen die Scheiben zu klopfen (als gäbe es ein auch Schlangen geläufiges oder vielleicht auch nur rudimentär bekanntes Morsealphabet), um wohlweislich Reaktionen bei den ansatzweise in Frage kommenden Kandidaten auszulösen, die freilich in ihrer von mir erhofften Dimension ausblieben, überall nur die gleiche zur Schau gestellte, wohlfeile, ja wohlfeilste Lethargie, die sich zu allem Überfluss schon nach wenigen Minuten auf mich selbst zu übertragen schien, ich musste mehrfach gähnen und hätte mich am liebsten unter einer der Wärmelampen platziert, es mir dort, wie es so schön heißt, richtig gemütlich gemacht, vielleicht sogar erneut das Für und Wider eines Haustiers abgewägt, im besten Sinne würde mich die Anschaffung einer Schlange wohl schläfrig machen, was in Anbetracht meiner Schlafstörungen ja durchaus eine wünschenswerte Entwicklung wäre, ich und meine lovely Mamba also, quasi ein Therapietier, dem ich alle paar Tage eine lebendige Maus würde offerieren müssen, die man mir natürlich postalisch zustellen, die ich jedoch auch persönlich im Geschäft bei ihnen würde abholen können, wie mir der Verkäufer nebenher erklärte, all das bedauerliche Lebendfutter, um die Agilität der Schlange so richtig unter Beweis stellen zu können, freilich alles im Sinne einer artgerechten Haltung, was tote Mäuse nur bedingt gewährleisten würden, und sollte mich die Mamba (keine Ahnung, warum der Verkäufer nur noch von einer Mamba sprach, als wäre er selbst auf das Tier fixiert, ich selbst hatte noch kein Wort vom Kauf einer Mamba erwähnt) eines Tages ungut erwischen, also am Finger oder am Unterarm oder gar im Gesicht, könnte ich vorsichtshalber das richtige Serum im Kühlschrank einlagern, das bei sofortiger Verabreichung wohl alle Folgeschäden, wenn schon nicht zur Gänze vermeiden, dann aber doch auf ein absolutes Minimum reduzieren würde.

Selbstverständlich gäbe es auch schlangensichere Handschuhe im Sortiment, die man sich bis zur Schulter überstreifen könne, diese würden Notfälle nahezu ausschließen, und ich könnte mich jetzt schon gerne von der Qualität dieses durchaus kostspieligen Produktes überzeugen, da man mir deren Handhabe im Rahmen einer anstehenden Schaufütterung unmittelbar vor Augen führen und präsentieren könne, ja wo ich selbst gerne, je nach vorhandener Courage, mit einem solchen TÜV-geprüften Handschuh ausgestattet, der Schlange eine der eigens hierfür gezüchteten Mäuse würde reichen dürfen, um die natürlichen Berührungsängste mit der Materie abzubauen, ich folglich also vielleicht leichter für ein solches Abenteuer zu gewinnen wäre, das nur einem Bruchteil der Bevölkerung vorbehalten bliebe, nämlich mit einem der gefährlichsten Tiere der Welt zusammenzuleben, wo doch die gewöhnliche, ja gewöhnlichste Allgemeinheit in Sachen Haustiere eine ziemlich exakte Vorstellung von kindgerecht und am kindgerechtesten propagiere, nämlich etwas zum Streicheln und Kuscheln, etwas angenehm Warmblütiges und tendenziell Gehorsames, das eine Familie allein schon dadurch komplettiere, dass es ein unbeschwerteres Leben garantiere, negative Gefühle absorbiere und vor allem tröste, beschütze und Kindern zu einer emotionalen Reife verhelfe, man übernehme schließlich eine große Verantwortung und so weiter, bei der freilich im eigentlichen Sinne nicht sonderlich viel auf dem Spiel stände, keinesfalls das Leben, und was für eine Lektion wäre das dann schon, die ich einem Kind mit einem Hamster oder Hasen oder Hund erteilen könnte, wobei ich mir mit einem Mal nicht mehr sicher war, ob sich das der auf mich einredende Verkäufer, oder doch schon ich, dachte, der ja vielleicht ebenso eigens für irgendeine abstruse Lektion im Uterus gezogen worden ist, ein winziges, ja winzigstes und entbehrliches Teilchen im großen und undurchschaubaren kosmischen Räderwerk.

Unweigerlich musste ich daran denken, wie ich als Kind einmal durch einen Wald tollte, der unversehens (und wie für mich bestellt) eine magische Lichtung hervorzuzaubern schien, wie sie seltsamer und fantastischer nicht hätte sein können, überall schuppige, ja schuppigste Kreuz- und Todesottern, die sich träge auf Steinen sonnten und gelegentlich vor sich hinzischten, als wären sie lediglich kleine, schon etwas bestoßene Wasserkocher, die innerlich, ihrer ihnen auferlegten Natur folgend, aufbrodelten, freilich ohne dem obligatorischen Pfeifen eines solchen überall gebräuchlichen Küchenbehelfs, in dem schon die Eltern morgens ihr Teewasser aufsetzten, und ich musste daran denken, wie ich mir damals also vornahm, diese abenteuerliche Wiese zu queren, nicht weiter darüber nachdenkend, welche Konsequenzen das nach sich ziehen, ich ja durchaus in meine Waden gebissen werden könnte, doch war mir selbst in Anbetracht einer solchen Vorstellung nicht nach Tod zumute, schließlich würde ich nicht blindlings irgendwo hintreten, wo eine der Schlangen ihr Sonnenbad genoss, sie somit gar keinen Grund hätte, oder eine Notwendigkeit verspüren würde, ihr Gift an mich zu verschwenden, das zudem nur bei Kleinstsäugern seine ganze Letalität entfalten könnte.

Ich erinnerte mich, genau erwogen zu haben, mich schlängelnd über die Lichtung fortzubewegen, wie einer aus den damals üblichen Kindergeschichten entkommene, und in unsere Zivilisation geworfene, vermutlich gar etwas frustrierte Naturbengel, dem solche Fortbewegungsarten naturgemäß liegen müssten, reichlich, ja reichlichst ein von Kindesbeinen an im geschmeidigen Schleichen und sich durch dichtestes Unterholz zu winden

Geübter, ohne dass man ihm je auf die Schliche käme, man ihn also weder sähe, noch sonstwie in Gefahr brächte, und Kreuzottern aß der vermutlich auch zum Frühstück, was mir allerdings schnell unappetitlich aufstieß, doch sollte man Essensgewohnheiten außerhalb des eigenen Kulturkreises vielleicht generell nicht zu kritisch beäugen, vor allem wenn man wie ich dazu neigte, sich wahllos klebrige Haselnusscreme zuzuführen, ja diese förmlich in sich hineinzustopfen, die sogar mal (laut Reklame) zu einem »gesunden« Frühstück dazuzugehören schien, jedenfalls in meiner Kindheit, und gerne hätte ich den Gedanken weiterhin freien Lauf gelassen, doch wurde mir bereits einer der TÜV-geprüften Sicherheitshandschuhe übergezogen, der zu allem Überfluss so eng anlag, dass ich ihn wohl niemals ohne Hilfe des Verkäufers würde abstreifen können, was mir in Anbetracht seiner Verwendung irgendwie unhandlich erschien, wo ich mir doch unverzüglich ausmalte, welchen Kampf ich zu Hause würde ausfechten müssen, um mich aus den Handschuhen (zwei Stück freilich) zu schälen, und während ich also schnaufend hineinschlüpfte, zuerst mit der linken und dann mit der rechten Hand, etwas Puder sollte durchaus hilfreich sein, um den Vorgang zu beschleunigen, hielt ich plötzlich wie vom Blitz getroffen in allen Bewegungen inne, erstarrte zu einer unbeweglichen Masse, weil sich im rechten Handschuh und in meiner Handfläche verzweifelt etwas regte, was dort keinesfalls hingehörte, ein Kribbeln und Pochen und Fiepsen lag in der Luft, ich hielt die erste zu verfütternde Maus eisern in meiner Faust fest.

Ich dachte daran, was ich im Leben schon alles krampfhaft hatte festhalten müssen, etwa das Fahrrad, das ich ums Verrecken nicht mit anderen Kindern teilen wollte, doch ließ sich alles bei eingehenderer Betrachtung auf recht wenige, nahezu archetypische Verhaltensmuster reduzieren, die Hand der Mutter etwa, als mir ein riesiger Hund entgegenkam, der obendrein noch heiserst aufbellte, ja mich tückisch, tückischst und unverfroren an- und zubellte, mich, der doch in jenem Moment gar nichts getan und sich auch sonst nichts zu Schulden hatten kommen lassen, und die Mutter sofort meine Hand losließ, um ihr geliebtes Mobiltelefon hervorzukramen, da just zu diesem Zeitpunkt jemand anrief und stets alles wichtiger zu sein schien als meine sich erst ausformende Person (danach hielt ich Mutter jedenfalls nicht mehr an den Händen fest), ich war wie ein zappelnder Fischleib, den mir der Vater einmal unmotiviert in die Hand gedrückt hatte, um dem Tier endlich den Garaus zu machen, was nur rechtens zu sein schien, wo wir diesen doch zum Abendessen verspeisen würden, und meine spontan über die Lippen kommende Weigerung wiederum ein unwilliges Murmeln aus Vaters Kehle hervorpresste, ein durchdringendes, »angefressenes« Schnaufen machte sich breit, das auch vom unglücklichen Fisch hätte stammen können, dem dieses, in Anbetracht seiner prekären, gar prekärsten Lage auch besser zu Gesicht gestanden hätte (und der später, als er längst nicht mehr zappelte, kein Gesicht mehr aufwies, da es ihm der Vater aus lauter Unbill zerschmettert hatte), oder Gretchens cremige, immer leicht glitschige Hand vor nicht allzulanger Zeit, als ich sie beim Gasthaus abgeholt hatte und sie sich in Anbetracht einer Kreislaufschwäche an mir festhalten musste (wobei ich unverzüglich meinte, diese Lage auszunutzen), oder das Geländer, besser gesagt die rostige Brüstung am höchsten Gebäude der Stadt, wo mir überraschenderweise auffiel, dass ich im Verborgenen eine gewisse »Fallsucht« entwickelt hatte, sprich in Anbetracht des Abgrunds höhenkrank zu werden schien, was mich überaus verwunderte, oder das Lenkrad bei meinem ersten und einzigen »Geschwindigkeitsrekord« auf der holprigen Autobahn, auf knapp zweihundert Kilometer pro Stunde konnte ich Vaters Wagen beschleunigen, wobei ich mir verkrampft schwitzend ausmalte, an welchem schönen Ort ich in einer Stunde und zweihundert Kilometer weiter wohl landen würde, ob es also diesen ganzen Stress im dichteren Verkehr wert gewesen war, oder die Schusswaffe freilich, allerdings nur nach den ersten, noch zittrig abgegebenen Schüssen im Rahmen meines »Frühschwimmertrainings« (ein halblustiges »Bonmot« im Schießkeller Germania, wonach man beim Schießen am besten ins kalte Wasser geworfen wird), weil ich noch nicht genau abschätzen konnte, was mich da erwartete, welchen lauten Knall und Rückstoß das kleine Stück Metall in meinen Händen mit sich brachte, und man vermutlich, ich jedenfalls, zunächst unweigerlich noch dachte, nunmehr selbst bei dieser Schnapsidee draufzugehen, weil es das ölige Ding in meiner Faust in tausend Stücke zerreißen und sich einer dieser Splitter schnurstracks in mein Gehirn bohren würde.

Oder dieses glücklose Nagetier, dem die Situation ebenso wenig zu behagen schien wie mir, das sich plötzlich wie aufs Kommando zu winden, sich tatsächlich panisch in meine Faust hineinzuzwängen begann, dabei wiederholt in meinen Zeigefinger und Daumen beißend, was freilich keinerlei von ihm ersehnte Reaktionen (eine Grifflockerung) auslösen hätte können, da die Handschuhe hervorragendst ihren Zweck erfüllten, der Verkäufer sprach unterdessen wie ein Tonband von einem ersten und durchaus beabsichtigten »Vorführeffekt«, weil ja scharfe Mäusezähne schon durch die Haut eines Menschen zu dringen imstande gewesen wären, und es wäre diesem ganzen mäusischen Drängen und Vorhaben vielleicht sogar Erfolg beschieden gewesen, hätte ich nicht krampfhaft an der Handstellung festgehalten, wäre diese meine Extremität nicht beinahe wie »eingerastet«, ein verkrampftes und erstarrtes Zahnrädchen, lieber noch ein Vorstehhund, der in der Nähe eines x-beliebigen Wildtieres augenblicklich in seiner Bewegung verharrt, seinem in der Nähe sich befindlichen Herrn so die Präsenz des zu jagenden Geschöpfes anzeigend, dieser Jagdhund freilich keinesfalls starr vor Angst, vielmehr jedoch in Erwartung der sich abzeichnenden Ereignisse, die ihn wiederum in seiner Existenz bestätigen werden, ihn vielleicht zwar zunächst noch zum Zuschauer degradieren, doch später umso aktiver ins Geschehen einbinden, wenn er endlich die heiß ersehnten Kommandos erhält und das ange- oder bereits erschossene Tier aus dem Gebüsch zerren, es mit seinem zahnbestückten Maul festhalten darf, fröhlich vor sich hersabbernd, die Kiefer weitend, in diesem Augenblick einer Schlange nicht unähnlich.

Die Maus blieb in hektischer Bewegung, ich verfolgte ihr Getrippel durch die leicht beschlagene Glasscheibe, wobei ich mich ums Verrecken nicht mehr daran erinnern konnte, wann ich sie eigentlich losgelassen hatte, vielleicht hatte mich der Verkäufer auch nur unversehens angestupst, mir etwas wohlwollend Motivierendes zugeflüstert, dass die Dinge nun ihren natürlichen Lauf nehmen müssten, das Fressen und Gefressenwerden sei eine der universalen, gar universalsten Gesetzmäßigkeiten, zu welchen sich alle Lebewesen im Augenblick ihrer Geburt verpflichten, und es gäbe dabei keinerlei Ausnahmen, wie wohl der Mensch gern meine, er würde über den auch ihm auferlegten Naturgesetzen stehen, von dort oben aus operieren und gestalten, wie er allein es möchte, dieser moderne und sich mit Hybris förmlich aufpumpende Mensch wohlgemerkt, dem spätestens seit der Industrialisierungsepoche jegliches gesunde Empfinden abhandengekommen war, den ihm angestammten Platz in der Nahrungskette ordnungsgemäß auszufüllen, regelmäßig von diversen wesentlich stärkeren Raubtieren auf ein erträgliches Maß reduziert zu werden, um die Ordnung dieses Planeten im Sinne eines Gleichgewichts aufrechtzuerhalten, was freilich ein mehr als gerechtfertigtes, ja gerechtfertigtestes Ansinnen gewesen wäre.

Dass kein Lebewesen als »Treibstoff« für ein anderes und dessen Brut herhalten wollte, war aus individueller Perspektive verständlich, weil es den Sinn der eigenen Existenz vollends hintanstellte, und die dabei empfundene Entrüstung, die sich vornehmlich in ausweglosen Situationen entlud, wo es einem eben ans Leder ging, blieb vorprogrammiert, ja vielleicht ließ einen die Tatsache der Möglichkeit eines reflektierten Denkens dabei in besonders zwiespältige Situationen schlittern, die wehleidigstes Gejammer zur Folge hatte, vielfach auch gern als Mitgefühl beschworen, selbst einer Maus wollte man schließlich dieses Schicksal ersparen, wenn man es mit eigenen, bereits leicht tränenden Augen zu verfolgen hatte, ein heuchlerischer

Akt sondergleichen, weil mir klarerweise die tagtäglich auf dem Planeten getöteten und in den allermeisten Fällen wohl auch gefressenen Mäuse überhaupt nichts bedeuteten, ich sah bestenfalls achselzuckend über den alltäglichen Tod hinweg, der das Leben auf diesem Planeten unentwegt dezimierte, doch klar, man hätte die innerhalb von vierundzwanzig Stunden weltweit durchbohrten, zerfetzten und vergifteten Nager nur vor meiner Haustür ablegen, sie dort wirkungsvoll aufstapeln müssen, um mir die drastische Dimension ihres Tributs zu veranschaulichen, und vermutlich wäre ein solcher Haufen sogar noch größer als jedes Gebäude gewesen, das ich je gesehen hatte, was wiederum unzweifelhaft eine Wirkung entfaltet und nach sich gezogen hätte, ein bestürztes, schockiertes Innehalten, ein brüskiert sich gebendes Unwohlsein, ein angewidertes Abwenden, also jenes »Mitgefühl«, das verlässlich immer dort auftaucht, wo man unmittelbar mit etwas Ungeheuerlichem konfrontiert wird, das sich für gewöhnlich abseits der eigenen Lebenswelt (und Wahrnehmung) abspielt, diese Milliarden und Abermilliarden Schicksale, die sich unentwegt mit Schmerz und Leid vermählen.

Zum Glück würde dem Nager die Last eines solchen in Anbetracht der Endlichkeit der Dinge beinahe doch pervertierten Denkens erspart bleiben, die Mamba schien sich nun zum ersten Mal und für mich wahrnehmbar zu regen, vermutlich weil ihr Riechorgan ein paar Geruchsmoleküle vorgesetzt bekam, beziehungsweise ihre Sinne ja generell die Wärmesignatur des Mäuseleibes aufgeschnappt hatten, demnach also auch der letzte und vermeintlich grausamste Akt der Fütterung eingeläutet werden konnte, in welchem sie demnächst ihr schnellwirkendes, oder, wie es der Verkäufer auf den Punkt brachte, exorbitantes Gift in die Maus injizieren würde, während ich dem ganzen Vorgang in einer zwiespältigen, gar zwiespältigsten Gefühlslage beiwohnen würde, mich vermutlich darauf fixierend, dass diese »Jagd« einen schnellen und insofern gnädigen, und, ja doch, sinnvollen Tod zur Folge hatte, weil so das Überleben einer wahrlich majestätischen Schlange gesichert werden konnte, die Maus zugleich mit entbehrlichen Statistiken trösten wollend, dass selbst Menschen dieses Schicksal (aus weniger sinnvollen Gründen) ereilt, wo doch gut fünfzigtausend von ihnen ebenfalls in einem Jahr an Schlangenbissen krepieren, womit es sich im Übrigen um die zweithäufigste durch Tiere verursachte Todesart handelt, gefolgt von Hundeangriffen (fünfundzwanzigtausend), Tsetsefliegenstichen (zehntausend), Raubwanzenbissen (zehntausend), Schnecken (zehntausend), Krokodilen (tausend), Elefanten (hundert), Haien (zehn) und siebenhundertundfünfundzwanzigtausend Mückentoten, zugleich die wohl ewige Nummer eins in diesem Kontext.

Das erinnerte mich freilich daran, welch ein glühender, ja glühendester Verfechter von statistischem Material mein Vater gewesen war, der einem dadurch jedwede Legitimation zu entziehen wusste, es mit ihm aufnehmen zu wollen, schließlich und endlich konnte man schwerlich gegen absolute Zahlen argumentieren, die einem schon beim Frühstück in einer Weise eingeflößt wurden, dass einem der Atem wegblieb, etwa Todesfälle in Urlaubsparadiesen, also vornehmlich am Meer oder irgendwo beim Baden oder bei allen Freizeitaktivitäten, die einem als Kind irgendwie hätten Spaß machen können, denn rund vierhundert Personen mussten allein deshalb in einem durchschnittlichen Jahr (und allein nur in unserer Republik) daran glauben, nämlich am Schotterteich, im Fluss, am Meer wie gesagt, und selbst in mit Bademeistern ausgestatteten Schwimmbädern oder sogar in der vertrauten Badewanne war man nicht davor gefeit, sein Leben elendigst auszuhauchen, und erst seine weltweiten Ausführungen dieser ganzen Problematiken, gerne nämlich auch noch mit Erläuterungen der Weltgesundheitsorganisation garniert, wonach etwa, so der Vater, rund zweihundertdreißigtausend Personen, die irgendwo ins trügerische Wasser stiegen, dieses nicht mehr lebendig verließen, und erst die schrecklichen Dunkelziffern, die man sich als Kind gar nicht hätte ausmalen können, weil nicht einmal wirklich klar war, wie weit man denn zählen konnte, es sei summa summarum jedenfalls wesentlich sicherer für mich, zu Hause bei der Mutter zu bleiben und sich keinesfalls zu übereilten Handlungen (und obskuren Vergnügungen) hinreißen zu lassen, die mich zweifelsohne in Gefahr bringen würden und meinen neunmalklugen Vater nur in anschließende Erklärungsnöte, warum er es so weit hatte kommen lassen, warum er seine väterlichen Aufsichtspflichten so sträflich vernachlässigt hatte, um stattdessen in der Garage an Kuckucksuhren und Modellflugzeugen herumzubasteln, eine Passion freilich, die er mir nie hatte begreiflich oder zugänglich machen können, vielleicht ja auch nur, weil es an statistischem Material diesbezüglich mangelte, wie viele Kinder sich pro Jahr von Kuckucksuhren und Modellflugzeugen fasziniert zeigen (oder von ihnen erschlagen und gemeuchelt werden).

Ob der Angriff einer Mamba zu den schnellsten uns bekannten tödlichen Interventionen im gesamten Tierreich zu zählen wäre, entzog sich momentan meinen Kenntnissen, wobei ich meinte mal gelesen zu haben, dass irgendein fleischfressender Meereskrebs seine Opfer mit der atemberaubenden Geschwindigkeit von abgeschossenen Gewehrkugeln zu übertölpeln pflegt, indem er seine knorrigen Ärmchen in einer Art und Weise vorschnellen lässt, dass deren Wucht selbst die Knochen eines Menschen zum Bersten brächte, nichtsdestotrotz entzog sich das rasante, gar rasanteste Zucken des zuschnappenden Mambamaules etwas meiner visuellen Wahrnehmung, ich konzentrierte mich folglich auf die zittrigen Bewegungen des Mäusekörpers, der in Anbetracht des ihm injizierten Giftcocktails unverzüglich zu kapitulieren schien, er fiel bereits auf die Seite und der Schlange direkt vor die rundliche Schnauze, die sich auch gleich daran machte, den eingekrampften Nager zum Schlund zu bugsieren, und dieser war, so weit ich das überhaupt sagen konnte, einem wohldurchdachten Förderband nicht unähnlich, weil sich der Mäusekörper wie ein auf einem schwarzen Fließband einer Supermarktkasse abgelegtes Lebensmittel auf die Schlange zuzubewegen schien, deren sperrangelweit geöffneter Rachen überdeutlich die pechschwarze, nahezu schon hypnotische Färbung der sich dort befindlichen Schleimhäute erkennen ließ, eine untrügliches Markenzeichen der Mamba wohlgemerkt, das einen Menschen augenblicklich in eine unbehagliche Stimmung zu versetzen weiß, diese abgründige und unseren Schleimhäuten doch ausdrücklich widersprechende Schleimhautschwärze, die wir mit Tod und Verderben assoziieren, weil ein solch finsterer Abgrund zugleich die Hoffnung auf jegliche Besserung mitverschluckt, dieser Anblick ist ein ultimativer Gegenpol zu einem »Alles-wird-gut-Sager«, als würde man nämlich dem Tod förmlich in seine starren und lidlosen Pupillen blicken, auch Haifischaugen wird eine ähnliche Wirkung nachgesagt, die schwarz und mitleidslos einem menschlichen Leben ein Ende bereiten, ach adieu, du Mäuseheld.

Zwischen dem Verkäufer und mir, so viel ließ sich schon einmal festhalten, war an jenem schicksalhaften Tag ein loses, jedoch durchaus freundschaftliches Band geknüpft worden, wo ich doch im Laufe der nächsten Wochen nicht umhin kam, ihn im ersten und einzigen Jahr meiner Mambahaltung regelmäßig aufzusuchen, was gewiss auch auf weitere Kundschaft zutraf, die sich diverse Tipps bei der Reptilienhaltung (und ihr Lebendfutter) abholten, sie fachsimpelten miteinander, wie man so schön sagt, darüber, wie sie alle das Leben der Tiere so annehmlich wie nur möglich gestalten könnten, doch meine ich erkannt zu haben, dass er in mir durchaus etwas Besonderes sah, schließlich war ich der einzige Halter der Stadt, wie er mir versicherte, der bei sich zu Hause eine Schwarze Mamba hütete, eine schier unlösbare Aufgabe für einen Anfänger wohlgemerkt, wagemutig und bewundernswert allerdings sehr wohl, ich wäre außerdem seiner Meinung nach veranlagt, an Herausforderungen jeglicher Art zu wachsen, das hätte er mir gleich attestiert, als ich sein Geschäft betrat, dass ich es offenbar gewohnt war, die verworrensten und abwegigsten Pfade zu beschreiten, ohne von vornherein aus Angst etwas auszuschließen, und das alles breitete er mit einer Selbstverständlichkeit vor mir aus, dass ich mich förmlich geschmeichelt fühlten musste, obwohl mich das

Leben längst eines Besseren belehrt hatte, dass ich eben vielem nun mal so gar nicht gewachsen war, dass es anderen Menschentypen, mit anderen Elternhäusern und anderen Vorgeschichten, mit anderen Lebenserfahrungen und anderen Ereignisketten wesentlich leichter fiele, das Leben, und freilich auch der sichere Umgang mit exotischen Giftschlangen, was sich insofern als eine vollkommen schlüssige, gar schlüssigste Schlussfolgerung erweisen sollten, da mir die blitzschnelle Mamba eines schönen Tages in Folge von durchaus vermeidbaren Unachtsamkeiten durch die sprichwörtlichen Lappen ging, jedenfalls hatte das Telefon geklingelt, als ich gerade die Abdeckung des Terrariums einen Spaltbreit geöffnet hatte, um die fast schon routinemäßige Fütterung vorzubereiten, gedankenverloren verbrachte ich also wenige Minuten in einem überflüssigen Gespräch mit einem übereifrigen Bankangestellten, der mir lautstark eine fondsgebundene Lebensversicherung aufzuschwatzen versuchte, und als ich mich endlich wieder der Mamba und ihren Bedürfnissen widmen wollte, klopfte es auch noch unversehens an der Wohnungstür, irgendeine Postsendung wurde mir offeriert, die, wie sich zu allem Überfluss bald herausstellen sollte, gar nicht an mich adressiert gewesen war, und ich also übellaunigst fluchend die Tür wieder im Schloss einschnappen ließ, sie vorsorglich absperrte, um mich nunmehr der anstehenden Fütterung zu widmen, und als ich mich endlich wieder dem Terrarium zuwandte, während ich freilich dem deutschunkundigen Postangestellten die Pest an den Hals wünschte, erkannte ich gerade noch aus dem Augenwinkel, wie sich die pfeilschnelle Schlange zischend durch den Spalt zwängte, rasendschnell am Beistelltischbein herabglitt, beinahe wie eine elegante Poletänzerin, und mit »Karacho« (also schneller als alles, was man je gesehen hat) unter einem der Wohnzimmerschränke verschwand, in und vor dem ich zu allem Überfluss jede Menge Zeug gelagert hatte, wovon ich vieles längst zum Sperrmüll hätte bringen müssen, und die Mamba also von diesem Moment an nie mehr wieder bei mir vorstellig wurde, sprich, sie blieb für immer aus meinem Gesichtsfeld verschwunden, was doch einigermaßen überraschend war, weil ich selbst Wochen später noch jeden Tag damit rechnete, sie würde sich plötzlich aus irgendeiner Ecke auf mich stürzen und mich ihre Giftzähne spüren lassen, doch war sie vermutlich in den ersten Stunden irgendwie auf und davon, nachdem ich an jenem Tag verständlicherweise panikartig die Wohnung verlassen hatte, freilich zuvor noch alle Türen und Fenster öffnend, um wenigstens erhoffen zu können, die hungrige Schlange würde sich schon durch eine der vielen Öffnungen von selbst vertschüssen, ich meine, ich habe sie tatsächlich (großes Ehrenwort) nie wieder gesehen, und vielleicht war sie ja auch hinter einem der Schränke verreckt, was zu überprüfen ich allerdings nicht wagte, ich gewöhnte mich schlicht daran, einige Tage und Wochen mit der Angst zu leben, einer quasi »freilebenden« Mamba im Bad oder der Küche zu begegnen, was nun auch dazu führte, dass ich auch allerlei Mäuse frei herumlaufen ließ, um auf Nummer sicher zu gehen, wo sie doch schließlich, die Wahl zwischen mir und einer leckeren Maus habend, bestimmt die zweitere Option ergreifen würde, und als nichts davon passierte, also weder ich noch die Mäuse deutlich weniger wurden, und ich auch nichts in irgendeiner Zeitung oder den Nachrichten zu dieser ganzen leidigen Angelegenheit vernahm, dass irgendwem eine Mamba im Stiegen-

oder Parkhaus, dem Garten oder auf der Straße untergekommen war, entspannte ich mich endlich etwas, und glauben sie mir, Erleichterung, man ahnt ja gar nicht, was für ein schönes Gefühl das ist.

Allerdings tat ich noch eine Weile alles im menschlichen Sinne Erdenkliche, um beim mich weiter freundschaftlich beratschlagenden Verkäufer den Eindruck zu erwecken, alles sei in allerbester Ordnung und ich ein vorbildlicher, gar vorbildlichster Schlangenhalter, der mit seinem gefährlichen Haustier vortrefflich umzugehen weiß, und folglich versorgte ich mich, beziehungsweise er mich weiterhin mit jede Menge Fachlektüren zur Mambahaltung (ansprechende Titel wie »Die Vorzüge der Mamba im Vergleich zur Chihuahua-Bergkönigsnatter«, »Mambas verstehen lernen – mein Haustier kann deins essen« oder »Mythos Mamba – lauern, kriechen, schlingen«) und reichlich Lebendmäusen, die ich freilich unverzüglich in Parkanlagen und Feldern entließ, immer mit dem Gefühl im Bauch, eigentlich nunmehr ein Samariter zu sein, weil ich doch der mich umgebenden Natur todgeweihte Nagetiere zuführte, die somit eine reelle Chance bekamen, wie auch die Mamba in freier Wildbahn leben zu dürfen, und ich fühlte mich gar beflügelt und bekräftigt, das einzig Richtige getan zu haben, dass also dieser ganze Mambavorfall eine glückliche Fügung für uns alle darstellte, ihre Flucht demnach auch kein Zufall gewesen sein mochte, diese unmittelbare Verkettung an Vorfällen, die zu diesem Ergebnis geführt hatten, und dennoch brachte ich es nicht übers Herz, dem wohlwollenden Reptilienverkäufer reinen Wein einzuschenken, vielleicht auch aus Sorge, er würde umgehend die Polizei oder sonstwen verständigen, weil er der Mamba schwerlich ihre Freiheit in unseren Breiten gönnen konnte, und ich kam also irgendwann nicht mehr umhin, ihn darüber zu informieren, dass ich und die Mamba in einer andere Stadt umziehen würden, von Berufs wegen (Privates hätte er mir gewiss nicht geglaubt), und sich unsere beider Wege nunmehr trennen müssten, was er (und ich) ausgiebig zu bedauern wussten, und er setzte mich bei dieser Gelegenheit auch darüber in Kenntnis, dass er gerne einen Fachkundigen vor Ort für mich ausfindig machen würde, mit dem ich mich weiterhin von Angesicht zu Angesicht über Mambas austauschen konnte, ich solle ihn verlässlich in einigen Wochen, nachdem ich mich in der neuen Stadt eingelebt hatte, anrufen, bis dahin würde er mir schon jemand absolut Geeigneten präsentieren, was ich selbstverständlich dann alles unterließ.

Vielleicht war die Mamba sogar in den Keller unter dem Haus gekrochen, wo sie selbstverständlich jede Menge Verstecke vorgefunden hätte, gewiss auch jede Menge geeignete Nahrung, wie ich schon von Kindestagen an wusste, wo sich doch gerne diverses Getier dorthin verirrte, und die finsteren Ecken wahrlich etliche Überraschungen für einen jeden Besucher bereithielten, ob nun Mensch oder Mamba, und ich auch wieder daran denken musste, als im Fernsehen zufällig ein Film darüber lief, dass mal sogar ein ausgewachsenes Krokodil einen Hauskeller heimsuchte, um dort auf Jagd zu gehen, was den Hausbewohnern selbstverständlich nicht sonderlich gut bekam, doch blieb dabei festzuhalten, dass Keller durchaus vieles beherbergen und überleben lassen konnten, was nicht unbedingt zu menschlichen Wohlfühlzonen zählt, soll heißen, wie viele Leichenfunde hatte es eigentlich schon in Kellern gegeben, und der Vater hätte dazu zweifelsohne sofort statistisches Material zur Hand gehabt, ja vermutlich waren dazu auch bereits etliche Bücher erschienen, die dann so Phantome wie ich lasen, schaudernd daran zurückdenkend, was einem als Kind selbst im Keller begegnet war, woraus sich nun wahrlich Albträume spinnen ließen, wobei ich freilich seit diesem »Fluchtvorfall« immer wieder von der Mamba selbst träumte, die mich fast schon keck darin aufforderte, doch überall nachzusehen, wo sie denn abgeblieben sein könnte, ja in ihr selbst nachzusehen, was sich denn alles in ihrem Magenschlauch befände, was sie inzwischen verschluckt und sich zur Gänze einverleibt hatte, was also alles gerade jetzt dabei war, sich in ihren rigorosen, gar rigorosesten Magensäften aufzulösen, und selbst der Verkäufer trat regelmäßig in meinen Träumen auf, er brachte mir regelmäßig weitere und immer noch größere Mambas, um meinen Verlust auszugleichen, doch war schließlich keine Mamba wie die andere, und vor allem keine, wie die meine, was ihn jedesmal wütend auf mich machte, woraufhin er mich dazu aufforderte, in allen Hunden und allen Katzen und allen Menschen und was weiß ich nachzusehen, ob sich nicht vielleicht meine Mamba in ihnen befände, die ich dort also aus denen befreien müsste, und es endete alles eine jede Nacht in einem wahren Fiasko, was jedwede Art von Tierhaltung grundsätzlich und für alle Zeiten in meinem Leben kategorisch ausschloss.

Es mag sein, dass ich meinen Entschluss später selbst aufgrund einiger weiterführender Überlegungen anzweifelte, ob also ein

Haustier, ein echter Gefährte, respektive eine Gefährtin, nicht doch einen »Problemlöser«, denn einen »Problemverursacher« für mich unterm Strich repräsentieren könnte, und ob nicht vielmehr die Schwarze Mamba das offensichtliche Problem in der misslungenen Gleichung gewesen sein musste, eine vollkommen falsche, gar fälschlichste Tierwahl in meinem Fall nämlich, sodass sich ein Zusammenleben gar nicht und unter keinen Umständen im Alltag jemals hätte »ausgehen« können, und naturgemäß alles in einem Alltagsfiasko enden musste, das man (ich) bei einem weiteren Versuch insofern schon entschärfen täte, weil ich ja zu einem der üblicheren Tiere (Hund, Katze et cetera) greifen würde, was sich vielleicht als Prinzip sogar auf Menschen an sich übertragen ließe, wo es doch möglicherweise auch bei ihnen eine wesentlich üblichere Wahl geben könnte, als in Wahrheit zu ambitionierten Tier- und Menschprojekten (Mamba, Fräulein Gretchen et cetera) nachzujagen, die mich klarerweise unfähig erscheinen ließen, ohne dass ich also dabei vollkommen unfähig gewesen wäre, doch führten mich diese Gedankengänge dann doch meistens wieder zu den üblichen Stolperdrähten und -fallen zurück, die mir zeitlebens zu suggerieren wussten, dass es niemals ein harmonisches Zusammenleben und Zusammensein, ob nun mit einem Tier oder Menschen, geben könne, weil man (ich) sich (mich) unweigerlich an das Zusammenleben und Zusammensein gewöhnen täte, dass man also recht bald unter dem Deckmantel einer einvernehmlichen Harmonie zusammen dahinvegetiert, und freilich zusammen einem entsetzlichen Betrug erliegt, hervorgerufen und begünstigt durch die Macht der Gewohnheit, weil sich dieses auf den ersten Blick fast schon ideale Zusammenleben und

Zusammensein als Lüge entpuppen muss, weil es ja auch gar keine realen Ideale geben kann, und dass man dann zu zweit also den Zustand einer auf Gewohnheiten basierenden Verzweiflung verdoppelt, womit einem (mir) endgültig bewusst geworden ist, dass man (ich) sich fortan einer doppelten Verzweiflung aussetzt, was an Absurdität nicht zu überbieten ist, weil man (ich) ja schon aus Gewohnheit gegen die einfache Verzweiflung anzukämpfen hat, und erst gegen eine doppelte Verzweiflung, dafür mangelt es deutlich an Kapazitäten, weil man sich plötzlich aus einer Gewohnheit heraus für ein anderes Lebewesen verantwortlich fühlt, und diesem etwas Gutes angedeihen lassen möchte, also dem Hund oder der Katze oder eben dem üblichen und in seiner Üblichkeit vielleicht ja umso dankbareren Menschen, dass man fortan diese üblicheren Lebewesen insofern regelmäßig und bis an sein (oder ihr) Lebensende zu betreuen hat, weil man sie etwa herumträgt und füttert, wenn sie es krankheitsbedingt nicht mehr selbst vermögen, und man ihnen etwa aus einem Buch vorlesen müsse, wenn sie es selbst nicht mehr zu Wege bringen (oder es auch nie vermocht haben), und man also unentwegt in allen Gleichungen an den Punkt gelangt, wo sich, im Zusammenhang mit meiner Person, kategorisch alles ausschließt.

24. März, 11:02 Uhr

Bevormundung, die … freie Entscheidungen ausschließendes oder hemmendes Einwirken auf Personen, die in ihrer willentlichen Selbstbestimmung ad absurdum geführt werden, ein Vorkommnis, das innerhalb der Psychologie den Entscheidungsdrang und die darauf folgende bewusste, willentliche Umsetzung von Zielen und Motiven in Resultate durch zielgerichtetes, willensgesteuertes Handeln eines Menschen durch ihn selbst aushebelt.

Hatte ich immer schon so ein Gefühl im Mund gehabt, wie Insekten auf einer Windschutzscheibe, wie verbrannter, nach Schwefel riechender Gummi, den man mir förmlich in die Nasenlöcher zu stopfen wusste, ebenso wie den Geruch an jenem Nachmittag, als ich Mutter zum Schneider begleitete, wo es immerzu nach getragenen Socken und diesen Gestank auf penetrante Weise zu übertünchen suchenden Mottenkugeln müffelte, um anschließend ihre dort zur Reparatur (also eigentlich zur »Auslassung«) aufgegebenen Kleider nach Hause zu befördern, während sie noch den einen oder anderen entbehrlichen, gar entbehrlichsten Tratsch führte und wir auf einem Weg, der normalerweise wenige Minuten gedauert hätte, mehr als eine Stunde unterwegs sein mussten, weil Mutter der Meinung war, das gehöre sich so, man müsse sich mit den Menschen aus der Umgebung bei solchen Gelegenheiten unterhalten, um sie für sich einzunehmen, man müsse lächeln und ihnen erzählen, was sie hören wollen, nicht ohne darauf hinzuweisen, wie weltgewandt, wie großartig, wie unglaublich talentiert und schön sie doch sei, ein Star sondergleichen, soll heißen, wie eben verkrachte, ja verkrachteste Möchtegernschauspielerinnen denken und was sie so reden, wenn der Tag lang ist, und die Länge der Tage schien bei Mutter durchaus kein Ende zu nehmen, weil sie schon mit bloßer Betrachtung ihrer geliebten Robe ganze Stunden im Wohnzimmer verbringen konnte, vom eigentlichen Anprobieren und achtsamen Zurechtzupfen der Stoffe ganz zu schweigen, und ich dann also, sobald wir endlich vom Schneider zu Hause waren, dabei assistieren und vor allem dabei zusehen musste, wie sie die wild gemusterten Kleider und hautengen Hosen und wehenden Hosenröcke anprobierte, sich meistens schnaufend hineinzwängend, weil die »Auslassungen« nun mal nicht so viel eingebracht hatten, den einen oder anderen Zentimeter hier oder da freilich schon, doch war nicht genügend Stoffmaterial für größere Veränderungen vorhanden gewesen und weil eine »Auslassung« bei ihr ja sowieso gar keine echte »Auslassung« darstellte, wo wir doch die diesbezüglichen Kleidungsstücke offiziell immer nur zum Reinigen oder Bügeln abgaben, ein ordentliches, wirklich festes Durchbügeln nannte die Mutter beim Schneider die eigentliche »Auslassung«, bei welcher der stets freundliche und beflissentlich, gar beflissentlichst lächelnde Herr Schneider (der tatsächlich so hieß) üblicherweise die Nähte sorgfältig auftrennen und den Stoff »auslassen« oder dehnen oder sonstwie hinzufügen musste, weil Mutter an diversen, ihr unliebsamen oder unliebsam gewordenen Stellen zugelegt hatte, was sie niemals auch nur ansatzweise eingestehen wollte, also wurde eben ihre Mode ordentlich »durchgebügelt« und in Wahrheit dann »ausgelassen«, neu ge- und vernäht und ge- und ausgeweitet und gewiss auch gebügelt, das ließ sich gar nicht vermeiden, und zu Hause reichte ich ihr dann die diversen Blusen und Hosen und so weiter, und sie probierte diese und bemängelte unverzüglich das nicht ordentlich durchgeführte Durchbügeln, was sie Herrn Schneider noch ins Gesicht würde sagen müssen, normalerweise zog sie auch vorher alles aus, was sie am Körper trug, den pfirsichfarbenen Büstenhalter etwa und die glänzenden Slips und Höschen, schließlich zählte jeder Millimeter, wenn sie sich die frisch durchgebügelte Kleidung anlegte, bestenfalls einen hauchdünnen, nahezu unsichtbaren Tanga behielt sie an, der von ihren weiblichen Spalten beinahe restlos verschluckt wurde, ich weiß ja nicht, wie ich das anders hätte ausdrücken können, es war beinahe so, als würde sich der Colorado River immer tiefer und noch tiefer in den Grand Canyon eingraben, was, wie ich damals gelesen hatte, den geologischen und vielleicht sogar geomorphologischen Tatsachen entspreche, wo sich diese Wissenschaft doch mit jedweden Formen und Veränderungen der Erdoberfläche, und bestimmt allem, was darauf kreuchte und fleuchte, intensivst auseinandersetzte, und ich Mutter noch naiv darauf hinwies, dass die Sachen einfach nicht passten, dass sie zu klein geraten waren, weil sie immerzu und unermüdlich von mir wissen wollte, wie gut sie darin aussah, was mich nun wirklich wieder in übelste Schwierigkeiten brachte, wie einem das Wahrheitsprechen und Wahrheitdenken und Wahrheitleben stets in Schwierigkeiten zu bringen versteht, denn sofort war wieder von diesen Hirngespinsten die Rede, die mich, ihrer geschätzten Meinung nach, maßgeblich daran hinderten, eine normale Entwicklung als Kind zu nehmen, und mit dem Wort Hirngespinst hatte sie schon immer etwas gegen mich in der Hand, vor dem ich mich in Wahrheit fürchtete, weil es ganz danach klang, als hätte ich die Gespenster direkt im Kopf, denen man so niemals würde entkommen können, und mehrere Male in der Woche setzte sie mir dieses Wort genüsslich vor, ja nahezu feierlich sprach sie es aus, nachdem sie auf einen geeigneten, mir auch so schon zusetzenden Augenblick gewartet hatte, einen dieser fast schon tödlichen Augenblicke, wo einem stetig eingeredet und zugemutet wird, dass alles, was man sieht und denkt und gegen Erwachsene vorbringt, null und nichtig ist, eine nur heiße, vielleicht nach Abgasen riechende Luft, etwas zutiefst Imaginäres, nur ein phantomhaftes, nebulöses Aufflimmern, das sonst niemand bemerkt und für das sich auch niemand interessiert, dass man einfach alles von Kindesbeinen an nur herbeifantasiert, um die Augen vor der eigentlichen und freilich unangenehmen Wahrheit zu verschließen, dass man, und das sage ich dir jetzt wirklich nur, weil ich dich mag, mein lieber Thom, ein komplettes Versagerkind, ein sonderlicher, gar sonderlichster Außenseiter ist, und das sagte sie mir immer dann, wenn sie insgeheim glaubte, ich sei in jenem Augenblick das schutzloseste und verwundbarste Wesen überhaupt, eines, das sich das Gesagte wirklich zu Herzen nehmen und hoffentlich daran ersticken würde.

Es gäbe sicher mehr darüber zu erzählen, wie mir meine Kindheit verleidet wurde, von beiden Elternteilen mit zunächst unscheinbareren und später offensichtlicheren Stolpersteinen, die den juvenilen Bedürfnissen in keiner, ja keinster Weise entgegenkamen, die vielleicht bei anderen Kindern als Methode hätten fruchten können, doch war ich offensichtlich bereits als Kind gänzlich ungeeignet, diese mir aufgetragene »Paradekindrolle« auch nur einigermaßen auszu- und zu erfüllen, ich konnte auch schon den durchaus seltenen Besuchen eines sich in der Nähe befindlichen Kinderspielplatzes nichts abgewinnen, wo ich mich mit gleichaltrigen und überlauten Bälgern im

Sand wälzen musste, das Schaukeln, Klettern, Rutschen oder sich irgendwo Hindurchzwängen waren gleichfalls keine willkommene Beschäftigung für mich, vielleicht ja auch nur, weil Mutter ungern meine Wäsche wusch und daher keine Gelegenheit ausließ, diese Belastung anzuprangern, ich solle mich also beileibe nicht so dreckig machen wie die anderen schreienden, dreckfressenden Dreckskinder, weil sie, im Unterschied zu anderen, ihrer Meinung nach Dumm-wie-die-Sau-Müttern, kein Verständnis dafür an den Tag legen oder es sonstwie tolerieren würde, es wäre ohnehin alles viel zu viel für sie, ja was hätte sie doch nicht alles aus ihrem Leben machen, sich aus vollster und reinster Seele verwirklichen können, als begnadete Schauspielerin vornehmlich, für die sie sich immer hielt, ja wenn man sie bloß nicht in dieses entsetzliche Familiendesaster getrieben hätte, nichts gäbe es, was sie nicht hätte erreichen und verwirklichen können, und nunmehr sei sie verdammt, mir ihre unzweifelhaft besten, zweifelsfrei allerbesten Jahre zu opfern, in denen sie sonst hätte aufblühen und richtig durchstarten, für die unterschiedlichsten Filmrollen hätte vorsprechen können, welche ihr schon bald einen gebührenden Platz im zumindest nationalen Filmgenre gesichert hätten, denn sie sei wahrlich talentiert, exorbitant schön, so von den Musen geküsst, dass sie es unbedingt hätte schaffen müssen, doch eine einzige betrunkene, gar »ausgelassene« Nacht nur auf dieser vermaledeiten Autorückbank, wie hatte ihr ein solcher Aussetzer so einen Strich durch die Rechnung machen können, zigfach und aberzigfach, ja aberzigfachst hatte sie diesen Tag verflucht, ihre damals doch irrtümlich gewählte Form der samstäglichen Abendgestaltung mit dem Vater, was sich überdeutlich auch darin äußerte, dass mich Mutter bei einer jeden sich bietenden Gelegenheit vor dem Zeichenblock parkte und mir Zeichenstifte in die Hand drückte, damit ich möglichst früh lerne, mich selbst und still zu beschäftigen, denn meine »Selbstbeschäftigung« war überhaupt eine ihrer obersten Prämissen, die ihre, immer wenn sie diese brauchte, auftretende Migräne gerade so erträglich machte, und erst diese ganze Kocherei und Hausarbeit, der Speck an den Hüften, die Beaufsichtigung eines Kleinkindes, eine Folter sondergleichen, die sich für sie niemals lohnen, und die ich folglich mit ausbaden würde.

Das ging soweit, dass Mutter mit mir Verstecken spielte, ohne dabei auch nur die geringsten Anstrengungen zu unternehmen, mich jemals wieder aufzufinden, sobald ich mich also im Wäschekorb oder in einer der geräumigeren Küchenkommoden eingenistet hatte, dabei wiederum die mahnende Stimme meines Vaters verinnerlichend, wonach die meisten schrecklichen, gar allerschrecklichsten Unfälle bei solchen und ähnlichen Unternehmungen aus reinem Übermut und im eigenen Haus zu passieren pflegen, außerdem müsse man auch die Haushaltsstatistiken über Messer- und Küchengerätunfälle bedenken, freilich alles noch multipliziert zum Quadrat, aufgrund der fatalen Kombination aus Hybris, motorischer Unbeholfenheit und schierem Zufall, und Zahlen seien hierbei voller abschreckender Beispiele, mein lieber Thom, so der Vater, es stecke doch hinter einer jeden Ziffer eine wirkliche Geschichte, etwa solche, wonach in der brasilianischen Millionenstadt Sao Paulo einige Mütter mit ihren Kindern herumgestanden waren, ein Morgenschwätzchen abhaltend wie eben so üblich, als sich eines der Kinder plötzlich losriss und auf die Straße rannte, wo ein herannahender, mehrtonniger Lastwagen alles in seiner Macht stehende zu unternehmen gewillt war, das Leben des Kindes zu verschonen, der Fahrer also das Steuer wildlings herumriss, um stattdessen in ein Haus zu rasen, in welchem sich, auf der anderen und den ganzen Geschehnissen abgewandten Seite wohlgemerkt, unlängst ein Barbiersalon angesiedelt hatte, woraufhin sich dort wiederum, durch den immensen Aufpralldruck des tonnenschweren Gefährts, ein Hängeschrank von der Wand löste, welcher den für seinen Frohsinn bekannten Barbiermeister Olavo Mora unversehens am rechten Arm streifte, woraufhin dieser auch schon überaus fassungslos das Ohr seines Kunden in der Hand hielt, welches er im Schreck reflexhaft abtrennte, und erst die aufkommende Schuldfrage danach, ob der Barbier, der Lastwagenfahrer, das Kind, die Mutter oder weiß Gott wer für die schlussendliche Misere verantwortlich zu machen sei, der ohrlose Kunde jedenfalls hielt sich an das Barbiergeschäft, das danach pleite ging, und der glücklose, gar glückloseste Olavo Mora setzte schon bald weitere unglückliche Verkettungen in Gang, die bei genauerer Betrachtung kein Ende nahmen, ähnlich wie ich also, der ich im Wäschekorb oder in der Küchenkommode den Atem anhielt, die Mutter eine ganze Weile lang leise zählen hörte, hoffnungsfroh ab- und zuwartete, ob sie sich diesmal bequemen würde, Ausschau nach mir zu halten, in ihrer nasalen Stimme murmelte sie unüberhörbar alles wie ein Mantra vor sich hin, eins, zwei, drei, acht, zwanzig, hundertzwölf, dreihundertachtzehn, tausendundsieben, als würde sie sich aus dieser Welt, in die sie der Vater und ich verfrachtet hatten, herauszählen wollen, ja das Zählen glich einer meditativen Übung, mit deren Hilfe sie vielleicht nur herunterzukommen versuchte, um sich, mich, uns zu ertragen, um einen weiteren Tag einigermaßen stabil in dieser alltäglichen Hölle über die Runden zu kommen, und das Versteckspiel schien ihr hierfür eine wünschenswerte, ja wünschenswerteste Begleitmaßnahme darzustellen, weil sie es als eines der wenigen Dinge in meiner Kindheit von sich aus vorschlug, also auch wenn wir einmal im Park oder am Waldrand entlang gingen, wo sie mich beinahe schon fröhlich auf- und ermunterte, einfach loszuziehen, meiner kindlichen Neugier zu folgen, mir die Welt anzuschauen, mir ein gutes Versteck zu suchen, wo mich keiner jemals finden würde, um dieses Spiel zwischen uns endlich und endgültig zu gewinnen, es für mich zu entscheiden, und zwar in einer Art und Weise, die ihre Niederlage besiegeln, und diese fortan auch für Außenstehende sichtbar machen würde, ein fortwährend irgendwie nur noch verstecktes und insofern theoretisches Muttersein hätte es zur Folge, wenn ich nie wieder aus dem Unterholz auftauchen würde, was ihr offensichtlich entgegen- und gelegen käme, dieses Muttersein auszulöschen, welchem sie einst nach Tanz und Trank mit dem Vater auf dem Leim gegangen war.

Selbstverständlich ließ auch mich der Gedanke nicht los, nie mehr wieder aus dem mit Bedacht gewähltem Versteck hervorzukriechen, es mir dort häuslich einzurichten, mich so ein klein wenig auf die eigenen Füße zu stellen, was mir mit zunehmendem Alter eine durchaus erstrebenswerte Möglichkeit darzustellen schien, einen im Untergrund sich befindlichen Scheinhaushalt ohne die Eltern zu betreiben, in welchem ich keinerlei Rechenschaft in Anbetracht meiner doch absolut unfreiwilligen, ja unfreiwilligsten Existenz auf Erden abzulegen bräuchte, ich in meinem himmlischen »hideaway«, welches zugleich Ausdruck einer freiwillig von mir gewählten Form der Selbstisolation wäre, vielleicht versüßt mit dem einen oder anderen unsichtbaren und hirngespinstigen Freund, irgendeiner aus den seltsamen Gedankenwelten entsprungenen und »zusammengeschusterten« Chimäre, die alle Wesensmerkmale von Tieren in sich vereinen müsste, die mir als Kind lieb und teuer waren, also Löwenzähne, Pfauenfedern, Haifischaugen, Meerschweinchenfelle und so weiter, meine von mir erschaffene Kreatur wäre freilich die Königin aller jemals ersonnenen Chimären, und ach, wenn ich mich doch wirklich ernsthaft mit ihrer Erschaffung beschäftigt hätte, vielleicht wäre sie dann Realität geworden, klar, sie wäre nicht sonderlich groß gewesen, da meine Verstecke eher doch Felsspalten glichen, eine Taschenchimäre demnach, die ich immer dann aus der Hosentasche hervorgeholt hätte, wenn ich mich einsam oder verloren oder beides fühlte, und ich hätte sie vielleicht sogar zu allen meinen (auch späteren) Unternehmungen mitgenommen, als ein majestätisches, mich wohlwollend unterstützendes Maskottchen hätte ich sie präsentieren können, da hätten die Menschen richtig Augen gemacht.

Die zutiefst irreführende, wenn nicht gar abwegigste Behauptung, Mutter sei eine gute oder zumindest doch recht passable Köchin gewesen, wie sie selbst gerne schwadronierte, ließe sich gewiss am allereinfachsten dadurch entkräften, dass ich mich nicht selten tagelang von Kartoffeln oder Kartoffelbrei ernährte, immer vorausgesetzt, der Vater hatte nicht vorgekocht, was er regelmäßig tat, wenn er beruflich die eine oder andere Woche von uns weg musste, er verkaufte schließlich diese Versicherungen aller Art und hielt einiges von persönlicher Kundenbindung, und freilich, im Unterschied zu meiner Mutter könnte man ihn ohne zu flunkern als hervorragenden Koch bezeichnen, der, wenn es seine Zeit gelegentlich erlaubte, den Kühlschrank, ja die Kühltruhe großzügig zu befüllen pflegte, an ihm lag es also wirklich nicht, wenn ich draußen vor dem Haus auf dem schmalen Grünstreifen zwischen Lattenzaun und Straßengraben diverse Gänseblümchen und Löwenzahnblätter pflückte, keinesfalls nur aus Lust und Tollerei, wo sich doch Kinder gerne alles mögliche in den Mund stopfen und verkosten, nein, ich starb fast vor Hunger, ich wollte mir dieses Gratisgrünzeug vor dem Haus nur einverleiben, um den knurrenden Magen zu besänftigen, wo sich doch der Vater schon wieder drei ganze Wochen auf Reisen befand, ohne dass er noch dazu gekommen wäre, vor seiner Abreise einkaufen zu gehen, oder gar noch am Herd zu stehen, die hartnäckigen, gar hartnäckigsten Beteuerungen der Mutter, dass sie sich schon um alles kümmern würde, genügten ihm offenbar, obwohl er es eigentlich hätte besser wissen sollen, ich meine, rein statistisch gesehen wusste es auch keiner besser als er, denn es war freilich äußerst unwahrscheinlich, dass ein Kind in unseren Breiten jemals verhungern würde, nicht einmal streunenden Katzen gelang das, denn in der westlichen Welt bildete Hunger ein äußerst seltenes, ja seltenstes Ereignis ab, das zweifelsohne bald das Jugendamt und was weiß ich auf den Plan gerufen, ja die Mutter jedenfalls unliebsam aus dem Bett gerissen hätte, wohin sie sich die meiste Zeit über auch zurückzog, und das sie, wenn der Vater seinen Geschäften nachging, sowieso äußerst ungern verließ, diese sie plagende Migräne, das Unwohlsein, die Unlust, es gab immer etwas an einem Tag auszusetzen, und ich solle mir doch meine Kartoffeln selbst kochen, von welchen sich immer gleich mehrere Säcke im Keller unter dem Haus befanden, wohin ich mich, mit einer kleinen Taschenlampe ausgestattet, alsdann aufzumachen hatte, eine gefühlte Ewigkeit lang flach atmend und modrige Treppen in die Dunkelheit absteigend, in diesen keineswegs mehr »Hauskeller«, sondern »Keller irgendwo tief unter dem Haus«, der diesen oberen Gebäudetrakten nicht mehr anzugehören schien, und vor dem auch die Elektrik der Oberwelt kapitulierte, hier unten hatte sich längst eine fremde Welt gebildet, in der sonstwas zwischen den pechschwarzen Ecken hausen konnte, die selbst das punktuelle Licht der Taschenlampe zu verschlucken schienen, wo ich also an eben diesem für einen kleinen Jungen durchaus unwirklichen, ja sogar unwirtlichen Ort (und dem späteren Schießkeller »Germania«) nach den schönsten und prächtigsten Knollen in den Jutesäcken Ausschau hielt, und da ich mir meine Nahrung selbst beschaffen, sie eigenhändig dem dunklen, ja unheimlichen Erdreich entreißen musste, sollte es sich bei diesen »Früchten«, bei diesen »essbaren Schätzen der dunkelsten Erde« wenigstens um sorgfältig ausgewählte Stücke handeln, die vielleicht sogar besondere Formen aufwiesen, mich an Körperorgane, Tiere oder Gebrauchsgegenstände erinnerten, mit denen ich später auch am Küchentisch ausgiebigst spielen und sie erst danach schälen und in kleine Stücke schneiden würde, und manchmal musste Mutter als Vorlage für eine Kartoffelschnitzarbeit herhalten, der ich mit dem Küchenmesser eine leidvolle Grimasse verpasste, zwei große und an sich ja schöne Augen, schmale Nasenlöcher, einen traurigen, weit nach unten gebogenen Mund, ja eine schlanke und wirklich schöne Knolle wählte ich dafür stets aus, doch ließ sich damit keinerlei Traurigkeit vertreiben.

In diesem abgedunkelten, gar abgedunkeltsten Kellergewölbe, das selbst später noch seinesgleichen zu suchen schien, verlor sich buchstäblich die Zeit, von welcher man als Kind reichlich zu haben meint, doch stimmt das nur bedingt, denn die Zeit ist selbst in einer hoffnungs- und farbenfrohen Kindheit kein Selbstbedienungsladen, aus dem man beliebig schöpfen und in welchem man sich nach Herzenslust austoben kann, ganz im Gegenteil, die Aufenthalte in unserem Kellerverlies ließen einen innerlich altern und Stimmungen nach oben tragen, in welche ein Kind niemals hätte gelangen dürfen, und diese nagten an mir, als hätte sich dort unten etwas an mich geheftet, ein wie ein Pilz sich verzweigender und überall in der Luft und im Erdreich sich ausbreitender, mich umkreisender »Schattenbegleiter«, der sich dem normalen Schatten bei- und zugesellt hatte, und er folgte mir überall hin, was sich genau dann ganz deutlich zeigte, wenn ich wieder in der sonnigen Oberwelt war, als hätte sich mein normaler Körperschatten unversehens verbreitert, ja mindestens verdoppelt, was ein jeder vielleicht schon mal selbst erleben durfte, wenn unterschiedlich grelle, ja grellste Lichtquellen auf einen einwirkten, man also mehrere Schatten werfen musste, die für gewöhnlich auch in unterschiedlichste Richtungen wiesen, und man selbst als Zentralgestirn ihren Ursprung markierte, doch war der eigentümliche, aus den untersten Regionen des Kellers abstammende Schatten etwas völlig anderes, weil er sich in der Sonne beliebigst aufspaltete und wie ein Kartenspiel auffächerte, sich unnatürlich bewegte (also nicht so wie ich), als hätte er beschlossen, ein von mir losgelöstes Eigenleben zu führen, manchmal ließ er auch nur die eigentlichen Körperkonturen deutlich dunkler hervortreten, als hätte mir jemand mit schwarzer Kreide einen zusätzlichen Umriss gemalt, und durch Überlappungen und Überlagerungen diverser Zustände ergaben sich so völlig neue Betrachtungsweisen, über die man als Kind freilich nicht unbedingt nachdenken will, weil sie einen zutiefst ängstigen, und das trotz der Tatsache, dass ich mich durchaus als angstfreies, ja angstbefreiteres Kind erachtet hätte, das man anstandslos in eine normale Dunkelheit schicken konnte, ohne dass es dort nicht seinen Aufgaben nachgekommen wäre, und wenn ich unten im hauseigenen Keller einmal die Taschenlampe ausknipste, überkam mich sofort das Gefühl, es wäre dort wahrlich größer und gewaltiger als alles, was ich von der Oberwelt kannte, als ließe sich dieser Kellerraum unendlich weit dehnen, der freilich dann die finstersten Stollen und gefährlichsten Höhlen beherbergte, in welchen sich im Laufe vieler Jahre die fürchterlichsten und tödlichsten Szenen abgespielt haben mussten, denn, und das malte ich mir intuitiv aus, die Luftzufuhr ließ in einer gewissen Entfernung bestimmt zu wünschen übrig, und alle, die sich aufgemacht hatten, diesen faszinierenden Ort zu erkunden, gerieten spätestens dann in Teufels Küche, denn ihnen ging wie so vielen im Leben die Puste aus, und ich sah sie förmlich vor mir, dicht aneinander gedrängt in dieser unendlichen Entfernung einer »Raumzeit« stehen, oder hocken oder gar matt herumliegen, längst allesamt Verstorbene oder hoffnungslos bis aufs äußerste Verirrte, die ihre Seelen dafür gegeben hätten, wieder die sichere Kellertreppe auf- und vorzufinden, zu der sie freilich niemals gelangen würden, und ich beschloss insgeheim, mich niemals verleiten zu lassen, tiefer in den Keller hinab- und hinauf- und überhaupt irgendwo dahinterzusteigen, selbst dann nicht, wenn ich mich abgesichert, mich ordentlich an einer Schnur festgemacht oder an einer jeden Abzweigung ein Teelicht oder einen anderen Leuchtkörper platziert hätte, von welchen es bei uns reichlich gab, irgendein Anglerkram vom Großvater, den ich nicht mehr kennengelernt habe und der das Zeug bei uns im Keller eingelagert hatte, worunter sich eben jene für mich faszinierenden Leuchtröhrchen befanden, die angeblich beim Nachtfischen eingesetzt werden können, man knickt diese mit den Fingern in der Mitte durch, schnippt quasi mit den Fingern darauf und wie von Zauberhand vermischten sich daraufhin zwei Flüssigkeiten, die nach einer chemischen Reaktion eine grünliche oder gelbliche Fluoreszenz hervorrufen, die eine ganze Nacht lang anhält, und man also gut und gern zwölf Stunden lang in die Dunkelheit hätte marschieren können, immer an neuralgischen Punkten solche leuchtenden Wegmarkierungen hinterlassend, die den Rückweg unabhängig von bisweilen unzuverlässigen Taschenlampenbatterien, ermöglicht hätten, doch ließ ich ein solches Abenteuer aus nachvollziehbaren Gründen lieber bleiben.

War der Vater allerdings im Haus, kochten wir manchmal auch zusammen, und dann durfte ich ihm zuarbeiten, was in der Regel vor allem hieß, Kartoffeln aus dem finsteren Keller zu holen, was sich dann aber ein wenig anders anfühlte, weil sich der Vater schließlich im Haus befand, und ich hatte diese danach zu schälen, zu kochen, zu salzen und mit Butter aufzubessern, was an sich noch keine wirkliche Abwechslung zu meinen eigenen Kocherfahrungen dargestellt hätte, doch schnappte ich nach und nach beim Vater allerlei Kniffe auf, wie man etwa Zwiebeln schneidet und hackt, oder wie lange genau und bei welcher Temperatur ein Hühnchen im Ofen verbleibt, wie oft man es mit dem eigenen Saft begießen muss und so weiter, und ich gewann recht schnell an kulinarischer Selbständigkeit, die sich später zweifelsohne noch auszahlen würde, und manchmal, wenn alles schön aufgedeckt und servierbereit war, ließ sich Mutter tatsächlich dazu hinreißen, in eines ihrer noch passenden, »ausgelassenen« Kleider zu schlüpfen, ihre Haare zu waschen, sich zu schminken, und sich also wie zu einem sonntäglichen Festessen richtig »aufzubrezeln«, auch wenn es nur ein gewöhnlicher Tag unter der Woche war, und dann saßen wir in trauter Dreisamkeit am Küchentisch, der Vater noch in seinem gestreiften Vertreteranzug, und Mutter in ihrer durchaus erkennbaren oder wiedererkennbaren äußerlichen Pracht, und hätte uns jemand in einem solchen Moment beobachtet, durch eines der offenen Fenster in die Küche »gespechtelt«, er hätte sich vielleicht gedacht, was für eine ausgesprochen schöne und glückliche Familie wir doch seien.

Die Störungen und Risse innerhalb unserer Familie blieben Außenstehenden freilich tunlichst verborgen, sie glichen toten Fischen am Grund eines abgelegenen Teiches, wohin diese absanken, wenn sich die Gär- und Fäulnisgase in ihren zusehends praller werdenden Bäuchen, die sie zunächst noch auf der Wasseroberfläche hielten, verflüchtigten, soll heißen, wir waren wie Steine, die schon deshalb sanken, weil sie im Wasser immer nach unten sahen, die nie etwas anderes gelernt und verinnerlicht hatten, wir waren ganz leicht wie materielle Schäden in einer Wohnung auszumachen, wie Sprünge im Parkettboden und abgewetzte Sofaecken, bestoßene Regale, ausgetretene Pfade und »Kahlstellen« im einzigen, noch mit einem Teppich ausgestatteten Zimmer, die mich an die Schlaglöcher auf der mittlerweile recht marod gewordenen Straße vor unserem Haus erinnerten, die in Anbetracht staatlicher Sparprogramme äußerst zaghaft und immer doch nur behelfsmäßig repariert wurden, anstatt sich endlich, wie es sich gehört hätte, ein Herz zu nehmen und die verdammte Straße ordnungsgemäß zu asphaltieren, was ja vielleicht auch auf unseren Haushalt abgefärbt hätte, ein neuer Teppich, neue Möbel, man hätte vielleicht sogar ausmalen und sich als Familie etwas gönnen können, was insgesamt durchaus im Haushaltsbudget gewesen wäre, denn der Vater verdiente, so weit ich das sagen konnte, nicht schlecht, auch wenn sein Gehalt diversen saisonalen Schwankungen unterworfen blieb, er verdingte sich vor allem auf Provisionsbasis, was zur Folge hatte, dass er bei guter Marktlage recht viele und lukrative Finanzprodukte losschlagen konnte, und in Krisenzeiten nicht immer automatisch weniger, wie man vielleicht hätte meinen können, doch saß das Geld nicht immer locker und diverse Polizzen wurden, auch statistisch gesehen, regelmäßig aufgekündigt, wenn es insgesamt in der Gesellschaft nicht mehr rund lief, vorwiegend Reiseversicherungen und diverse Vollkaskoabschlüsse, andererseits die häufiger auftretenden Naturkatastrophen wiederum viele trotz schlechter Wirtschaftslage zu überhasteten Abschlüssen verleiteten und so weiter, beruflich war der Vater so gesehen ein absoluter Befürworter von radebrechenden Stürmen und noch radebrechenderen Überschwemmungen, er liebte Muren und Bergstürze, der Klimawandel sei ganz auf seiner Seite, verkündete er gerne, auch wenn das nicht vollkommen ernst gemeint sein konnte, sich am Leid anderer zu ergötzen und davon auch noch zu profitieren, das zählte bestimmt nicht zu seinen Passionen, leidgeprüft war er mit uns schließlich schon genug, und ich fragte mich, was wohl aus ihm geworden wäre, hätte er nicht die Mutter getroffen, vielleicht hätte er etwas wesentlich Sinnvolleres aus seinem Leben gemacht, und wäre nicht ein gewöhnlicher, sich abstrampelnder Versicherungsvertreter geworden, vielmehr vielleicht so etwas wie ein visionärer Wissenschaftler, der sich in einer kreativen Art und Weise mit statistischem Material auseinandergesetzt hätte, er hätte dann gewiss auch eine andere und viel bessere Frau getroffen und wäre möglicherweise mit einem anderen Kind zufriedener gewesen, denn letztendlich hatten sich meine beiden Elternteile das Leben gehörig versaut, mein Auftauchen musste ihr Schicksal endgültig besiegelt haben, die Störungen potenzierten sich, sie schwammen noch eine Weile mit prallen Gasbäuchen an der Oberfläche, versanken jedoch unweigerlich im selbstgeschaffenen Abgrund.

Schon als Kind hatte ich mir den Kopf zermartert, im wahrsten Sinne des Wortes sogar einmal tatsächlich zerbrochen, als ich mich, grübelnd und gerade mal wieder die Kellertreppe in

Angriff nehmend, mit dem Fuß in einer der löchrigen Stufen verhakte, in den finsteren, beinahe schon bodenlosen Abgrund des Kellergewölbes fiel und später in der Notaufnahme am Kopf genäht werden musste, eine ordentliche Narbe blieb davon zurück, und das alles nur wegen dieser vermaledeiten Grüblerei, die einen nirgendwo hinführt, ganz egal, wie sehr man seine Gedanken auch ausbreitet, diese wie ein Bomberpilot von oben zu irgendwelchen tauglichen Landkarten zusammenzusetzen versucht, um die Oberhand über die Lebensmission zu gewinnen, also ein unentwegtes Nachdenken darüber, warum überall eine derartige Unordnung herrscht, eine globale, vielleicht ja sogar »interglobale« Uneinigkeit und Unverrückbarkeit von Systemen, ein in einem selbst schon in den Grundfesten innewohnendes Missbehagen, warum sogar in überschaubaren Familienverbänden die vermeintlich leichtesten Dinge misslingen und außer Form geraten und man sich nicht darüber zu wundern braucht, warum sich Menschen überall auf der Welt spinnefeind sind, ihre Animositäten kultivierend liebend gerne über die anderen »drüberfahren«, sie niederbügeln und so weiter, ja eine »Drüberfahrerei« und »Niederbüglerei« war das in diesem Kosmos, dass mir davon schon als Kind schwindelig wurde, was man auf schummrig, gar nur schummrigst ausgeleuchteten Treppenstufen freilich lieber vermeiden sollte, und als wäre es am Ende auch noch meine Schuld, dass ich danach wochenlang Kopfschmerzen hatte, auf welche die Mutter ein Monopol beanspruchte, mein verbundener und vornehmlich in den ersten Tagen nach dem Unfall pochender Kopf schien sie zusätzlich gegen mich aufzubringen, als hätte ich ihr etwas Ureigenstes weggenommen, ja schamlos geklaut sogar, soll heißen, es wäre ihr bestimmt tausendmal lieber gewesen, ich hätte mir die Hand gebrochen, allerdings nur eine, um in den Augen der Nachbarn nicht allzu pflegebedürftig zu erscheinen, eine Fraktur der Beine wäre wesentlich übler gewesen, weil ich dann nämlich auch noch bettlägrig geworden wäre, beinahe schon wie sie, die gramgebeugte und durchgebeutelte Mutter, die dann auch in diesem so sensiblen Bereich der Versehrtheiten ihre Vormachtstellung eingebüßt hätte, eine verzwicktere Situation in einem Haushalt konnte ich mir kaum vorstellen.

Meines Wissens nach hatte Mutter nie den Keller aufgesucht, man könnte durchaus behaupten, sie kannte diesen nur vom Hörensagen, wenn sich Vater und ich in der Küche darüber unterhielten, was alles im Laufe der Jahrhunderte (und ja, wir lebten in einem sehr alten und großen Haus) im Keller eingelagert worden war, freilich auch von Vorbesitzern und anderen Parteien in längst separierten Wohnungen, mit separaten Wohnungstüren und separaten Lebensentwürfen, und weil der Keller, in Anbetracht der schieren Größe, auch allen aus der Umgebung offenstand, wusste ja keiner, wer dort was ablegte, und einige erzählten, dass sie früher noch Kohlelieferungen durch die Kellerfenster hineinschaufeln mussten, um im Winter über die Runden zu kommen, was gewiss den vordergründigsten Geruch dort unten erklären würde, der einem sofort in die Nase stach, ein von feinsten Staubpartikeln übertragener Kohlegeruch, den zu beschreiben schwer fällt, vor allem dann, wenn man noch nie Kohle gerochen hat, und es natürlich viel zu einfach wäre, diesen als aschig oder rauchig zu kennzeichnen, und ich hätte ja nicht einmal beschreiben können, wonach Benzin oder Diesel rochen, nur, dass sie ein jeder heutiger Mensch unzweifelhaft am Geruch erkennen würde, weil wir einem von Tankstellen und Automobilen geprägtem Jahrhundert angehörten, und somit also Mutter den Keller schon deshalb vermied, weil sie mit Automobilen und Heizöfen und so weiter wohl ausschließlich negative Erfahrungen verband, es erinnerte sie nur an den Vater und die Autorückbank und andere spätere Stelldichein, sie hätte außerdem keinen Führerschein mehr oder diesen gar nie besessen, ihre Aussagen in diesem Punkt waren strikt widersprüchlich, es sich also wohl auch in ihren Augen um einen zutiefst »männlichen« und dreckigen Keller handelte, in dem Frauen nichts verloren hatten, natürlich auch andere Ehefrauen nicht, die etwas auf sich hielten und die schnell darob hätten kapitulieren müssen, dass dieser Dreckskeller von keiner Frauenhand je sauber zu kriegen war, so wie auch der Mann und demnach die ganzen Mannschaften und männlichen Horden der Welt unbelehrbar und unbekehrbar waren, Ordnung und Reinlichkeit zu propagieren, die uns von Tieren hätte unterscheidbar machen können, und natürlich verstand Mutter nicht, beziehungsweise verstand es wohl, dass ich und Vater regelmäßig Tiere aßen, die wie wir einen Stoffwechsel aufwiesen und ständig daran waren, Lebendmasse in Kot umzuwandeln, dass wir so gesehen Lebendiges absorbierten, um dieses als toten Brei auszuscheiden, während sie sich vegetarisch ernährte, was sie per se zu einem besseren Menschen machte, und ich wiederum dachte daran, dass ja diese ganze Kohle, der Sprit und die fossilen Brennstoffe auch nur totes Material darstellten, dass wir massenhaft verschwendeten, um diesen Kreislauf aus Scheiße und Geldverdienerei weiter anzukurbeln, diesen zu befeuern, ihn am Laufen zu halten, und als gottgegeben zu erachten, und dass die Menschheit bestenfalls solche Keller aushob, um darin den Müll zu verbergen, den sie vor den Augen anderer zu verbergen entschieden hatte, und dass Senkgruben überhaupt die schrecklichste Erfindung (auch in Mutters Augen) waren, weil ein dieselbetriebenes Fahrzeug anrollte, das den ganzen von uns verursachten Unrat abpumpte und irgendwohin abtransportierte, an einen Ort, den man sich in den schlimmsten Träumen nicht ausmalen wollen würde, wo selbstverständlich Männer die stinkenden Flüssigkeiten vermischten und filterten und sie so wieder irgendwie »genießbar« machten, damit man alles in Flüsse leiten und auf Feldern auftragen und als verwertbaren Schlamm oder auch Klärschlamm verkaufen konnte, und Mutters Vorstellung, das, was sie aß, wenn sie überhaupt aß, wäre auf Feldern gepflanzt und gewachsen, die im Rahmen dieses Kreislaufes bewirtschaftet wurden, ließ sie unverzüglich bleich und fahrig werden, und ich dachte mir ganz oft, was für einen Segen doch ein System hätte darstellen können, wo es keinen Stoffwechsel und keine Ausscheidungen gäbe, und niemand jemals solche Keller ausgehoben hätte, die all unser Unvermögen verbergen.

Auf der Wiese hinter der Holperstraße war ich mal als Kind über ein dort liegendes Reh gestolpert, kein Kitz, sondern ein erwachsenes Tier, das noch zu leben schien, zumindest schlug es mit dem hinteren Beinpaar nach mir aus, wobei es sich auch nur um einen bloßen Reflex hätte handeln können, wie bei den toten Fröschen, welche wir in der Schule sezieren mussten, weil der etwas sonderbar wirkende Naturkundelehrer gerne alles in seine Einzelbestandteile portionierte, und selbst noch als lebendiges Tier, also bei vollem Rehbewusstsein, hätte besagte Beinbewegung nicht automatisch geheißen, dass es nach mir ausschlug, um mich aus seiner Nähe zu vertreiben, vielmehr könnte es sich um einen zum Scheitern verurteilten Versuch gehandelt haben, selbst die Flucht anzutreten, einmal noch über die duftende, gar duftendste Wiese zu hetzen, als wären zähnefletschend Teufel hinter einem her, was wiederum verständlich wäre, wo es doch von mindestens einer motorisierten Teufelskarre angefahren worden sein musste, vielleicht von jemandem, der nach dem Unfall sogar angehalten, das sterbende Reh genauer betrachtet, sich also noch ein wenig darum gekümmert hätte, es hochhob und ein paar Schritte in die Wiese trug, um es zwischen vertrauten Wiesenkräutern sterben zu lassen, statt auf dem steinigen Straßenbelag, wahrscheinlicher war es aber, dass sich das Reh selbst noch unter Aufbietung allerletzter Kräfte von der Fahrbahn weg- und auf die Wiese zubewegt hat, wofür die auftrocknende Blutspur sprach, die deutlich zu erkennen war, und hätte dieser jemand es tatsächlich eigenhändig in die Wiese befördert, er wäre danach voller Blut gewesen, das zu erläutern ihm später hätte unangenehm erscheinen mögen, seiner Frau gegenüber etwa oder dem Nachbarn nunmehr Rede und Antwort stehen zu müssen, was denn da passiert wäre, um auch den verbeulten Kotflügel und den geborstenen Scheinwerfer mitzuerklären, doch, alles sprach bei genauerer Betrachtung dafür, dass es sich um die übliche Fahrerflucht gehandelt haben musste, die freilich bei Tieren keine rechtlichen Konsequenzen nach sich zog, unangenehm wären gewiss die Bemühungen der etwaigen Ehefrau, die mit Gallseife

Blutflecken aus dem Hemd zu scheuern versuchte, warum man das Reh überhaupt angreifen und irgendwohin hatte hinschleifen müssen, weil es doch viel einfacher gewesen wäre, gleich nach Hause zu fahren, sich gar nicht erst mit einer Entsorgung aufzuhalten, und auch wenn für mich kein Zweifel bestand, dass die ganze Sache ohnehin anders abgelaufen war, konnte ich es nicht sein lassen, alle Möglichkeiten des Ereignisses zu bedenken, als würde ich durch diesen Vorgang die Welt verbessern, weil es mir eben nicht egal war, und ich lief damals sogar ins Haus zurück, um der Mutter von meinem Fund zu berichten, wodurch ich sie tatsächlich und ausnahmsweise dazu bewegen konnte, sich das Tier mit eigenen Augen anzusehen und es alsbald sachte mit dem Fuß anzustupsen, um mir dadurch zu verstehen zu geben, dass dieses Geschöpf wohl tot sei, das sähe man doch an den Fliegen in den Augen, zumindest wenn man nicht völlig bescheuert wäre, und ich meine mich zu erinnern, dass sie so etwas sagte wie, was für eine verfluchte Verschwendung, womit sie nur ihre eigene Zeit gemeint haben konnte.

Man hätte sie als überzeugte, ja überzeugteste Sympathisantin eines sich ausschließlich um sie selbst drehenden Universums erachten können, was ihr (oder einem) unterm Strich keinesfalls anzukreiden wäre, schließlich blieb der eigene, einem (oder ihr) schon in die Wiege gelegte Wunsch nach Eigenverwirklichung, nach diesem eigentlichen Glück, nach dieser eigentlichen Erfüllung aller Eigenbegehrlichkeiten, die vordergründige causa prima, die erste aller nur denkbaren Ursachen, die absolut und unbedingt notwendig ist, um dem Leben einen tieferen Sinn zu verleihen, jenes wie auch immer zu benennende Wollen, worauf alles weitere noch zu Wollende zurückgreift, eine glaubhafte, ja gar glaubhafteste Rechtfertigung für die eigene Ich-Schöpfung, die man aus verständlichen Gründen als das Wichtigste, vielleicht sogar Gewichtigste erachtet, wie also bei Frauen etwa die Mutterschaft, die gewiss auch so eine causa prima darstellt, vor der sich das Kind immerzu rechtfertigen, ja der es sich unentwegt unterordnen wird müssen, weil es ein Leben lang an die Mutter gefesselt bleibt, ohne die es gar nicht existieren würde, diese vielen mir suspekten Mütter überall, die ja vielleicht eine Weile lang in ihren Mutterschaften aufgehen, diese Mütter, deren Mütter möglicherweise auch schon darüber nachgedacht hatten, die Schwangerschaft abzubrechen, zur Eigenverwirklichung (also zum Beispiel der Schauspielerei) zu stehen, doch bleiben es Schwangerschaften, die summa summarum allerlei Dinge verhindern, die man später unentwegt anderen vorhält, die man den von solchen Frauen geborenen Kindern mit in die Wiege legt, welche am Ende die unerfüllten Wünsche der Mütter in die Tat umzusetzen haben, also vielleicht wirklich erfolgreiche Schauspieler zu werden, was mir die eigene Mutter insofern ersparte, weil sie nicht das geringste Talent in mir erkannte, und selbst wenn man sich alles so zurechtrückt, dass Mütter jemandem ausschließlich aus freien und altruistischen Stücken das Leben schenken, sie also zur ultimativen Selbstlosigkeit neigen, bleibt tief in einem ein schaler Nachgeschmack zurück, weil man genau weiß, dass eine Mutter schon deshalb zu einem besseren Menschen zu werden glaubt, weil sie eine Geburt nicht verhindert, sich ja vielleicht dadurch eine Aufwertung des eigenen Lebens erhofft, die fiktive und unbedingte Liebe eines Kindes vor Augen, das man ehrlicherweise selbst gar nicht lieben kann und nie lieben wird, wie es diesem gewiss zustünde, weil es unsäglich vieles (vor allem Karrieren) verhinderte, und sich stattdessen notgedrungen mit allem arrangiert, insgeheim aber sein Leben und das aller anderen verflucht.

Die Sache mit den Flüchen ließ mich nicht mehr los, wo ich doch dazu neigte, mir bei einer jeden Gelegenheit dadurch etwas Luft zu verschaffen, ich fluchte förmlich wie ein alter Kesselflicker, was ich auch auf mein dahingehend nicht unbedingt makelloses Elternhaus zurückführte, und ich ließ, wann immer es ging, etwas Deftiges auf die Welt los, ohne es zunächst ernst zu meinen, keinesfalls wollte ich demnach, dass sich jemand wirklich den Hals bricht, oder dass wer in der nächstbesten Versenkung verschwindet oder gar in der Hölle landet, weil er sich etwa in der Supermarktschlange an mir vorbeidrängelte, oder am Zebrastreifen nur zögerlich ab- und sich einbremste, um mir einen Schrecken einzujagen, was sich später insofern relativierte, dass ich ernsthaft begann, Menschen aus tiefstem, und, wenn man so will, reinstem Herzen zu verabscheuen, ihnen wirklich Böses zu wünschen, wenn sie es in meinen Augen verdienten, weil es sich unzweifelhaft bei den meisten Exemplaren um widerliche, gar widerlichste Individuen handelte, die gewiss niemandem fehlen würden, auch wenn man sich ja nie sicher sein konnte, wie solche Kotzbrocken von anderen wahrgenommen werden, und vielleicht waren sie in Wahrheit freundlichste und unschuldigste Wesen, die lediglich mich wie den letzten Dreck behandelten, weil ich tatsächlich allerletzter Dreck war und es demnach schon wieder unangebracht wäre, sie mit abscheulichsten Flüchen zu belegen, weil sie doch andernorts die fürsorglichsten Mütter und Väter wären, die liebsten und innigsten Kumpanen, die verlässlichsten Geschäfts- und Freizeitpartner, ja vielleicht war nach wie vor nur ich das eigentliche Problem, der dieses gehässige Verhalten hervor- und auf den Plan rief, der in Wahrheit die sanftmütigsten Wesen in krude Arschlöcher verwandelte, als wäre das meine einzige Superkraft, als wäre ich allein es, der verflucht worden wäre und dem gegenüber man jedwede Abneigung zeigen kann, weil er sie schließlich verdient, auch wenn ich diese Logik freilich nicht ernsthaft nachvollziehen kann und es nie können werde, doch andererseits wird doch ein schwarzer Hund überall auf der Welt misstrauisch beäugt, während man weißen oder andersfarbigen Hunden vorbehaltloser begegnet, und genau das ist vielleicht der Kern allen Übels, dass die verfluchten Fotzen und Hurenböcke dort draußen voller Vorurteile stecken, die sie einem nur unter die Nase reiben wollen, um sich danach besser zu fühlen, wenn auch auf Kosten anderer, und das zeichnet unsere Spezies wohl insgesamt aus, ganz egal, wie man es auch dreht und wendet, einer wird immer zum Sündenbock erklärt, weil das schon immer so Brauch war und sich schlussendlich bewährt hat.

Die Vorstellung von besseren, gar weltverbessernden Menschen erschien mir die meiste Zeit über vollkommen abwegig, als wären solche und ähnliche Gedankengänge wirklich nur aus Hohn in mich eingepflanzt worden, um zur allgemeineren Verwirrung und Vernebelung meines Geistes beizutragen, um die eigentliche Wahrheit dahinter zu verschleiern, dass der Mensch bestenfalls ein von faltiger und immer ledrigerer werdenden Haut umspannter »Sack« ist, der äußerst notdürftig Knochen und Organe zusammenhält, ein Sumpfgebiet sondergleichen ist die Menschheit, in welchem ich Hals über Kopf zu versinken drohe, in welches (also in mich) unablässig Blitze in Form negativer Emotionen alle übrigen Mitmenschen einschlagen, wo ich doch noch ein winziges Stück aus dem Sumpfgebiet hinausrage, ein verkrüppelter, krummdürrer Ast, der sich weiterhin exponiert und anbietet, und es doch naheliegend ist, dass sich dieses prekäre Sammelbecken voller Empfindsamkeiten und Gekränktheiten in Form meiner Person ebenso entladen muss, um nicht innerlichst zerrissen zu werden, und dass solche Mängelwesen, wie ich eines bin, schon immer von Müttern und Vätern auf die Welt losgelassen wurden, die mit ihren Unwissenheiten und Borniertheiten alles zum noch Schlechteren wenden, obwohl sie doch in Wahrheit eine radikale Kehrtwende hätten einleiten und alles in unseren Gesellschaften hätten verändern müssen, um endlich bessere (oder gar keine?) neuen Menschen hervorzubringen, die ihre Potentiale zu summieren und ein einträchtiges »Zusammenleben« als solches voranzubringen gewusst hätten, abseits dieser fürchterlichen Stammtische und tumben Parteizugehörigkeiten und immer doch elenden, ja elendigsten Missbräuchlichkeiten, die das Unglück konsequent erst zu potenzieren ermöglicht haben, überall sogenannte Mitmenschen, die sich liebend gern vor perfide Karren spannen lassen, und die voller Versprechen stecken, doch in Wahrheit werden hiermit Leichen durch die Gegend kutschiert, und wir alle werden unablässig noch größeren und noch verstörenderen »Gewitterzellen« zugeführt, die noch mehr Hass und noch mehr Wut in uns aufstauen und zu noch umfangreicheren Wirrnissen beitragen, wie etwa meinem Wunsch, der eigenen Mutter eins und möglichst viel auszuwischen, oder aus schierer Wut und Verzweiflung immer wieder auf einen harmlosen Ameisenhügel oder irgendeinen zappelnden Fisch einzuschlagen, um sich danach besser als dieser zu fühlen, um endlich damit abschließen zu können, dass man es nicht in der Hand hat, sich aus eigener Kraft aus dem Morast zu ziehen, um alles Negative abschütteln zu können, um fern der einem vom Leben gebotenen Möglichkeiten und vorgefertigten Realitäten zu existieren, quasi außerhalb dieses »Sackes«, der sich um einen spannt und schnürt, zu sein, als wäre dieser vor allem dazu geneigt, das Denken weiter einzuengen, und es dorthin zu kanalisieren, wo nun mal alle Kanäle hinführen müssen, in die obligatorischen Jauchegruben und stinkenden Dreckstümpel, in grässlichste Stumpfsinnigkeiten, unappetitlichste Blutlachen und schaurigstes Verbrechertum.

24. März, 11:04 Uhr

Bestechung, die … als eine Gegenleistung angesehene Geschenke oder andere Vorteile, wie beispielsweise die Gewährung eines Darlehens oder jegliche andere Leistung, auf die der Empfänger keinen begründeten Anspruch hat, und der diesen in eine persönlich bessere Lage versetzt; sie verdankt ihren Namen einer Reihe von drei bis sechzehn Einzelstacheln vor ihrer Rückenflosse; ist im übertragenen Sinne ein mit einem Uhrwerk gekoppeltes Gerät zur Aufzeichnung besonderer Vorkommnisse, wie etwa dem Ableben einer Person.

Hatte ich immer schon so ein Gefühl im Mund, wie Insekten auf einer Windschutzscheibe, die ich schon als Kind vom Auto des Vaters, vornehmlich dem Kühler abkratzte, um diese wie eine eigenartige, gar eigenartigste Zahnpasta in leere Tuben zu füllen, »Insektenolympiade« hätte ich mein Produkt damals wohl genannt, wobei ich heute nicht mehr weiß warum, zudem wurden diese Tiere mit der Zeit immer weniger, was wohl an Pestiziden und anderen von Menschen geschaffenen Einflussfaktoren liegen mochte, die im großen Maßstab die Tierwelt bedrohten, welche sich jedoch auch in kleinen und kleinsten Maßstäben auf unterschiedlichste Arten dezimieren ließ, wie etwa durch meine eigentümliche Käfersammlung, wo ich doch eine Phase hatte, in der ich diese mit Superkleber an einem Stück Papier befestigte, und immer weiter und noch mehr von dem Superkleber vorsichtig aus der Tube drückte, um den Käfer in dieser Kleberummantelung gänzlich einzuschließen, diesen aushärten und das Ergebnis auf mich wirken zu lassen, wie ein durchsichtiges Käferbonbon erschienen die bisweilen unförmig geratenen Objekte auf mich, die ich in einer weiteren Phase dadurch perfektionierte, dass ich alle von mir aufgeklaubten Käfer nicht mehr auf ein Stück Papier, vielmehr jedoch in alte Plastikverpackungen zu stecken gewusst habe, vornehmlich Toffifee, also in die für die Süßigkeiten vorgesehenen Aussparungen im inneren Plastikfach wohlgemerkt, damit ich Käfer und Kleber leichter vereinen und in Form bringen konnte, und ich musste sie anschließend nur noch aus dieser Form drücken, die Plastikverpackung bisweilen etwas abkratzen und abschmirgeln, doch wiesen sie danach tatsächlich die Form kleiner Schmuckstücke auf, die ich noch mit etwas Sonnenblumenöl zum Glänzen brachte.

Ein bestechendes Gefühl war es, etwas erschaffen zu haben, und dass ich so etwas überhaupt als etwas Schönes erachten konnte, ich meine, nur Kinder vermögen das, und bestechende Gefühle waren ja durchaus schon immer auf der problematischen Seite beheimatet, »beiheimartert« eigentlich, wo einem doch alle Wunden viel zu lange und immer noch länger nachzuhängen pflegen, sei es auch im übertragenen Sinne, die ganzen Beschimpfungen etwa, die ich im Laufe meines Lebens hatte einstecken müssen und die einen innerlich munter weiter löchern, wer, warum verbal zuge-, abge- oder auf mich eingestochen hat, es hinterlässt allemal deutliche Narben in einem, ein wucherndes, in sich schlecht verheilendes Narbengewebe bildet sich, das sich durch den ganzen Bauchraum oder sonstwohin zieht, als wären alle Verletzungen irgendwann ein normaler Bestandteil der üblichen Verdauungsorgane, während man sich im Bett krümmt und einen Arzt aufzusuchen gedenkt, der einem ohnehin nicht mehr weiterhelfen kann, mit dem wiederkehrenden Rezitieren von immer nur leicht variierten Diagnosen, der Volksmund würde ja behaupten, das Leben habe einfach die üblichen Spuren hinterlassen, die sich freilich nicht mit Medikamenten behandeln lassen, wobei wohlgemerkt nichts gegen medikamentöse Behandlungen, die durchaus Besserungen zu erzeugen imstande sind, doch als kuriert hätte ich mich niemals im gesamten Leben erachten können, womit ich keinesfalls alleine dastehe, ausgeheilt werden bestenfalls noch Knochenbrüche, die wahrlich zu den Segnungen einer jeden jüngeren Existenz zu zählen sind, weil sie erst ab einem gewisse Alter irreparable Schäden verursachen, und ich würde sogar so weit gehen zu behaupten, dass ich eine jede Fraktur im Laufe meines Lebens genossen habe, und dass ich mir weitaus mehr von solchen gewünscht hätte, wenn ich mein allgemeines Unwohlsein in der Welt dagegen hätte eintauschen können, wie etwa meinen bestechenden, statistisch mit allen Wassern gewaschenen Vater, der sein früher noch öfter aufblitzendes schlechtes Gewissen dadurch zu kompensieren suchte, indem er mich mit nichtssagenden Geschenken überhäufte, was einem jeden halbwegs aufmerksamen Vater nicht entgangen wäre, als würde ich mir beispielsweise etwas aus Puzzlespielen machen und mich durch solche bestechen lassen, als gäbe es irgendeinen sich entfaltenden Zauber darin, sobald man diese zehntausend Stücke wieder zusammengesetzt hätte, eine mir unbekannte Kraft, die der Vater aber darin erkannte und verortete, vielleicht wie zwischen Atomen, die sich bekanntlich spalten und zweckorientiert handhaben lassen, als könnte diese unbekannte Kraft danach auf mich übergehen, wenn ich nur alle Teile redlich und Stück für Stück zu einem vollständigen Bild zusammensetze.

In seiner Jugend hätte sich der Vater nicht sonderlich viel aus Mädchen gemacht, schnappte ich einmal zufällig im Gasthaus auf, wo sich die motivierte, gar motivierteste Stammtischrunde mit einer umfassenden Aufarbeitung aller die Umgebung betreffenden Ereignisse abmühte, zottige und zottigste Wortmeldungen machten wiederholt die Runde, wobei freilich nur über gerade Abwesende oder bereits, zu ihrem eigenen Glück, längst Verstorbene palavert, eigentlich übelst hergezogen wurde, von mir nahm freilich niemand Notiz, ich hätte aber gar nicht abzuschätzen gewusst, ob man mich dem Aussehen nach mit dem Vater in Verbindung bringen und mich also unmittelbar und leibhaftig in die ganze Wortkotzerei hätte involvieren können, soll heißen, ob jemand selbst im trunkenen Zustand noch in der Lage gewesen wäre, konkret auf mich zu zeigen, wo ich nun mal eindeutig (wie ich auch finde) seine Augen, seine Nase und seine Stirn aufzuweisen hätte, welche andere nicht über- oder von welcher sie nicht absehen können, doch brauchte ich andererseits nicht davon auszugehen, als Kind hatte ich mich schließlich die meiste Zeit über tendenziell im Haus oder in der unmittelbaren Nähe des Hauses aufgehalten, niemals oder nur in seltenen Einzelfällen war ich dem Vater irgendwohin nachgelaufen oder es gar offiziell von seiner Seite her erwünscht gewesen wäre, ihn in die Stadt zu begleiten, ins von ihm geschätzte Gasthaus oder einfach nur in den Supermarkt, seinen Schritt dabei aufnehmend und mich in seinem Sog treiben lassend, doch nahmen wir als Familienverband ja nicht wirklich am gesellschaftlichen Leben teil, also an den üblichen Kirchgängen, sonntäglichen Gruppenausflügen, nachbarschaftlichen Festen, Feuerwehrheurigen und so weiter, keinesfalls in der Art und Weise, wie ich es mir als Kind ausgemalt und ersehnt hätte, und erst viel später, als ich meine vielleicht niemals endenden Flegeljahre durchlebte, machte ich mich auf eigene Faust auf, etwas über die zusehends herunterkommende Nachbarschaft in Erfahrung zu bringen, ich begann also allerlei Leute auszuspähen, ihre Verhaltensweisen zu studieren, beispielsweise die ominöse und prototypisch für alle Ortsviertel stehende Stammtischrunde auszuspähen, die mich gewiss nach meinem Eintreffen für einen gänzlich Fremden gehalten, sofern sie mich überhaupt auch nur ansatzweise in Augenschein genommen hatte, und erst als dort der Name des Vaters fiel, hörte ich auch wirklich hin, er hatte sich also in seiner Jugend nicht sonderlich viel aus Mädchen gemacht, nicht eimal aus den üblichen leichter zu habenden und sich schon früh aufschminkenden, die man ironischerweise als Flittchen bezeichnete, wobei sie sich nicht anders verhielten als die männlichen Heranwachsenden, sich also schon etliche seinerzeit offenbar gedacht hätten, dass er bestimmt schwul wäre, so ein richtig schwuler Wichsbruder, wie es hieß, wo es anderen längst unangenehm geworden war, mit ihm im Schwimmbad, oder nach sportlichen Betätigungen unter der Dusche abzuhängen, und augenscheinlich hatte man sogar seine Klamotten als für die damalige Zeit extravagant wahrgenommen, und auch seine Frisur unterschied sich selbstredend von jener der anderen Jungen, die das Haar vorne kürzer und hinten länger trugen, während die Haare des Vaters viel zu ordentlich, sorgfältig kurzgeschoren und akkurat wirkten, ohne sich dem Aussehen nach auch nur in die Nähe eines Militärschnittes zu begeben, ja viele in der Stammtischrunde konnten sich gar nicht genau an die Details erinnern, alles schien im Wesentlichen nur von einer gewissen, überaus korpulenten, aufgedunsenen Person auszugehen, die mich an ein übellauniges, mit Sardinenschwärmen und allerlei

Meeresfrüchten prall gefülltes Walross erinnerte, was freilich eine Beleidigung für jedes dieser sich im Meer überaus elegant präsentierenden Tiere darstellen musste, jedenfalls, die Sache mit den Mädchen kam offenbar erst auf, als sich die Mutter ins Leben des Vaters eingemischt hatte, nachgelaufen sei sie ihm wie ein läufiges Frettchen, so der wortführende Fettwanst, und alle waren sich darüber einig, dass sie jeden hätte haben können, und dass jeder besser für sie gewesen wäre als mein Vater, sie aber sich schon in jungen Jahren habe nichts sagen lassen, ein durch und durch störrisches Weibsbild, vermutlich ein Opfer des eigenen Hormonhaushaltes, dieser sprichwörtlichen, sich einem ins Gesichtsfeld drängenden rosa Brille, hinter beziehungsweise vor welcher selbst der Vater attraktiv wirkte, und ihm wohl plötzlich etwas für die Gegend Glamouröses anzuhaften schien, wenn man nur lange genug in seiner wohlparfümierten, gar wohlparfümiertesten Nähe verweilte, in seinen blauen Augen versank, und dass es also der Vater gewesen wäre, der sich in Mutters Armen verfangen hatte, und nicht umgekehrt, wie man es mir schon einmal zu erzählen gewusst hatte, und welche Erzählweise davon nun eigentlich der Wahrheit entsprach, konnte wahrscheinlich keiner mehr sagen, die Wahrheit lag wohl wie bei allem in der Mitte, was in weiterer Folge völlig unerheblich war, eine schwule Sau bliebe er trotzdem, ganz klar, pflichteten alle bei, und das durchgeschwitzte Walross hielt kurz seinen Mund.

Ich konnte es nicht lassen, mich insofern einzumischen, als dass ich dem damals noch lebenden, gelangweilt hinter seinem Tresen lehnenden, mundfaulen, ja mundfaulsten Wirtshausbesitzer, der mir je untergekommen war, ein unmissverständliches Zeichen gab, die Stammtischrunde auf ein auf meine Kosten gehendes Bier einzuladen, was dieser unverzüglich in die Tat umsetzte, er zapfte und servierte mit frischesten Schaumkronen versehene Bierkrüge, die mir seitens des Stammtisches ein wohlwollendes Nicken einbrachten, einer leerte das Glas sogar in einem einzigen Zug, brüllte »auf den edlen Spender«, was wohlwollende und befürwortende Gesten in der gesamten Gruppe auslöste, ja ein Gemurmel darüber lostrat, dass es doch nicht ganz so schlecht um die heutige Jugend stünde, wenn diese noch in der Lage war, den weisen Männern Respekt zu zollen, und freilich, ich wüsste heute nicht mehr, was mich geritten hatte, wo ich mir vieles vom Mund absparen musste, vielleicht hatte ich gerade Geld mitgehen lassen, was bisweilen vorgekommen war, wenn sich eine Gelegenheit dazu bot, nicht, dass ich darauf je stolz gewesen wäre, ich ließ mich eigentlich nur dazu verleiten, weil alle davon auszugehen schienen, dass ich eben einer war, der schnell mal etwas »einsackte«, die Menschen projizierten also etwas in mich hinein, das sich irgendwann einfach erfüllen wollte, doch behielt ich von diesem Geld selten etwas für mich, und wahrscheinlich wollte ich es damals auch nur schnell wieder loswerden, weil ich mich nach wie vor, trotz aller gegen mich und auf mich einwirkenden Kräfte, als einen anständigen Kerl erachtete, dem nur vom Leben übel mitgespielt worden war.

Ich habe durchaus manchmal den Versuch unternommen, die Geschenke meines Vaters zu beschreiben, dieses umfangreiche Sammelsurium zu kartografieren, um mich dessen zu vergewissern, was ich einst dabei empfunden hatte, wenn mir mal wieder eines der fein säuberlich zugeschnürten Päckchen überreicht worden ist, freilich auch im Namen der Mutter, die nur selten beim Auspacken der elterlichen Geschenke zugegen war, ich wühlte mich durchs bunte Papier, ich zerriss es wie verrückt, vielleicht auch nur, um Interesse heucheln zu können, da ich annahm, dass man sich ein solches von mir erwartete, vorab befühlte und schüttelte ich die Päckchen gerne, um dem Klang nach abzuschätzen, was sich wohl darin verbarg, ob es schon wieder ein seidenes Halstuch war, da ich eine ganze Weile lang viele allerbunteste Halstücher erhielt, die mir der Vater mit einer Freude umband, die ihresgleichen zu suchen hatte, er lehrte mich dabei verschiedene Knoten, mit denen man normalerweise Krawatten band, doch war ich noch zu jung für eine solche, und eine Krawatte wurde mir stets einhergehend damit versprochen, dass ich irgendwann einen schicken Anzug würde tragen müssen, meinen ersten und vielleicht ja sogar wichtigsten, so wie einst auch der Vater, der diesen gerne im Gasthaus (und nicht nur am Sonntag) trug, also keine trachtigen Jacken und Hosen und Hüte und Socken mit Hirschmotiven wohlgemerkt, wie es so viele andere in unserer Gegend zu tun pflegten, und mein Anzug täte sich schließlich erst auszahlen, wenn ich nicht sofort wieder herauswachsen würde, überhaupt war dieses Herauswachsen aus etwas eine äußerst befremdliche Vorstellung, weil ich oft daran dachte, es schieße unmittelbar etwas aus meiner Haut empor, das die Passform der Kleidung augenblicklich ruinieren würde, jedenfalls war ein solcher Vorgang bei Tüchern ausgeschlossen, die ließen sich immer um den Hals oder Kopf wickeln, und so waren viele Geschenke meines

Vaters danach ausgewählt, dass ich sie ein Leben lang würde gebrauchen können, was vieles ausschloss, was ich mir sehr wohl gewünscht hätte, und ich erstickte förmlich in Halstüchern, Messern und seltsamen Utensilien, die ich ohne Erklärungen gar nicht zuordnen konnte, doch erkannte ich allmählich, dass man draußen in der Welt eben eine Weile braucht, um etwas richtig einzuordnen, es wirklich abzuschätzen, ein Firmenschild namens »ZEREI« etwa, das mir in einem der Gässchen in der Nähe unseres Hauses aufgefallen war, ohne dass ich von außen darauf hätte schließen können, was sich denn in einer »ZEREI« genau abspielte, bis ich den Vater eines Tages mit seinem Anzug über dem Arm hineingesehen und ihn selbigen nach einigen Stunden von eben dort wieder abholen sah und es mir wie die sprichwörtlichen Schuppen von den Augen fiel, dass eine »ZEREI« wohl einmal »PUT-ZEREI« geheißen haben musste, bevor die übrigen Buchstaben abgefallen oder mutwillig von irgendwelchen Vandalen entfernt worden waren, denen ich mich später möglicherweise auch würde anschließen wollen, um andere Kinder und einfältigere Erwachsene in die Irre zu führen, ich überlegte auch sogleich, welche Schilder ich mir vorknöpfen und wo ich eine Leiter würde auftreiben können, und für den Anfang gefiel mir die Vorstellung eines »EURS« (Friseurs), einer »BEREI« (Färberei), einer »SEREI« (Glaserei).

Eines der schönsten Geschenke meines Vaters war ein roter Gelsenstecker mit einem kleinen Blinklicht, wobei mir auch dieses Gerät zunächst völlig unbekannt gewesen war, ebenso wie die dazugehörigen blauen Plättchen, die nach Chemikalien rochen und zuverlässig die Mücken in meinem Zimmer davon abhielten, sich weiter über mich herzumachen, was eine der größten Erfindungen des Jahrhunderts sein musste, wo ich mir doch überhaupt nicht ausmalen konnte, wie Menschen früher all die Stiche und schlaflosen Nächte zu ertragen gewusst haben, wenn sich Hunderte, ja vielleicht sogar Aberhunderte der lästigen Blutsauger mit ihnen im gleichen Raum oder in einer Höhle oder Jurte befanden, um in wilden Formationsflügen auf ein aus der Dunkelheit ragendes Körperteil herabzustechen, ich meine, ich hatte nie nachvollziehen können, welche wichtige Rolle selbst Stechmücken in einem Ökosystem innehatten, dass sie die Nahrungsgrundlage für zahlreiche weitere Tiere bildeten, und wir (mit anderen Tieren) gewissermaßen mittels dieses aufzubringenden Blutzolls dazu beitrugen, die Welt weiterhin in einem zwar labilen, aber eben doch Gleichgewicht zu halten, bis wir uns als Gesellschaft mit solchen und etlichen weiteren auf uns zugeschnittenen Erfindungen plötzlich auserkoren fühlten, diese alten und naturgegebenen Verträge zu brechen, und unsere Rolle innerhalb der Naturkreisläufe neu zu definieren, wovon ich selbst natürlich keinerlei Ausnahme darstellte, weil ich vieles so unsäglich satt hatte, zum Beispiel tagtäglich im Sommer mit zahlreichen Stichen übersät zu werden, und darum also bekam ich diesen glorreichen Gelsenstecker, der mich dazu verleitete, die blauen Plättchen wie Hostien mit der Zunge abzulecken, um die Stechmücken selbst im offenen Mund willkommen zu heißen, sie in eine abgründige Falle zu locken.

Ich konnte mich selten des Eindrucks erwehren, dass sich in meiner Nähe immer noch weitere Ungeheuerlichkeiten formierten, ein weiterführendes und perfides Ungemach, das unbekannte, keinesfalls auf meinen Mist gewachsene Abgründe gebar, als würde einem nämlich sogar vermeintlich gute Taten, automatisch nur zum Nachteil gereichen, als würde man (ich) beispielsweise in der kälteren Jahreszeit aus Höflichkeit an einem Begräbnis teilnehmen, nur um sich (mich) dort beim stundenlangen Ausharren vor dem Sarg, und im quälend langsamen Trauerzug, und dann natürlich beim zeitlupenhaften Absenken des Sarges, und nach den unvermeidbaren, zumeist ausschweifenden Grabreden unweigerlich zu verkühlen, sich sogar eine ausgewachsene Lungenentzündung einzufangen, woraufhin das nächste Begräbnis schon einen selbst betreffen mag, bei welchem wiederum aus geheuchelter Anständigkeit heraus, die nächsten Verkühlungen und Lungenentzündungen ihre weiteren Opfern finden werden, als gäbe es überall nur noch solche unscheinbaren Spiralen des Untergangs, die freilich niemandem auffallen, weil sich auch niemand die Zeit nimmt, genau hinzusehen, und wie viel doch auch mir beinahe entgangen wäre, als ich etwa von mir angefertigte Fotografien in ein Album klebte, und sie dabei notgedrungen genauer betrachten musste, den majestätischen Stephansdom, oder irgendeine fein säuberlich unter dem Horizont eingeklemmte Landschaft, oder einen kitschigen Sonnenuntergang, und plötzlich dann selbst ein Unbehagen in mir verspürte, ohne jedoch benennen zu können, was mit den Aufnahmen nicht stimmte, ja auf einem der Bilder war eine Gottesanbeterin zu erkennen, von der man doch in einer Wiese kaum sein Auge lassen kann, weil man sie insgeheim als etwas Unwirkliches klassifiziert, sodass man meint, rein gar nichts mit ihr gemein zu haben, und je länger man dann ihre Erscheinung betrachtet, umso unbehaglicher wird man sich dabei fühlen, weil einen das Insekt in Wahrheit widerspiegelt, jemanden, der schon wieder drauf und dran ist, Schrecken zu verbreiten, kleineren und schwächeren Lebensformen eins auszuwischen, nur um später selbst durch irgendein Ereignis ausgelöscht zu werden, wo doch das Wesen unserer Natur die vorsätzliche Unglücklichmachung zu sein scheint, und wir das Verbrechen der Unglücklichmachung auf alles übertragen haben.

Bäume, die in unserem Blickfeld hervorstechen, will man schon deshalb kappen, weil sie der Vorstellung vom ebenmäßigen Horizont widersprechen, man will ein geometrischer Gestalter sein, weil man darin noch am ehesten jene Genialität erkennt, die sich aus kosmischen Gleichmäßigkeiten ableiten lässt, die zu erkennen und zu interpretieren man schließlich befähigt ist, ohne freilich darüber nachzudenken, dass alles, was man erkennt, nur eine von unendlich vielen Möglichkeiten ist, wie etwas betrachtet werden kann, man betreibt eine unsägliche Verengung, die man sich und anderen somit aufzwingt, und es ist insofern wie mit den entbehrlichen Geschenken meines Vaters, die dazu angetan gewesen waren, mich zu formen, mir ein adäquates, von allen gewolltes und akzeptiertes Wesen zu verleihen, und ich also meinen musste, nur dadurch ein gleichgestellter und -berechtigter Teil einer Gemeinschaft zu werden, in dem ich hassen sollte, was sie hassten, und lieben sollte, was sie liebten, und mich zu diesem Zeitpunkt auch niemals hinterfragte, mich nie mit mir selbst konfrontierte, was dazu hätte führen können, über diese Be- und Verhinderungen hinauszuwachsen, was doch die eigentliche Aufgabe in einem Leben sein muss, und keinesfalls durch Ausflüchte wie Kinderkriegen und Häuserbauen zu beschönigen ist, ja die Welt bleibt ein finsterer Ort, weil man anderen nichts vergönnt, weil man stets alles kappen und beseitigen will, was über einen selbst hinauszuwachsen imstande ist, die Erde bleibt so auf ewig von widernatürlichen, zerstörten und vernichtenden Menschen bevölkert, »Passivmenschen« wohlgemerkt, wie ich sie zu erkennen meine, deren Engagement äußerst überschaubar ist, in ihren Passivhäusern, mit ihren Passivhunden und Passivkindern, in Passivberufen und -berufungen aufgehend, die zwar ihr eigenes Klein-, ja Kleinstwohl im Auge behalten, doch das Denken in größeren Zusammenhängen scheint ihnen fremd, man ist ihnen ausgeliefert, ein Spielball eines passiven Zugrundegerichtetwerdens durch das allgegenwärtige und widerwärtige System.

Die bestechendste Eigenschaft des Vaters war der Ansicht meiner Mutter nach seine sich im Haushalt und auch in übrigen Lebensbelangen äußernde Unterwürfigkeit, die wohl dazu geführt hatte, dass ich unmittelbar nach der Geburt mehrheitlich in seine Arme gelegt wurde, welche mein physisches Wachstum überwachten, Essen für mich zubereiteten, die Wohnung nach mir putzten, im Rahmen seiner beruflichen Tätigkeiten als Versicherungsvertreter überhaupt erst Geld verdienten, Lebensmittel heranschafften und so weiter, mein allgegenwärtiger Vater, der die Mutter durch all das einigermaßen zu besänftigen wusste, während sie ihre verlorene Jugend nachzuholen versuchte, wie ich später da und dort aufschnappte, sich also viele

Jahre lang, in denen mich der Vater zu Hause sitzend beaufsichtigte, wenn er das beruflich vereinbaren konnte, vortrefflich darauf verstand, ihre Nächte in verrauchten Bars und Discotheken und auf »Ausflügen« zu verbringen, wo man sie wohl darin bestärkte, dass sie eine große, gar großartigste Schauspielerin und ernsthafte Darstellerin sei, ein Talent vor dem Herrn, ein Very-cute-Fotomodell freilich auch, wovon ich mich später mit eigenen Augen überzeugen konnte, als ich irgendwo in einem der Schränke ein paar verblichene Pappkartons mit hunderten schon leicht angegilbten Fotografien aushob, die meine Mutter in freimütigen, gar freimütigsten Posen und sogenannten gewagteren Darstellungen zeigten, also leicht oder gar nicht mehr bekleidet, in die Kamera lächelnd, ihre Beine spreizend, mit den Händen an ihren Brüsten herumfingernd, was den Vater entweder nie gestört oder zumindest aber nie dazu bewegt hatte, etwas dagegen zu unternehmen, also beispielsweise zu Hause mit aller Kraft auf den Tisch zu hauen, während ich in Anbetracht der ungewöhnlichen Lärmkulisse weinend im Nebenzimmer gesessen wäre, ich meine, vielleicht war das ja sogar passiert und ich konnte mich nur nicht daran erinnern, doch bin ich sicher, wäre ein solcher väterlicher Paukenschlag von Erfolg gekrönt gewesen, hätte er vielleicht die Mutter dazu bewogen, sich in einer für ein kleineres Kind doch so prägenden Phase mehr mit diesem zu beschäftigen, und wir hätten doch so etwas wie ein normaleres Verhältnis entwickeln können, doch war Mutter augenscheinlich an anderen Freizeitbeschäftigungen wesentlich interessierter gewesen, was ich ihr im Erwachsenenalter nicht mehr wirklich vorgeworfen habe, da ich mich am Ende an ihrer Stelle ebenso verhalten hätte, wo mich doch dieses ganze kulissenhafte und verlogene Familienblabla als Gesellschaftserscheinung außerordentlich verstörte, weil sich jede und jeder diesem hingab, diesem abstrusen und intellektuell nicht nachvollziehbaren Massenphänomen, wie eben auch Massen- und Breitensport und Massenaufläufe und Massenbewegungen jeglicher Natur, die den Segen der Politik und Kirche und also der Gesellschaft genießen, weil sie einzelne Individuen zu berechenbaren und lenkbaren »Bürgereinheiten« degradieren, sie in Abhängigkeiten führen von Familienbeihilfen und Kinderwindeln und geregelten Arbeitszeiten und Steuererklärungen, Menschen werden wie Weihnachtskekse ausgestochen, in Reih und Glied gebracht, man trainiert ihnen die erwünschten Verhaltensweisen an, und kann sie juristisch belangen, um sie als Mängelware zu deklarieren und zum Wohle aller zu sanktionieren.

Zieht das Leben an einem vorüber, wie ich es jedenfalls wahrzunehmen glaubte, will man die plötzlich kostbarer scheinende Zeit keinesfalls an Bildsequenzen verschwendet wissen, die sich mit der pornographischen Fotosammlung der eigenen Mutter auseinandersetzen, alles in mir schien sich nur zusätzlich zu verkrampfen, und angenommen, ich befände mich wirklich am Hinübergleiten ins vielleicht ja tröstliche, gar tröstlichste Nichts, in jenes freilich von unangenehmen Nebenwirkungen (der Tod!) begleitete Jenseits, an dem sich menschliche Gemüter tunlich, ja tunlichst von dem Augenblick an abzuarbeiten wussten, als sie unverhofft von den Bäumen gestiegen waren, als sie als Affenvorfahren plötzlich ihr eigenes Spiegelbild in irgendwelchen Wasserpfützen erkannten, sich selbst also fortan als Individuen wahrnahmen, was wiederum weiteres und wesentlich umfangreicheres Bewusstsein und damit einhergehende Bewusstseinszustände hervorzubringen verstanden hatte, zugleich aber ein unverzeihlicher Verrat an ihren Lebensräumen war, den Bäumen und Wäldern und Pilzen und so weiter, die als flächendeckende, gar »flächendenkende« und omnipräsente Lebensgemeinschaften immer schon mehr echte Intelligenz zu generieren imstande gewesen waren als die spätere, sich freilich außerhalb dieser Kreisläufe wähnende Menschheit, die ich mir nur noch theoretisch ausmalen kann, weil mein Geist über keinerlei An- und Verbindung zur stofflichen Körperwelt mehr zu verfügen scheint, soll heißen, vielleicht drückten mich gerade in diesem Moment panisch einige unerfahrenere Krankenschwestern in mein zugepisstes Krankenhausbett zurück, wo ich mich dann wie die längst verschwundenen, paradiesischen Urwälder aufbäumte, und Mutters Fotostrecken schnitten und häckselten jedenfalls alles kurz und klein, überall nur noch eine zugleich mittelmäßige und mittelmäßiger werdende, wie Jeansstoff in der Sonne aus- und verbleichende Verdammnis, die unentwegt weitere synaptische Knotenpunkte in meinem Kopf abkoppelte und kappte, was insgesamt wohl noch länger würde andauern müssen, gewiss sogar, in Anbetracht der Tatsache, dass das menschliche Gehirn beinahe so viele neuronale Verbindungen und Knotenpunkte in sich vereint, wie das uns bekannte Universum Galaxien (und was sonst noch so alles darin ist) aufweist, rund siebzig Milliarden Neuronen stehen gut hundert Milliarden Galaxien gegenüber, unglaublich eigentlich, wenn man sich das einmal vor Augen führt, dass sich etwas so umfangreich Verzweigtes in einem einzigen »Körpersack« befinden soll, in einer vorwiegend aus Kalk bestehenden Knochenschale, aus welcher unmanierliche Wikinger auch schon mal ihr Bier süffelten, ja der Kosmos soll der Meinung vieler Wissenschaftler nach überhaupt nichts anderes sein als ein gigantischstes Gehirn, das, wie das unsrige, nur rund dreißig Prozent an tatsächlich aktiver Masse aufweist, während der verbliebene Rest passiv bleibt, ein »Passivhirn« habe ich folgerichtig, das sich zu siebzig Prozent aus trägem Wasser zusammensetzt, während man im Falle des Universum von einer dunklen Materie spricht, vielleicht ja auch nur in seiner Funktion eine Form von »Wasser« in irgendeinem uns nicht näher bekannten Aggregatzustand, jedenfalls, ich sah mit einem Male meine sich mit dem gewaltigen Kosmos vermischende »Erzeugerin« auf unzähligen pornografischen Bildern, freilich auch mit mir nicht bekannten Leuten abgelichtet, etwa Mutter an einen stattlichen Mann im weißen Anzug, mit einer pinken, mit Flamingomotiven verzierten Krawatte, gelehnt, der wie ein schmieriger Zuhälter auf mich wirkte, oder Mutter mit einer pinken Federboa in einer Scheune posierend, sich bückend, ihre rasierte und glänzende Scham zeigend, mit ein paar heufressenden Pferden im Hintergrund, freilich nur landesüblichen Haflingern und vergleichbaren Kleppern (keinen Araberhengsten wohlgemerkt), oder Mutter an einem abartig, gar abartigst mit bunten Plastikblumen und Plastikgorillas dekorierten Bartresen lehnend, rauchend, leicht in die Kamera schielend und mit dieser kokettierend, nach einem pinken Dildo in einer Handtasche in Krokodiloptik greifend, oder Mutter mit aufblondierten Haaren, in einer Umarmung mit einer noch aufblondierteren, in ein noch engeres Mieder gezwängten Frau, die vielleicht, in Anbetracht der Falten und Körperform, als ihre Mutter hätte durchgehen können, oder Mutter mit Palmwedeln und Strandliegen, die sich bei genauerem Hinsehen als Tapete entpuppten, an einen farbigen Mann drapiert, einen Scheißgorilla, wie es damals alle Stammtischrunden von den Dächern gebrüllt hätten, oder Mutter mit breitestem Grinsen in einem weißkarierten, aufgeknöpften Holzfällerhemd, welches ihr immerhin über den Arsch reichte, oder Mutter in einem gestreiften, pfirsichfarbenen, mit Aussparungen versehenen Jumpsuit auf allen vieren, sich auf weiteren Aufnahmen aus dieser Serie lasziv räkelnd (auf der Rückseite der Fotografie als »Vorsprechen 12« tituliert), oder Mutter an einem in Nierenform angelegten Swimmingpool (auf der Rückseite der Fotografie als »Vorsprechen 23« tituliert), oder Mutter in einem mit allerlei Pailletten verzierten, rotschimmernden Minirock, der freilich als Kleidungsstück nichts mehr verdeckte, und einem etwas müde wirkenden, aufgesetzten Ich-bin-endlich-wer-Lächeln (auf der Rückseite der Fotografie als »Vorsprechen 77« tituliert), meine Mutter also, der es schon immer leicht gefallen war, mich für all das verantwortlich zu machen, was sich in ihrem glorreichen Leben nicht ausgegangen war, was sie an größeren persönlichen Erfolgen ge- und behindert hatte, sie war schlicht daran gescheitert, ein Star zu sein, sie glich bereits in jüngeren und noch mehr in späteren Jahren einer gescheiterten und abgetakelten Schauspielerin, mit einem geröteten, schlecht verheilten Narbengewebe am Bauch, von welchem kein noch so schönes Nabelpiercing hätte ablenken können, denn die ärztliche Entscheidung, ihr, der Einfachheit halber, aufgrund des zierlichen Körperbaues, einen Kaiserschnitt zu verpassen, hatte mich gewiss jeglicher und minimalster Sympathien beraubt, vollkommen egal, wie sehr man sich als Kleinfamilie dann noch bemühte, diese Bruchlinien zu kaschieren, sei es auch nur, um nur nicht noch mehr nachbarschaftliches Gerede auf sich zu lenken, all das Getuschel und die darin wohnende Häme.

Ich sah vor meinem inneren Auge, wie mich der motivierte Vater in einen Fluss unweit unseres Wohnortes stupste, um mir so das Schwimmen beizubringen, auf eine leichte, gar bewährteste Art, wie es hieß, und ich also japsend, wütend und panisch strampelnd mein Bestes in Anbetracht der Lage gab, und all die fragwürdigen Methoden benutzte er doch nur, weil man ihm auch so das Schwimmen beigebracht hatte, der Großvater wäre dafür verantwortlich, es sei seine vielleicht etwas zu grobschlächtige Handschrift, doch sie funktioniere nun mal, und selbst dieser hatte ja nur weitergegeben, was man ihn lehrte, und der Urgroßvater hätte es folglich vom Ururgroßvater und immer so weiter, und ich, ja, hätte ich jemals Kinder besessen, hätte sich das Gretchen oder irgendein x-beliebiges Weibsbild darauf eingelassen, wäre das freilich ein Himmelfahrtskommando gewesen, ich hätte den Nachwuchs an der tiefsten Stelle ins Wasser geworfen, um ihnen diese Lektion noch wesentlich schneller einzutrichtern, dass man nämlich entweder schwimmt oder untergeht, und ich hätte sie in den finstersten Nächten in den Keller getrieben, um ihnen ein für allemal ihre Ängste aufzuzeigen, wohlwissend, dass sie daran scheitern, wie auch ich schließlich daran gescheitert bin, und meine latente, gar latenteste Antriebslosigkeit und die damit einhergehende, sich in mir anreichernde Verzweiflung nicht tradieren zu wollen, schien mir noch die humanste Geste zu sein, welche man mir hoch hätte anrechnen müssen, ja hätten sich nur mehr Menschen wie ich dermaßen verantwortlich gezeigt, auf kleinliche Lebensentwürfe verzichtet und dafür gesorgt, dass sie nicht unablässig neue und noch schrecklichere Bälger in die Welt setzten, die es freilich später selbst nur besser haben wollten als die bornierten Alten, was zugleich alles rechtfertigen musste, jeglichen Egoismus und jegliches Unrecht und jegliche noch so widerwärtige Untat, weil der Zweck die Mittel heiligt, jeglichen Drill und jegliche Härte, wie etwa im Sport- oder meinetwegen auch Musikunterricht, wo man beim ersteren läuft, wirft und schlägt, bis man sich die Lunge aus dem Leib kotzt, während man beim zweiteren bläst, streicht, zupft, bis man sich die Lunge aus dem Leib kotzt, auf Erfolg ist man schließlich aus, um den Wettbewerb der Menschen untereinander bis zum Äußersten anzufachen, als würde eine Gesellschaft nur dann vor sich bestehen, wenn sie anderen Gesellschaften in allem (selbst der Kunst) überlegen ist, sie besiegt und unterjocht und am besten gänzlich vernichtet, Selbstwertgefühl durch Vernichtung der Hoffnungen und Träume anderer, die man zeitlebens auszustechen, zu überflügeln und hinter sich zu lassen weiß, ja man nimmt dabei sogar ängstlichere Sieger in Kauf, die sich über noch ängstlichere Verlierer hinwegzusetzen verstanden, weil Angst in Wahrheit die einzige Größe bleibt, die in einer Gesellschaft dauerhaft Bestand hat.

24. März, 11:06 Uhr

Auslöschung, die … Vorgang oder Ergebnis eines ganz und gar zerstörerischen Prozesses, sodass der ursprüngliche, also vorherige Zustand kaum oder gar nicht zu erkennen bleibt; führt in vielen Fällen zu einem Verlust an Genauigkeit, etwa beim »Merzvieh«, demjenigen Getier also, das man seit jeher als abgängig oder überzählig aus den Herden aussondert, frei nach dem Motto, wenn er, sie, es keinen Strich auf der Nase hat wie ein »Märzvieh«, so kenne ich ihn ja nicht heraus; siehe auch: Ein Mann hat bei der Auslöschung von Borkenkäferholz die Kontrolle über das gelegte Feuer verloren, alles wurde ausgemerzt.

Hatte ich immer schon so ein Gefühl im Mund, diesen schalen, gar schalsten Beigeschmack, den man wohl niemals vergisst, wie von toten Insekten auf einer Windschutzscheibe, die durch und durch penetrant in einem fortbestehen, weil man sie nicht einfach ausspucken und behaupten kann, es sei nichts gewesen, es sei gar nichts davon passiert, und alles, was irgendwer gesehen zu haben glaube, habe er sich nur eingebildet, ich habe definitiv an keinen Käfern herumgekaut, so viel sei versichert, auch gäbe es schließlich im weiteren Umkreis keine nennenswerten, was so viel heißt wie keinerlei Beachtung mehr verdienenden Insektenschwärme, was dem intensiven und von staatlichen Stellen geförderten und einem kaum im Gedächtnis verbleibenden Einsatz von Pestiziden auf den Feldern zu verdanken sei, also Stoffen die sich hinter Bezeichnungen wie Cypermethrin und Bifenox und Diflufenican und Bentazon und Triclosan und Fenpropimorph und Pyrazon und so weiter verstecken, wie wohl man ihre Einsätze doch eigentlich und unbedingt hinterfragen müsste, so wie man ja alles im Leben weitaus intensiver abwägen, ja am Besten doch umfassendst durchdeklinieren sollte, um nichts davon zu vergessen, etwa wie ich vor dem damals noch neuwertigen Auto des Vaters kniete, als wäre dieses ein von allen Seiten beleuchteter und nahezu mit magischen Kräften ausgestatteter Schrein, voller bedeutsamer, gar bedeutsamster Insignien, den sich kreuzenden Linien und glänzenden Lackschichten und funkelnden Ziersternen, die einen jene Kraft förmlich spüren lassen, welche den pochenden Motorhauben und Gummibereifungen innewohnt, und Kinder knien ja nicht so beiläufig wie Erwachsene vor irgendwelchen Altären, denn wenn sie es tun, auf ihre weichen, noch hypermobilen Knie gehen, um sich beispielsweise vor Kühlerhauben wesentlich kleiner zu machen, als sie ohnehin schon sind, bringen sie sich damit als willige Opfer dar und werden von den Dingen richtiggehend ein- und aufgesaugt, als hätte es sie in Wahrheit nie gegeben, doch das können Erwachsene nicht nachvollziehen, weil überhaupt nur Kinder zu solchen Betrachtungen in der Lage sind, in einem Moment noch da zu sein in der Welt, im nächsten schon völlig weg und für alle Zeiten von der Bildfläche verschwunden, obwohl sie Erwachsene nach wie vor zu sehen, mit ihnen zu sprechen, mit ihnen zur Schule zu gehen glauben, und doch längst vergessen haben, wie es war, als sie selbst in einem unvorsichtigen Moment der Kindheit ihre Seele verloren.

Der Vater wusste mir schon seinerzeit davon zu berichten, wie sich Menschen anderer Menschen entledigten, dass sie sich auf unterschiedlichste Arten (und aus unterschiedlichsten Gründen) dezimierten, wozu reichlich statistisches und gut aufbereitetes Material vor- und auflag, welches er mir in sogenannten Gute-Nacht-Geschichten präsentierte, wie etwa, es war einmal ein junger Mann, der durch die üblichen Kriegseinwirkungen zu Tode kam, die jedoch nur 0,21 Prozent aller Todesfälle in einem durchschnittlichen und jährlichem Betrachtungszeitraum ausmachen, flankiert von 0,06 Prozent an Toten durch Terrorismus und weiteren 0,71 Prozent an Toten durch sonstige, zumeist im Affekt umgesetzte Tötungsdelikte, in absoluten Zahlen also 541.252 Tode im besagten Jahr und somit insgesamt weniger als ein Prozent an Ermordungen, und das müsse man sich dann schon auf der Zunge zergehen lassen, so der Vater, wo doch die Anzahl der Selbsttötungen erstaunlicherweise mit 1,49 Prozent durchaus höher läge, was auch gut veranschauliche, was für eine Vernichtungsmaschinerie eine Gesellschaft eigentlich darstelle, wie sie vorgehe, was für Einflüsse sie auf die geistige Gesundheit ihrer Bürger habe, und dass insgesamt selbst Kriege weniger Menschenleben kosten als die immerwährenden Auseinandersetzungen im Alltag in einer durchschnittlichen, nicht etwa in einem Kriegsgebiet gelegenen Stadt, und selbstverständlich auch auf dem Land, wo ein jeder einen jeden kennt und diesen zu schätzen und zu respektieren vorgibt, und betrachte man die umfangreiche Problematik gar aus einer anderen Perspektive, dann erweitere sich der Horizont ungemein, weil man sich Fragen stellen und gefallen lassen müsse, wie, welche Todesfälle eigentlich durch menschliche Entscheidungen, also beispielsweise durch sogenannte soziale oder staatliche Institutionen herbeigeführt werden, und vor allem also durch oft längst überfällige Reformen derselben abgewendet werden könnten, was ich erst dann in seiner Fatalität verstehen könne, wenn er, der Vater, mir eine weitere seiner Gute-Nacht-Geschichten erzähle, demnach, es war diesmal ein verheerender Großbrand in einer neunstöckigen Textilfabrik in der Nähe von Dhaka, der Hauptstadt von Bangladesch, die mit leicht entflammbaren Materialien förmlich voll- und zugestopft war, wobei dieser marode, gar marodeste Gebäudekomplex über keinerlei Feuerlöscher oder Notausgänge oder sonstwas unter diesen Gesichtspunkten Hilfreiches verfügte, zudem durch die ab- ja fast schon jenseitige Lage für Löschzüge einer ohnehin zu spät anrückenden Feuerwehr nur schwer erreichbar blieb, was die Anzahl der bei diesem Unglück getöteten Menschen jedenfalls ungewöhnlich hochtrieb, andererseits aber als Ereignis durchaus üblich war, weil Feuersbrünste in südasiatischen Textilfabriken statistisch gesehen alle paar Wochen ausbrechen, und schon einige Zeit später kostete der durch einen Schwelbrand verursachte Einsturz einer Textilfabrik namens Rana Plaza ganze 1143 Menschenleben, doch worauf er schlussendlich hinauswolle, sei die wahrlich nicht nur für Versicherungsvertreter interessante Frage, ob all diese Menschen nun bei einem Unglück starben, oder in Wahrheit getötet wurden, und das nicht von schicksalshaften, unabsehbaren Naturereignissen, sondern konkret durch Mitmenschen und deren Entscheidungen, weil da ja zunächst die Fabrikbesitzer wären, denen wichtige Sicherheitsmaßnahmen aus Kostengründen am Arsch vorbeigingen, und die lieber doch die staatlichen Gebäudeinspektoren regelmäßig bestachen, damit diese alle Augen zudrückten, und da wären natürlich die Politiker, die sich ebenfalls bezahlen ließen und die ihre Stadt für ausländisches Investitionskapital attraktiv halten wollten, und allein schon deshalb ihren Unternehmen möglichst wenige Regelungen auferlegten, und dann wären da natürlich noch die großen, weltweit operierenden Textilketten, die ihre Produktionen so umgestellt und dorthin verlegt hatten, wo aus billigen, gar billigsten Arbeitskräften so viel wie möglich, und obendrein so günstig wie noch nie zuvor, herauszuholen war, und da wären freilich auch die preis- und sich modebewusst gebenden Textilkäufer, die im Durchschnitt rund 14 Kilogramm Textilien pro Jahr erwerben und dafür etwa 100 EUR pro Kopf ausgeben (in reicheren Ländern wie Österreich oder Deutschland sind es fast 800 EUR und 20 Kilogramm), und die ganze Moral der Geschichte sei ja Folgende, nämlich dass dabei kein Zweifel darüber bestehe, wer wie getötet wurde, doch wer wiederum all diese Menschen getötet habe, das ließe sich nicht eindeutig sagen, denn welches Verhalten der unterschiedlichsten Personengruppen habe nun die allergrößte Relevanz auf die Ereignisse, oder muss man es nicht so denken, dass sie alle, also wir allesamt, es waren, die in Wahrheit diese Menschen getötet haben?

Die Gemeinschaft bleibt allemal ein Sammelsurium an Unzulänglichkeiten, Unzumutbarkeiten, unerquicklichsten Unverhohlenheiten, mit denen einzelne, daraus Ausscherende, wieder auf Kurs gebracht werden sollen, und überall dort, wo diese Vorgänge fehlschlagen, greift man schlussendlich zu drastischeren, längst doch bewährten Methoden, entzieht Andersdenkenden und -seienden allmählich die Bewegungs- und eigentlich ja Denkfreiheiten, macht sie abhängig, lullt und schränkt sie ein, sperrt sie genüsslich weg, und später bricht man dann ihren Geist, was auch den Vorteil hat, dass sie dermaßen »aufbereitet« und »weichgespült« erneut der Gesellschaft zugeführt werden können, um sich in unbedeutenden Berufen, in unbedeutendsten Verzettelungen und unnötigsten Leben aufzureiben, um sprichwörtlich allerlei Karren für andere durch den Dreck zu ziehen, vornehmlich diejenigen, die sich längst nicht mehr die Hände schmutzig machen wollen, die einem, wenn sie ihn nicht mehr benötigen, jedwede Verwertbarkeit absprechen, um ihn bewusst in den Suizid zu treiben, um ihm obendrein glaubhaft zu machen, dass er selbst es war, der sich schon von Geburt an hatte umbringen, der immer schon dieser in ihm an- und aufgelegten und gehegten Labilität hatte nachgeben wollen, ein fehlerhaftes, ja fehlerbehaftetes Werkstück voller Schrunden und Ermüdungsrisse sei man (ich!), das nie einem höheren Zweck gedient oder diesem nur unzureichend nachgekommen war, weil man selbst jenes Versagertum in sich verspürt, es gelebt, es bestenfalls so gut es ging verzögert hatte, und man ironischerweise überall nur Menschen zu erkennen meinte, die eben nicht versagt, die sich nicht hatten brechen und zerbrechen lassen, die vermeintlich tadellos und untadeligst den Geburtskanälen entstiegen waren, was freilich so nicht stimmen konnte, doch wie lässt sich die einem unablässig und von Geburt an eingetrichterte Wahrheit im Kopf re-manipulieren, um den eigentlichen Kern hervorzukehren, dass man nämlich keinerlei oder deutlich weniger Schuld an den einem nachgesagten Fehlern trage, und dass ein suizidales Verhalten nur jenen in die Hände spiele, die wahrlich etwas an der Gesellschaft (und mir) verbrochen haben, die sich genüsslich ihre fleckigen Hände reiben, sofern sie überhaupt Notiz von einem freiwilligen Ableben meinerseits nehmen würden, dass also der Thom endlich mal die Verantwortung für sich selbst übernahm und aus dem Fenster sprang, ohne auch nur (dieses Egoistenschwein!) einen Gedanken daran verschwendet zu haben, wer die ganze Misere auf der Straße abtransportieren und wegspülen und mit seinen Händen wird wegmachen müssen, anständige Feuerwehrleute und Krankenpfleger vielleicht, die aufgrund dieses Mistkerls später auch noch einen Psychologen aufsuchen werden müssen, der ihnen lang und breit etwas darüber erzählt, dass solche Dinge eben in der Welt passieren, dass sie leider unvermeidbar sind, und dass weder die Gesellschaft, noch sie selbst als Individuen, noch irgendwer sonst dafür verantwortlich gemacht werden könne, bis auf die eine besagte Person, die sich zu springen entschied, weil sich diese niemals auf die Unterstützung eines Psychologen ein- beziehungsweise diese zuließ, dass sich eben dieser Irre aus freien Stücken vor den Zug warf, um die funktionierende und prosperierende Gesellschaft zum Stocken, um unschuldige Kinder, die eben noch zur Schule fuhren, aus der Fassung zu bringen, eine feige, gar feigste Verhaltensstörung seien diese so zur Schau gestellten Selbstmorde, die Hinterbliebenen und anständigen Mitmenschen nur unnötig Arbeit und allerlei Papierkram bescheren, dass solche Züge etwa in weiterer Folge von Grund auf gereinigt werden müssen, man aber später umso lieber in einen solchen einsteige, wenn man sich ins Büro oder in die Shoppingcity aufmache, wobei man freilich niemals daran denke, dass die Sauberkeit eines Zuges unmittelbar mit einem Selbstmord in Verbindung stehen kann, oder dass jener hirnrissige Thom unbedingt und aus purem Trotz zu viele Pillen schlucken musste, um sich feige davonzustehlen und so am Ende noch seine Wohnung aufgebrochen und ein Schloss oder eine Tür beschädigt werden musste, was alsdann der unverschuldet zum Handkuss kommende Hauseigentümer oder Nachmieter oder irgendein Nachlassverwalter in Ordnung zu bringen hat, und man obendrein allen die Wahrheit darüber verschweigen müsse, dass sich in eben diesen Räumlichkeiten einer umgebracht habe, weil niemand seine »Wohlfühlhöhle«, sein heimeliges Reich, sein schmuckes Domizil mit einer derartigen Schweinerei in Verbindung bringen will, ja schlicht niemand gerne seine Zeit dort verbringt, wo schon Tote vor sich hinverwesten und wie Magneten diverses Ungeziefer anzogen, das auf und in ihnen Eier ablegte, und mal abgesehen vom überflüssigen Gestank und den nur schwer zu entfernenden Flecken, die man mit ätzendsten Chlorreinigern zu beseitigen sucht, lässt man sich gerne darüber aus, wie verwerflich solche Selbstmorde in Wahrheit sind, die einer ordentlichen Gemeinschaft und Gesellschaft weiter anhaften wollen.

Und wie ich erst eine Gesellschaft bedauere, die jeden, der den nötigen Mut aufbringt, sich umzubringen, fernab eines geweihten Bodens verscharren möchte, ja schon immer dort verscharrt, vergessen und verflucht hat, als hätte man mit seinem Freitod eine jegliche Mitgliedschaft dieser Gemeinschaft aufgekündigt, die einen obendrein ein ganzes Leben lang immer unverblümter einer solchen Entscheidung in die Arme trieb, wie eine Herde Vieh eben, die man in jedem Dorf irgendwann zum ansässigen Schlachter brachte, um ihre Bestimmung zu erfüllen, diese Gemeinschaft, die einen förmlich mit ihrer zur Schau gestellten Ignoranz und ihrer ausgeprägten Missachtung dazu drängte, die es mit ihrem und durch ihr an den Tag gelegtes Verhalten befürwortete, unverhohlen schon längere Zeit davon redend und sich daran ereifernd, die einvernehmlich sogar ein eigens dafür geschaffenes, mantraartiges Vokabular verinnerlicht hat, sepultura asini, sepultura asinina, sepultura asinaria, die sogenannten »Eselsbestattungen«, die seit dem Mittelalter ein unehrenhaftes Begräbnis gesellschaftlicher Außenseiter, vornehmlich von Selbstmördern, zu bezeichnen pflegen, frei nach dem Motto des verfluchten Jojakim, des Königs von Juda, den man einst wie einen Esel fortzuschleifen und vor die Tore Jerusalems hinauszuwerfen und zu verscharren geschwor.

Im Augenblick des Todes zieht freilich auch das niemals gelebte Leben an einem vorüber, wobei man wird feststellen müssen, dass die nicht gelebten Möglichkeiten wesentlich umfangreicher zu sein scheinen als tatsächlich gelebte Optionen, weil sie unendlich viele Fast-Begebenheiten aufmarschieren lassen, von welchen sich einem einige förmlich aufgedrängt hätten, womöglich sogar mehrmals im Leben, und man ließ diese dennoch verstreichen, verpasste vielleicht wirklich den Augenblick, sein Leben glücklicher zu gestalten, einigermaßen wohlbehalten und unbeschadet durch ein, zwei Dekaden zu gelangen, vermutlich mit einem Menschen an seiner Seite, der einen erkannt und geliebt hätte, so wie man war, und man sich folglich niemals hätte um- oder verstellen müssen, was auf längere Sicht nur Wut in einem heraufbeschwörte, die sich unweigerlich würde entladen müssen, wie etwa in der Zeit, als ich regelmäßig zu Fußballspielen und anderen Massenveranstaltungen fuhr, um dort im absehbaren Gedränge mutwillig, gar mutwilligst Streit anzufangen, also vehement zu stoßen, zu rempeln, zu treten und alsdann wie ein Wolf Menschen anzufallen, die meine Ausraster freilich mit ihrem Verhalten begünstigt hatten, sich merklich über mich lustig machten, mir spöttisch in die Augen schauten, mich fixierten und so weiter, und ordentliche Raufereien hatte ich mir ja daraufhin mit den unterschiedlichsten Vertretern unserer Gesellschaft geliefert, in überfüllten Fußballstadien vorwiegend mit jungen Männern der feindlichen Anhängerschaft, abhängig davon, welche Farben ich an diesem Tag selbst am Körper trug, womit also schon im Vorfeld eine Entscheidung darüber getroffen wurde, auf wen ich würde einprügeln dürfen, während andere, die sich jenem Klub zugehörig fühlten, dessen Trikot oder Schal ich am Eingang zum Fußballstadion wahllos gekauft und umgeworfen hatte (Fußball interessierte mich als Spiel wirklich überhaupt nicht), liebend gerne beistanden, eine Ehrensache bei solchen Veranstaltungen, die einen vorauseilenden, blinden Gehorsam und das Unvermögen, sich wahrlich ein Urteil bilden zu wollen, vortrefflich charakterisierten, wo mir doch Fußballvereine und andere Zugehörigkeiten wirklich am Arsch vorbeigingen, ich wollte nur den Mitmenschen jenen Schmerz zufügen, den ich in mir selbst verspürte, was schlussendlich dazu führte, dass man Stadionverbote gegen mich aussprach, oder mir etwa erneute Teilnahmen an diversen Demonstrationen und Kundgebungen für und gegen Massentierhaltung, für und gegen Abtreibung, für und gegen Nationalsozialismus, für und gegen die Besetzung irgendwelcher Gebiete irgendwo auf der Welt durch andere nationale Gruppierungen, und so weiter, behördlich untersagte, zum Glück gab es herrlich viele Demonstrationszüge in unseren Demokratien, wo man reichlich Unruhe stiften und anderen eins aufs Maul hauen konnte, vornehmlich älteren Besserwissern und Besserwisserinnen, pädagogisch angehauchten Frauen und unbelehrbaren, voller kultureller Aneignungen agierenden Jugendlichen, die mich schon immer mit ihrem missionarischen Eifer und den endlosen Predigten und Überzeugungstaktiken, mit dem ganzen aufgesetzten »Brainwashing« ehrlich rasend machten, was schier dazu führen musste, dass ich wiederholt mit der Exekutive in Berührung kam, die bei solchen Handgemengen irgendwann einschritt und für gewöhnlich beide Streitparteien abführte und anzeigte, ich wechselte meine Gesinnungen bei Demonstrationszügen anscheinend wie Hemden, was niemandem jemals aufgefallen wäre, freilich mit der einen Ausnahme, die es immer und bei allem gibt, eine jüngere Frau mit gepflegten Dreadlocks in meinem Fall, die tatsächlich bemerkte, dass ich eines Tages für die Atomkraft demonstrierte, während ich eine Woche später vehement gegen die Errichtung neuer Atomkraftwerke auftrat, sie bespuckte mich und ging daraufhin als erste auf mich los, bezeichnete und bewarf mich förmlich mit Worten, ein widerlichster Widerling, ein Judas sondergleichen sei ich ihrer Ansicht nach, was schließlich mit sich brachte, dass ich ihr, so fest es nur ging, gegen die Schläfe schlug, um ihren Redeschwall zu unterbrechen, woraufhin sich ein ganzer Trupp von Atomkraftgegnern, oder vielleicht ja auch Atomkraftbefürwortern, auf mich warf, die es geradezu als ritterliche Mission erachteten, mich krankenhausreif zu prügeln und zu treten, was ihnen natürlich gelang, und als ich dann später im Krankenhaus von der Polizei befragt wurde, ob und gegen wen ich Anzeige wegen Körperverletzung erstatten möchte, erwähnte ich die junge Frau, man konnte sie tatsächlich dann noch ausfindig machen, und eines Tages standen wir uns wirklich vor dem Bezirksgericht gegenüber, was sie, bei der zugegebenermaßen provokant angelegten richterlichen Befragung, dermaßen aus der Fassung brachte, dass sie auf mich und den Rechtsstaat zu schimpfen begann, und selbst die Versuche des Richters, sie schnell zur Räson zu bringen, fruchteten nicht, was schließlich dazu führte, dass sie zu einer gehörigen Geldstrafe verurteilt und ihr obendrein auferlegt wurde, sich mir nicht mehr auf fünfzig Meter nähern zu dürfen, was ich freilich mit breitestem Grinsen zu quittieren wusste.

Selbstverständlich wurde mir im Laufe dieser Lebensphase nahegelegt, mich einer Selbsthilfegruppe oder einer anderen, ähnlich gelagerten Therapieform zuzuführen, die sich mit Aggressionsbewältigung und Aggressionsvermeidung auseinandersetzte, und ich entschied mich, wenn man mir vor Gericht die Wahl ließ, stets für die Option »wohltätiger Arbeitseinsatz«, also irgendein mühsames Graben und Gärtnern in verdreckten Parkanlagen, die Altenbetreuung in desolaten Altersheimen und so weiter, denn solche Herangehensweisen bietet das Vollzugssystem generell an, um Empathie und Sympathie für die Gemeinschaft aufzubauen, was so gar nicht unbedingt mein Problem war, in mir herrschte wahrlich kein Mangel an Empathie, vielmehr schien ich regelrecht einen Empathieüberschuss zu besitzen, wobei ich darunter möglicherweise etwas anderes verstand, als es in Wahrheit bedeutete, ja ich hätte etwa als Kind die Mutter gerne mit all meiner Liebe überschüttet, und den Vater als echten Helden verehrt, die unmittelbaren Nachbarn als zur Familie zählend erachtet, und die Schule als ein funktionierendes Sozialgefüge verstanden, wo ein jeder dem anderen aus freien Stücken hilft, ja ich hätte selbst das Militär als eine Institution respektiert, die jungen Männern einen gewissenhaften Umgang mit Waffen und ein Verantwortungsbewusstsein gegenüber dem Vaterland und seiner Muttersprache mit auf den Weg geben möchte, ich hätte jedwedes Arbeitsumfeld im Sinne einer intakten Kollegialität und »gemeinsam an einem Strang ziehen« zu verstehen gewusst, ich hätte die Gemeinschaft und Gesellschaft im Sinne des Humanismus respektiert und geachtet, wenn man mir auch nur ansatzweise mit einer ähnlichen, durchaus auf Vertrauensvorschüssen basierenden Haltung begegnet wäre, ich meine, mehr empathisches Bewusstsein geht nach meinem Dafürhalten ja gar nicht, doch ließ sich nichts davon wirklich umsetzen, weil ich immer nur auf Subjekte traf, die einem deutlich zu verstehen gaben, dass sie mich als letzten Dreck erachteten, dass man (also ich) selbst fürs Auf- und Einsammeln von Laub oder Müll ungeeignet (zu blöd) zu sein schien, dass ich im Altersheim immer zu langsam, und obendrein zu viel Zeit mit den Alten zu verbringen geneigt war, die davon eh nichts mehr mitbekamen, während man doch lieber schneller die Küche oder die Toiletten schrubben und der ganzen übrigen Belegschaft Wurstsemmeln und Getränke aus dem Supermarkt zu holen hatte, sich obendrein auch noch vom empathischen Direktor des Altersheimes betatschen lassen musste, der ja fand, man hätte durchaus einen geilen Arsch, was ich als junger Mann vielleicht sogar gerne als Kompliment aufgefasst hätte, doch waren solche und ähnliche Verhaltensweisen freilich nicht zu tolerieren, es wäre fatal gewesen, ihnen gar empathisch zu begegnen, und wie viele widerliche Kretins doch im Laufe des Lebens über das eigene Wohlbefinden mitentscheiden, das spottet doch jeglicher Beschreibung, ja selbst harmlose Begegnungen trugen letztendlich dazu bei, dass ich die Welt verabscheute, es genügte schon, dass mich einer der Busfahrer nicht zusteigen ließ, obwohl er mich im Rückspiegel gesehen haben musste, und dass ich mein Möglichstes beigetragen hatte, in Anbetracht des direkt über uns tobenden Wolkenbruchs, bei strömendem Regen auf den Bus zuzulaufen, nur um zur Kenntnis zu nehmen, dass dieser ohne mich abfuhr, als hätte es der Busfahrer aus reiner Absicht getan, nein, er hatte es gewiss mit Absicht getan, und wer kann schon sagen, wie ungünstig sich schon ein einziger solcher Vorfall auf mein Leben ausgewirkt haben musste, soll heißen, vielleicht wäre mir in eben diesem Bus eine Frau begegnet, die sich in mich verliebt hätte, und vielleicht hätte ich mir sogar die drauffolgende Lungenentzündung erspart, weil ich mich rechtzeitig hätte aufwärmen können, und im Grunde lässt sich nur eines mit Sicherheit sagen, dass nämlich alles und jeder über mein Leben mitbestimmte, und sich keinesfalls das Gefühl bei mir einstellte, einen solchen Einfluss auch vice versa auf andere auszuüben, was ja nur fair gewesen wäre, wobei ich auch Selbsthilfegruppen beitrat, in denen sich die Teilnehmer beflissentlich (wie auch ich) bedauerten, und einander in schweren Stunden durchaus beizustehen trachteten, doch erkannte ich auch, dass die meisten dieser Individuen eher ein primäres Problem mit Alkohol und sonstigen Suchtmitteln aufwiesen, beziehungsweise ihnen zugegebenermaßen übel (gewiss noch übler als mir) mitgespielt worden ist, dass sie also einst völlig unverschuldet zum Handkuss gekommen sind, wo etwa die Ehefrau samt der Kinder Hals über Kopf aus dem gemeinsamen Haus verschwand, um zu einem anderen

Mann zu ziehen, oder schlimmer noch, die Türschlösser auswechseln ließ, ohne den Partner auch nur vorzuwarnen, der sich danach freilich nicht anders zu helfen wusste, als die Tür einzutreten, oder etwa irgendein Nachbar oder Arbeitskollege das eigene Automobil mit Taschenmesser und Co. zu bearbeiten wusste, und man ihm aber so gar nichts nach- oder beweisen konnte, was die ohnehin schon vorhandene Wut immer nur weiter potenzierte.

Wann immer ich mich an die Gesellschaft wandte, sei es in Versuchen dieses viel beschworenen »Aufeinanderzugehens«, sei es durch das Bemühen einer Teilhabe am Leben anderer, sei es mit der Anerkennung von gesellschaftlichen Konventionen, oder was einem auch sonst noch so ein- und zufällt, hatte ich schnell den Eindruck gewonnen, mit nahezu hirnlosen Kaulquappen zu schwimmen, in einen unermüdlichen Kaulquappenchor einzustimmen, der freilich keinen echten Ton hervorbrachte, dafür umso eindringlicher mit seinem Schwänzchen wedelte, als wäre die gemeinsame, kollektive Bewegung innerhalb des Kaulquappenschwarms der einzige relevante Beweis dafür, am Leben zu sein, wie wohl Kaulquappen auch nicht die geringste Ahnung davon hatten, was später aus ihnen werden würde, diese amphibischen Spätzünder, die mir mit Menschen ein näheres Verwandtschaftsverhältnis aufzuweisen schienen als generell angenommen, was vielleicht ja an der embryonalen Übereinstimmung lag, die ich, rein dem Aussehen nach, zwischen Menschen und Kaulquappen verortete, und wann immer ich einer schwangeren Frau begegnete, stellte ich mir ihren Bauch voller Kaulquappen vor, die sich im Frühstadium ihrer Entwicklung also so gar nicht von menschlichen Embryonen unterschieden, und dann malte ich mir aus, wie diese Kaulquappen in ihrem Bauch ihre Runden drehten, und sich später mit dem Fruchtwasser als geballter Kaulquappenschwall in die Welt ergossen, wild zuckend und zappelnd und in alle Richtungen strebend, als befänden sie sich auf einer glorreichen, gar glorreichsten Eroberungsmission, wie all die Heere und Streitkräfte freilich, die schon seit Unzeiten in sinnlose Kriege entsandt werden, um anderen gehörig eins auszuwischen.

Man möchte meinen, ich wäre auch einer von diesen wütenden Drecksäcken, der gerne mal in einen Krieg gezogen wäre, wo sich doch in einem solchen Aggressionen und Antipathien jeglicher Ausprägung besonders gut zu entladen, beziehungsweise zu entfalten wissen, jene feindselig sich gebenden, an- und zugreifenden (im Sinne von brachial zupackenden) Verhaltensweisen unterschiedlichster Organismen, die möglicherweise im Falle der Menschheit sogar daran festhalten müssen, sich wiederkehrend in blutige, ja blutigste Schlachten zu stürzen, wie es einem schon die Filmwelt (mit der man aufwuchs) unentwegt suggeriert, wo doch dort geschichtliche Ereignisse herangezogen, ja förmlich beschworen werden, etwa der Erste Weltkrieg, der überhaupt eine Kriegsbegeisterung ausgelöst und ge- und befördert hatte, die Menschen in meinen Augen für immer entlarvt, wo also scharenweise junge Männer gemeinsam zur Front drängten, als handele es sich dabei um ein Ferienlager für virile, gar virilste Erwachsene, wo alle nur auf ihre Kosten kämen, und freilich bald wieder zu Hause wären, um von ihren tapferen Taten und redlichen, weil gerechtfertigten Absichten dahinter zu berichten, sich und die seinen darin als Helden beschreibend und zu solchen erhebend, wo man dann am Stammtisch oder in der sprichwörtlichen guten Stube, damit glänzen und prahlen würde können, vielleicht ja sogar mit ein paar Tapferkeitsorden dekoriert, für die sich ein menschliches Gemüt schnell erwärmen lässt, Eitelkeit sei meine Lieblingssünde, habe schon der Teufel von sich gegeben, wobei es sich dabei lediglich um Al Pacino in irgendeinem seiner Filme handelte, den die Mutter durchaus bewundert, ja sogar eine ganze Weile regelrecht als Person angehimmelt, weil sie sich mit ihm verbunden gefühlt hatte, und hätte ihr Leben doch nur einen anderen Weg genommen und vornehmlich also mich verhindert, sie wäre geradewegs ein weiblicher Al Pacino geworden, und ich muss schon sagen, bei allen Verfehlungen, Gehässigkeiten und sonstigen Abscheulichkeiten, die ich mir im Leben geleistet habe, hat es mich doch niemals in irgendeinen, von gewissenlosen und despotischen Dummköpfen vom Zaun gebrochenen und einen per Befehl aufgezwungenen Krieg gezogen, wo ich dann legitimerweise anderen Leid zufügen und dafür sogar befördert hätte werden können, fürs Morden und Vergewaltigen und Brandschatzen und was weiß ich, und alles unter dem Deckmantel der Vernunft, demnach die Familien zu Hause zu beschützen, die Heimat zu ehren, seine Pflicht wahrzunehmen und so weiter, und immer fanden und finden sich ja reichlich Menschen, die diesem Lockruf etwas abgewinnen, ihn also für sich akzeptieren und ihm folgen können, deren Gesinnung, meiner Meinung nach ohnehin unter aller Sau ist, und fortan demnach ethnische Vorbehalte und Animositäten an die Oberfläche gespült werden dürfen, die bis dato passiv in all diesen »Passivmenschen« ihr Dasein gefristet, und sich bislang wohlweislich im kleineren Rahmen und nur gegen Außenseiter und Fremde und überhaupt Schwächere oder Unterlegenere zu richten gewusst hatten, jedenfalls gegen all jene, die man im Dorf oder dem Landstrich nicht leiden oder tolerieren wollte, wie mich freilich, der davon auch ein Liedchen zu trällern verstand, und vielleicht ist mir also genau dann die Absurdität von Kriegen bewusst geworden, weil die daraus resultierenden, weit- und umfangreichen Zerstörungen eine Dimension aufweisen, die man sich zunächst gar nicht eingestehen möchte, und man plötzlich einen direkten Einblick in die menschengemachte Menschenverzweiflung und menschenverachtende Menschenerniedrigung und überhaupt Menschenvernichtung erhält, die in größeren Maßstäben die kleineren Maßstäbe naturgemäß lächerlich erscheinen lässt, wie auch die Mutter und ihren ganzen Ich-und-Al-Pacino-sind-uns-ebenbürtig-Bullshit.

Diversen Kriegstreibereien sind wir freilich schon in der Schule erlegen, als ich noch in einer Schulklasse der mir vom Gesetz auferlegten Schulpflicht nachzukommen hatte, die sich vom ersten Schultag an in zwei feindliche Lager aufzuspalten wusste, was sich vornehmlich darin äußerte, dass eine Klassenhälfte die andere Klassenhälfte niemals abschreiben oder an etwas teilhaben ließ, und eine Klassenhälfte die andere Klassenhälfte dann in diversen Ball- und sonstigen Spielen im Turnunterricht zu besiegen, ja zu vernichten suchte, weil immer nur dieselben und längst feststehenden Mannschaften gewählt und regelrecht ermuntert wurden, mit allen zur Verfügung stehenden Mitteln gegen das jeweils andere Team vorzugehen, und sich selbstredend dieselben Schüler über Jahre eine Schulbank teilten, um auch so eine auf Gedeih und Verderb bestehende Zusammengehörigkeit zu demonstrieren, Mischverhältnisse wurden dabei weder geduldet noch toleriert, denn alle hatten schon rein instinktiv ihren Platz zu wählen, und ich bildete da freilich keine Ausnahme und wurde fast schon automatisch einer der Klassenhälften zugezählt, worum ich mich aktiv ja nie bemüht, und auch sonst keine solche Zuordnung angestrebt hatte, und doch wurde ich Bestandteil einer festgeschriebenen Ordnung, derer sich zu verweigern nicht möglich war, und ich erinnere mich also an diverse Streitig- und Gehässigkeiten, die weit über normale Schulstreiche unter Gleichaltrigen hinausreichten, was auch damit zu tun hatte, dass ein jedes Lager stets ein Quäntchen mehr Gehässig- und Niederträchtigkeit nachzulegen sich bemühte und sich die absurde Gewaltspirale unablässig weiterdrehte, wie schon so viele Tretmühlen in dieser Welt, die ganze Völker und Existenzen für sich einspannen und unter sich begraben, während wir uns im Schulhof mit Brennnesseln, Steinschleudern und was weiß ich malträtierten, um unser labiles Selbstwertgefühl aufzubessern.

Die effektivste Vorgangsweise war freilich, erst nach dem Unterricht und fern jeglicher schulischer Sanktionen, zuzuschlagen, den Heimweg von einer Mitschülerin oder einem Mitschüler aus der anderen Klassenhälfte abzupassen, sich an einer günstigen Stelle zu verstecken und ihnen aufzulauern, einem Wolfsrudel gleich im Unterholz, im Park oder etwa bei einer Unterführung, Mülltonnen, vielleicht auch nur hinter einer recht unscheinbaren Hecke, oder in einem kaum frequentierten Seitengässchen, wo besagte Mitschüler würden entlanggehen müssen, woraufhin dann alle, auf diese losstürzten, die Falle war zugeschnappt, und selbst die stärksten und wehrhaftesten Rädelsführer ließen sich so überwältigen, wobei man selbstredend den einen oder anderen Schlag oder Tritt abbekam, doch wurde das bereitwillig, gar bereitwilligst in Kauf genommen, denn schlussendlich lag ein jeder überwältigt am Boden, mit einer Person auf seinen Armen und Beinen kniend, was jedwede Bewegung unmöglich machte, während die übrige »Kapermannschaft« (so nannten wir es damals) mit den feindlichen Schülern verfahren konnte, wie sie wollte, und fast immer wurden dabei ausstehende Rechnungen beglichen, ein solches Schicksal blühte früher oder später jedem von uns, wir alle landeten irgendwann einmal unter einer feindlichen »Kapermannschaft«, die uns im günstigsten Fall ein paar Watschen und Schläge verpasste, für reichlich blaue Flecken und vielleicht mal einen ausgeschlagenen Zahn sorgte, doch wurde manchmal auch mit härteren Bandagen gekämpft, dann wurden die Opfer regelrecht gequält, mit Messern auf- und eingeschnitten, man stopfte ihnen Erdreich in den Mund, brach im Eifer auch schon mal einen Arm oder ein Bein, Mädchen wurden bisweilen mit Brennnesseln und Salz im Gesicht »behandelt«, bis dieses so gerötet und verquollen war, dass man sie zu Hause gar nicht sofort wiedererkannte, und einem der Jungen aus der anderen Klassenhälfte trieben wir sogar mit einem Hammer bunte Stecknadeln unter die Fingernägel, bis er nur noch heulte und hoch und heilig versprach, heimlich in unser Lager zu wechseln und die anderen künftig für uns auszuspionieren, wenn wir nur endlich damit aufhören würden, und vieles mehr, woran ich mich noch gut erinnere, wobei ich nicht immer persönlich dabei war und manches auch nur vom Hörensagen kannte, vor allem die Geschichte mit einem Mädchen, das meine »Kapermannschaft« einmal zufällig im Wald erwischte, wo man ihr die Kleidung vom Körper schnitt und sie stundenlang auf unterschiedlichste Arten quälte, sogar eine unreife Banane habe man ihr angeblich in die Vagina gesteckt und Bilder davon gemacht, um sie künftig damit erpressen zu können, sollte sie den Vorfall jemals irgendwem gegenüber erwähnen, was vielleicht zur Schulzeit noch ganz gut funktionierte, doch später, hörte ich, als erwachsene Frau, hat sie einem, der damals dabei gewesen war und wohl auch die Banane mitgebracht hatte, nach einem Discobesuch, wo sich der Besagte in seiner Trunkenheit nicht mehr an sie erinnern konnte, sie gar nicht wiedererkannte, bei einem vermeintlichen Liebesspiel auf dem Klo beide Hodensäcke abgetrennt und diese in der Klomuschel hinuntergespült.

Die Vergesslichkeit ist ein Problem in einer gewaltbereiten, gar der seit ihrer Entstehung vielleicht gewaltbereitesten Welt, und die vermeintliche Harmlosigkeit einiger Menschen wird schnell zur Farce, jene generelle und übermäßig oft an den Tag gelegte, mich zutiefst verstörende (und auch mir anhaftende) Teilnahmslosigkeit, die alle doch gern vor sich her- und einem förmlich zutragen, dessen (also meine) Entwicklung nun mal den üblichen gesellschaftlich normierten Phasen gefolgt war, dem Kindergarten, der Schule, der Lehre, dem Arbeitsleben, ein sich ab- und ins Grab schuften, von der Zeugung bis zur

Bahre sei man verloren, möchte ich meinen, und es ist ein einfältiger und uns zutiefst prägender Wesenszug, eine wahrlich irreführende, wenn nicht sogar irreführendste Annahme, wir seien in einen seit Urzeiten tradierten und aufeinander Rücksicht nehmenden Lebensverbund eingebettet, was wir nur zu gerne glauben und woraus wir eine Gesellschaft spinnen wollen, wonach es also etwas zutiefst Gemeinsames und Gemeinsamgestaltbares gäbe, um das wir uns stammesartig be- und abmühen, um das wir uns in Krisenzeiten scharen, und egal, wie oft wir auch von jenem (an sich guten) Pfad abweichen, wir wissen das immer vor uns rechtzufertigen, wobei es egal zu sein scheint, welche Schuld man dabei auf sich lud, es reicht doch zu bereuen, zu verkraften, sich loszusagen, es auszuhalten, es zu akzeptieren, wer man ist, schließlich könne man immer Gutes vollbringen, oder auch nur vom Bösen ablassen, einander vergeben und anderen tendenziell vergeben wollen, wir alle seien schließlich nur Menschen, die Fehler machen und diese auch gern machen dürfen, ob man nun im Sandkasten als Kind einem anderen Kind sein Spielzeug zerschlägt, oder ob man in ganze Länder einmarschiert, die nicht den eigenen Vorstellungen entsprechen, es wird einem jedenfalls nie wirklich bestätigt, dass es besser gewesen wäre, hätte es einen nie gegeben, ja hätte man diese unglückselige Verbindung zweier Elternteile doch aktiv (oder passiv) verhindern müssen, denn viele Existenzen sind in Wahrheit ein grober und fahrlässiger und in die Weltstörung und Weltzerstörung führender Trugschluss, wo doch die Geschichte diesbezüglich voller abschreckender Beispiele stecke, und man selbst ja auch, pars pro toto, ein gutes Beispiel für die Geschichte der Menschheit darstelle, die sich unentwegt als groteske Posse fortzusetzen weiß, bei der sich weiterhin unkombinierbare Elternteile ihren Gefühlsduseleien hingeben, und stetig neue Monster und weitere Opfer dieser Monster zur Folge haben.

Wer aber diese in der Luft liegenden Gedanken ausspricht, wird zum Narren erklärt, wie ein jeder immer gern zum Narren erklärt wird, der das ausspricht, was er denkt und empfindet, vor allem in Bereichen, die das wahre Wesen der Menschen aufdecken und -zeigen, wobei man freilich bei sich selbst den Hebel ansetzen müsste, weil man (ich) schon immer alles Mögliche in der Luft liegen sah, eine ganze Kindheit und Jugend lang habe ich gerne in die Luft gestarrt, »Narrnkastlschauen« wie das damals genannt wurde, und überall um mich herum spielten wohlstands- oder nur verwahrloste Kinder mit leeren Blicken und blanken Köpfen, die ihr Narrentum dadurch bezeugten, dass sie zu Hause nie oder kaum widersprachen, sie taten, was man ihnen an- und auftrug, wenn sie aus ihren närrischen Absenzen erwachten, und ja doch, wie oft die Luft damals nach irgendwelchen Schreckensszenarien roch, das vermag ich gar nicht mehr zu sagen, was viele allerdings nur als eine aus dem Keller steigende Fäulnis abtaten, wobei man diese unentwegt hatte einatmen müssen, ohne sich dem verwehren zu können, als wäre das Unheil eine auch durch Luft und Wind übertragbare Krankheit, ein irgendwelchen Pilzsporen nachempfundener Mechanismus, der sich in uns (mir!) festzusetzen entschieden hatte, wobei Pilze im Übrigen schon deshalb mein Interesse genossen, weil sie weder Tieren noch Pflanzen zuzurechnen waren, und schließlich die unterschiedlichsten Herangehensweisen zu entwickeln wussten, uns zu manipulieren, uns etwa Süßigkeiten konsumieren zu lassen, wenn es ihnen (und nicht uns) nach Süßstoff verlangte, unser Verhalten also vielfach mit zu beeinflussen, wie ja so ziemlich alles in der Welt unser Dasein mit untergräbt, und unser Verhalten determiniert, uns etwa zu Herrschenden und Beherrschten, zu Produzenten und Konsumenten erklärt, die fortan wie Schablonen ihren Zweck erfüllen, und jedenfalls überall also die unterschiedlichsten Gedanken und damit verbundene Absichten in der Luft lagen, als wären sie in einem universellen Äther eingebettet, als könne man sie wie Radiowellen direkt im Kopf empfangen, die Ansprachen und Reden, die Gedanken von Müttern und Vätern, der Nachbarn und Schulkollegen, der Staatsmänner und Medienfrauen, sogar tierische Gedanken schienen mich (und wohl auch alle Man's) zu unterwandern sie als solche auszugeben, die man selbst gefasst zu haben glaubte, sich etwa animalisch auf irgendwen stürzen zu wollen, der sich zu nahe an einen heranwagte, als hätte er damit eine unverhandelbare, territoriale Distanz ignoriert, die bei Tieren nun mal einzuhalten war.

Manchmal schrubbte ich mir den Pelz, bis es überall auf der Haut brannte, sich dadurch irgendetwas in mich ein- und losbrannte, was ich eigentlich hatte abwaschen wollen, stundenlang konnte ich an solchen mir besonders zusetzenden, entsetzlichen, ja entsetzlichsten Tagen duschen, als wäre ich in der Lage, einen mir anhaftenden Makel, den ich freilich nie endgültig benennen konnte, abzuwaschen, mich dabei unentwegt in der einengenden Duschkabine drehend, weinend und schreiend, den Seifenblock manisch wie ein Stück Parmesan auf der Haut abreibend, bis dieser nicht mehr zu greifen, nicht mehr festzuhalten war, und das Badezimmer, am Ende gar die ganze Wohnung penetrant nach Veilchen oder Hibiskus oder noch diffuseren Dufterlebnissen wie »Meeresrauschen« oder »Herbstspaziergang« roch, ein zuerst vielleicht sogar angenehmes Gefühl schien das zu sein, wo doch vieles, was sich später als das genaue Gegenteil entpuppt, sich zunächst einmal wie eine Annehmlichkeit anfühlt, und man vielleicht sogar meint, man täte sich damit einen Gefallen, weil man schließlich seinen seltsamen Eigengeruch, wenn schon nicht gänzlich loswerden, dann doch überdecken könnte, was möglicherweise dazu führen würde, dass einen andere plötzlich »gut riechen« können, sie einen freundlich anlächeln und sich sogar die eine oder andere Frau nach einem umdreht, wo man doch jeden Geruch nur schwer ablegen kann, jedenfalls nicht wie Kleidung oder Verhaltensweisen, er ist ein weiterer, niemals von einem weichender Schatten, der nun mal mitrepräsentiert, wer man ist, und am bedenklichsten bleibt dabei, dass man sich selbst kaum riecht, während sich andere längst abwenden und die Flucht ergreifen, wie wohl selbstverständlich auch ich den Geruch fast aller Mitmenschen kaum ertragen konnte, als könnte ich darin wie in einem Kaffeesud die unheilvolle Zukunft ablesen, diesem Gestank etwas entlocken, was üblicherweise unter der Oberfläche verborgen blieb.

Die Nachrichten aus der Welt, dem Äther, dem Kopf, dem Wald, dem Erdreich und was weiß ich überschlugen sich, vermengten sich in mir, als wäre das Gehirn eine überdimensionierte Waschtrommel, die alles in sich aufzunehmen vermochte, dessen man sich nie mehr würde entledigen können, was später gemeinhin als Leben oder Lebenslauf oder Lebenswerk oder Lebensüberdruss herhalten würde müssen, konstruierte Wirklichkeiten, welche zu allerlei indifferenten Befindlichkeiten führten, kandiertes Gehabe überall, von dem man nur schwerlich würde behaupten können, das bin doch in Wahrheit ich, das sind doch wir, leichtfertige, gar leichtfertigste Absichten und Pläne, die wir wälzen, die wie Pilze aus dem Boden schießen, deren Ursprung sich mir längst entzieht, wer oder wie sie mir in den Kopf gepflanzt worden sind, sodass ich ernsthaft hätte denken können, sie als erster gedacht und somit »erzeugt« zu haben, während ich etwa irgendwo am Straßenrand stand, den Daumen hochhielt und darauf wartete, ob jemand anhalten, mich einsteigen lassen würde, um mich in eine x-beliebige Richtung mitzunehmen, Hauptsache weg, dachte ich mir damals oft, als ich zum Beispiel während eines furchtbaren Gewitters nach dem obligatorischen Discobesuch einfach nur in eine andere Stadt, ein anderes Land, lieber noch ein übernächstes Leben wollte, das es möglicherweise wirklich wert gewesen wäre, gelebt zu werden, und trotz aller Spontanität war ich berechnend genug, das Gewitter für mein Vorhaben ausnutzen zu wollen, mir insgeheim ausmalend, dass sich eben jetzt in einer solchen Situation jemand erbarmen, mich nicht im Regen stehen lassen, mich wenigstens bis zur Autobahnauffahrt mitnehmen würde, wo ich vielleicht mit einem der unzähligen LKWs noch wesentlich weiter käme, vielleicht sogar bis zu einer der Grenzen eines Nachbarlandes, in welchem ich dann restlos verschwinden und neu anfangen könnte, ohne das Elternhaus und die Schule und die miserablen Berufs- und Lebensaussichten und die damit verbundene, schmerzvolle, gar schmerzvollste Schieflage, die mich immer weiter kippen und wegdriften lassen würde in die Keller meines Bewusstseins, doch blieb in jener Nacht niemand stehen, als hätte mich der Regen nicht bloß durchnässt, sondern unsichtbar gemacht, als wäre ich im grellen Scheinwerferlicht nur einer von Abermilliarden, ununterscheidbaren Regentropfen, die ja auch nur einen Sekundenbruchteil durch ein Gesichtsfeld huschen, und vielleicht schien es auch allen nur höchst suspekt, während eines Gewitters anzuhalten, weil schließlich kein normaler Mensch in einem apokalyptischen Wolkenbruch draußen am Straßenrand stehen und darauf hoffen würde, irgendwo einzusteigen, das Wageninnere dabei durchnässend, sich wie ein Tier schüttelnd und müffelnd, wie etwa Wäsche, die zu lange in einer Waschtrommel lag, die man aufzuhängen vergaß, diesen einen ganz bestimmten Geruch meine ich, den man nicht so leicht aus der Nase bekommt, der sich in einem Kleinwagen wie eine Krankheit über alles legen, ausbreiten und einem den Abend verderben kann, während man doch völlig anderes im Sinn hat, sein Mädchen oder die Freunde nach Hause zu bringen, weiter zu feiern, schlicht lebendig zu sein.

Ich weiß noch, wie mich der Vater eines Tages ausnahmsweise und für mich völlig überraschend nach einem Discothekenbesuch abholte, weit nach Mitternacht saßen wir in seinem allmählich in die Jahre kommenden Dienstwagen und fuhren zügig, ja zügigst los, denn er hatte mir zuvor eine Kurznachricht mit einigen, vielleicht ja der Aufregung geschuldeten Tippfehlern übermittelt, dass ich lieber sofort nach Hause käme, weil Entsetzliches passiert wäre, die Nachrichten seien darüber bereits voller widersprüchlicher Spekulationen, ob es ein nuklearer Unfall, ein Raketenangriff oder ein getarnter Angriffskrieg war, jedenfalls schien es dabei um mehr zu gehen und insgesamt etwas Neues darzustellen, das über den üblichen Weltzustand hinausreichte, welcher mich selbst in den hoffnungslosesten Stunden nicht weiter verwunderte, wo sich doch Menschen dort oben, die Eliten und Führungsriegen und dergleichen auch nicht anders verhalten als die Menschen weiter unten und dazwischen, von schurkischen Ängsten und frenetischen Machtgelüsten getriebener Irrsinn floriert bekanntlich überall, er lässt sich zudem mühelos von kleinsten auf größte (und umgekehrt) Maßstäbe übertragen, was mich sogleich an die mir in der Kindheit schon aufgefallenen Größenunterschiede denken ließ, wie eine niemals endende Ameisenkolonne schien das Leben an mir als Kind vorbeizumarschieren, allen denkbaren und zugleich undenkbaren Wahnsinn hinter sich her- und aufziehend, die Äpfel und Birnen, Zwerg- und Rieseninsekten, Essens- und Leichenreste, kleine und winzigste Fragmente aus der einem endlos und überdimensioniert erscheinenden Welt, wie überhaupt alles in seinen tatsächlichen Dimensionen jegliche Maßstäbe der Kindheit sprengte, die Stühle, die Tische, der unerreichbare Plafond, nichts schien damals meiner tatsächlichen Größe zu entsprechen, ihr angepasst worden zu sein, da alles übertrieben groß und einschüchternd wirkte, ob es sich nun um Gliedmaßen oder Kellergewölbe oder was weiß ich handelte, ja ich musste unweigerlich auch an die Minimöbel und Miniküchenutensilien und Miniminifußabstreifer et cetera aus dem Werkunterricht denken, die wie ein

Fluch über mir zu liegen schienen, als würde ich in Wahrheit in einem von mir selbst präparierten Schuh- oder Pappkarton leben, denn ich kam mir in diesem Irrsinn, im Angesicht der ganzen Längen, Breiten und Höhen, die einer völlig anderen Spezies zu entsprechen schienen, winzig, ja winzigst vor, sobald ich nur einen Blick durchs Fenster nach außen riskierte, und erst mit zunehmendem Alter, wohl dem Wachstum geschuldet, sollte sich alles etwas mehr relativieren, immerhin muteten die Ameisen nicht mehr ganz so groß an, auch Häuser und Supermärkte wirkten etwas genehmer, was grundsätzlich ja dazu angetan gewesen wäre, Zuversicht zu schöpfen, sich nunmehr anders und willkommen zu fühlen, was sich freilich nie oder bestenfalls phasenweise bei mir einstellte, als könnte ich einmal vor- und gefasste und in meiner Erinnerung fix verankerte Maßstäbe nicht mehr revidieren, und ich zählte also in jener Nacht am Beifahrersitz akribisch die toten Tiere, die im Scheinwerferlicht von Vaters brummendem Dienstwagen auftauchten, und je nach Kadavergröße wirkten die damit auf der Straße einhergehenden Blutlachen plötzlich überdimensioniert, als ob ein Igel, Marder, Hase oder ein ähnliches, in unseren Breiten verbreitetes Tier überhaupt so viel Blut durch seine Adern zu pumpen imstande gewesen wäre, doch musste dabei der unablässig über die Tiere hinwegrollende und sich durch ihre Blutlachen walzende Verkehr wie ein breiter Malerpinsel fungiert haben, der alles großflächig über den Asphalt verteilte, die Kadaver förmlich auswalzte, und das verspritzte und geplättete Fleisch schien in seiner Farbgestaltung und Konsistenz mit zusätzlichen Gruseleffekten versehen worden zu sein, und ich zählte demnach in jener Nacht mehr platte Körper als sonst, weil sich die meisten Autofahrer wohl entschieden hatten, mit deutlich überhöhter Geschwindigkeit unterwegs zu sein und viele dabei vergaßen, das Fernlicht abzublenden, was Tiere bekanntlich zusätzlich in Gefahr bringt, und sogar der Vater mehrmals fluchend festhalten musste, dass die Rücksichtslosigkeit unter Autofahrern heute ihresgleichen suche, woraufhin auch er das Fernlicht vermehrt dafür einzusetzen begann, um entgegenkommende Fahrzeuge zum Abblenden zu bewegen, doch meistens reagierte darauf keiner und beide Fahrzeuge fuhren stoisch aufeinander zu, wohlwissend, dass keiner der Autolenker etwas erkennen konnte, als würde man es resigniert darauf ankommen lassen wollen, weil längst egal war, was aus allen und einem werden sollte, die Ängste und Unsicherheiten potenzierten sich in jener Nacht wie von selbst und schufen ein Klima der Abkehr von jeglicher Vernunft, die mir als solche ohnehin fragwürdig erschien, weil sie doch Veränderungen hätte einleiten müssen, dass also Menschen öfter über sich hinauswachsen, und ihre Mankos ad acta legen, um Differenzen zu überwinden, um einmal nur den richtigen Weg zum Wohle und im Sinne aller existierenden Lebewesen vor- und einzuschlagen, und weil das summa summarum illusorisch bleibt, existiert eben keine uns auszeichnende, wirkliche und wahrhaftige Vernunft, schon von daher nicht, weil Menschen wie Ameisen immer doch anderen Menschen (und Ameisen) nach- und hinterherstreben, ohne auch nur auf die Idee zu kommen, etwas von ihrem »Mitläufertum« zu hinterfragen, was Ameisen freilich auf Pheromone und die auf sie dadurch einwirkende, unwiderstehliche, ja unwiderstehlichste Kraft abwälzen können, denn es ist schließlich immer jemand anderes, eine mehr oder minder vor einem laufende Ameise, die Orientierungs- und Markierungspunkte in einer unsicheren Welt setzt, denen zu folgen einem ratsam zu sein scheint, was freilich mit einer an Absicht grenzenden Wahrscheinlichkeit zu sogenannten »Ameisenmühlen« führt, einem Phänomen, in welchem diese Tiere einander dermaßen ausgeliefert sind, dass eine Überkreuzung und Vermischung ihrer Pheromonspuren unausweichlich bleibt, was sie schlussendlich dazu bewegt, als ganzer Ameisenstaat nur noch im Kreis zu laufen, weil immer mehr Pheromonspuren diesen als den einzig richtigen Weg kennzeichnen, und sich das zerstörerische Verhalten wie eine unheilbare Krankheit auf alle Ameisen überträgt, wodurch sich ein im Ameisenmaßstab gigantischer und weithin sichtbarer »Kreisstrudel« bildet, jene »Ameisentretmühle«, von Entomologen auch Kreismühle genannt, in welcher Ameisen also bis zum Erschöpfungstod unablässig laufen, über tote Körper ihrer Artgenossen klettern, unfähig einen Ausweg aus diesem ihrem »Lebenskreislauf« zu erkennen, und hatte ich doch tatsächlich im Wald selbst einmal eine solche Mühle entdeckt und mit eigenen Augen beobachtet, wie sich unglückselige, gar unglückseligste Ameisengenerationen in einer tödlichen Schleife aufreiben, eine Umrundung dauerte damals gut zwei Minuten, was ich mit einer mir vom Vater geschenkten und mit einer Stoppfunktion ausgestatteten Uhr überprüfte, eine zweiminütige Todesspirale lag mir hier zu Füßen, welche die Ameisen unablässig durchliefen, sodass ich der Versuchung nicht widerstehen konnte, einige von ihnen mit harmloser Lebensmittelfarbe (die ich für den Werkunterricht benötigt hatte) zu markieren, um sie bei ihren Umrundungen besser beobachten zu können, und ich irgendwann gar nicht mehr die Augen von ihnen lassen konnte, wie diese roten Pünktchen quasi als pervertierte Minuten- und Sekundenzeiger fungierten, unablässig und wie aufs Stichwort alle zwei Minuten an mir vorbeikrabbelten, bis sie irgendwann in dem sich zusehends verdichtenden Ameisenkonvoi untergingen, der Erschöpfung Tribut zollen mussten (und quasi als Uhr »nachgingen«) und ihre toten Körper schon bald gut in der sich freilich noch weiterdrehenden Spirale auszumachen waren, bis sich schließlich nichts mehr in der Schleife regte.

Niemals zuvor oder danach hatte ich einen perfideren Mord und gleichermaßen Selbstmord miterlebt, selbst in Filmen und den abwegigsten Nachrichten aus aller Welt war mir je ein vergleichbares Szenario untergekommen, die Ameisen blieben in meiner Erinnerung somit die Könige ihres selbst herbeigeführten Untergangs, und nur der Mensch wäre freilich in der Lage, sie von diesem Thron zu stoßen, weil man durchaus als Individuum oder kleinere Gruppierung ganze Kollektivmenschengenerationen ihrem Untergang zuzuführen imstande ist, doch ähnelt dies immer einem sich schon bald entlarvenden, gigantischen Mordkomplott, in welchem die Auszulöschenden niemals freiwillig mitmachen, sie durchschauen sehr wohl die Absichten ihrer oft doch er- und gewählten Auslöscher, während die Ameisen allesamt Mörder und Ermordete, Täter und Opfer zugleich sind, und keinesfalls in einem philosophischen, metaphorischen oder symbolischen Sinne, nein, sie sind rein biologisch dazu verdammt, sich selbst bei der kleinsten Unachtsamkeit ein eigenes Grab zu schaufeln, ja sie repräsentieren für mich ein überaus hypnotisches, kaum mehr überbietbares Auslöschungsszenario, das erwiesenermaßen auch bei anderen eine Betroffenheit auslöst, die man nicht mehr so schnell ablegt oder gar vergisst, und am Ende des Tages rührte auch meine ganze Wut von da her, dass ich es nicht akzeptieren oder gar tolerieren wollte, wie sich Lebewesen mit zunächst ausschließlich guten Absichten in Folge selbst auslöschten, ohne jemals die Mechanismen dahinter zu durchschauen, und ich, der ja die fehlgeleiteten Ameisen von oben gut überblicken konnte, tat rein gar nichts, was das große Sterben hätte beenden können, ich meine, keine Ahnung, ob eine solche Intervention als Maßnahme wirklich gegriffen und etwas verbessert hätte, doch stellte ich mir später durchaus vor, ich hätte mit den Füßen einen Teil der Todesstrecke einfach weggescharrt, hätte die sich überlagernden Pheromonmarkierungen dadurch vielleicht null und nichtig gemacht, sodass die verbliebenen Ameisen neue Wege hätten suchen müssen, vielleicht ja sogar wieder den Weg zu ihrem Ameisenhügel (samt Königin) hätten finden können.

Ich bin kein Mensch, ich kann kein Mensch sein, habe ich mir immer wieder vorgesagt, ja ich hatte eine ganze Weile versucht, es wie eine Losung, wie ein Losungswort, einen Losungs- und Lösungs-, vielleicht sogar Erlösungssatz zu verinnerlichen, die Unterschiede zwischen den Menschen und mir hervorzukehren, um mich zugleich aus- und abzugrenzen, wo ich doch unter miserablen, gar miserabelsten Umständen ein Leben als Mensch abzuleisten hatte, als hätte ich mich mit der Geburt zu irgendeinem prekären Dienst gemeldet, auf einem mir ganz und gar nicht zugehörigen Planeten, der freilich nichts für diese

Tatsache konnte, und es waren die sich ständig multiplizierenden und in ihrem präpotenten Gehabe potenzierenden Menschen, die mir nicht sagen konnten, welchen Sinn das Leben hätte haben sollen, und die höchstens ihre Paradeleben als Beispiele anführten und mit Verzückung kommentierten, dabei stolz ihre Kinder zur Schau stellten, die mich noch am ehesten an in einem unsichtbaren und frevelhaften Krieg erbeutete Trophäen erinnerten, der jenseits aller Vorstellungskraft ausgefochten wurde, mit allen zur Verfügung stehenden Mitteln gewiss, sodass die Welt kontinuierlich neue Gefangene von drüben aufnehmen musste, die in einem Blut-, Urin- und Kotschwall aus dem Nichts aufschlugen, die nach der Geburt einfach nur schrien und immer weiter schrien und brüllten, weil sie ihre Nächsten von der anderen Seite verloren hatten, und weil sie noch spürten, wohin sie eigentlich gehörten, weil sie nunmehr die über ihre Köpfe hinweg beschlossenen Strafmaßnahmen am eigenen Leib erfahren würden, ein sinnloses Leben auf der Erde würden führen müssen, und ja doch, es scheint mir paradox, dass Menschen andere ihnen nicht mehr genehme Mitmenschen lebenslänglich hinter Gitter bringen und sich dabei selbst frei wähnen, was den größten und entsetzlichsten Trugschluss überhaupt darstellt, also gab ich mich eine Weile, so gut es ging, als einer von ihnen aus, ein durchschnittlicher Durchschnittsmensch, der dieser menschlichen Spezies zwar rein äußerlich und optisch zugehört, doch innerlich und seelisch nichts mit ihr gemein haben will, was einem als Kind zunächst nicht groß auffällt, weil man sich eine geraume Weile redlich darum bemüht, es zumindest so ordentlich wie die anderen zu machen, charakterfest und aufgeräumt zu sein, unentwegt an sich feilend, sich bemühend, sich förmlich selbst ins Leben hineinziehend, damit man mit anderen Menschen in einem gemeinsamen »Weltenraum« sein kann, wo sich alle freundlich die Hände schütteln und sich die Haare kämmen und sich ordentlich und überschwänglich einer Guten Nacht und eines Guten Morgens versichern, was doch wirklich bei genauerer Betrachtung keinen Sinn macht oder sonstwas Nennenswertes stiftet, und während man dann immer älter wird, auf einer Parkbank sitzt und Tauben füttert, hört man sich plötzlich mit den Vögeln reden, die einen groß anblicken, man sei kein Mensch, man könne ja kein Mensch sein, so wie alle anderen, über deren Köpfe die Tauben ständig fliegen und denen sie ins Haar scheißen, vor deren Stiefeln sie auf der Hut sein müssen, wenn sie irgendwo Brotkrumen oder einfach nur Steinchen aufpicken, um die Verdauung anzuregen, ja alle Tiere müssen sich generell und immer vorsehen, wenn sich diese Menschenversager aufschwingen, sich die Erde untertan zu machen, und kein Wunder also, dass ich mich nach der anderen, mir gestohlenen Seite sehne, dass mich in Wahrheit eine Wut verzehrt, der ich nachgehen und -geben muss, darauf hoffend, dass das Leben dann endgültig vorbei ist.

Ich musste daran denken, gelesen zu haben, dass unter den Menschen des Mittelalters und der frühen Neuzeit die Selbsttötung ein noch größeres und perfideres Vergehen war als ein unmittelbarer, im Sinne eines gerechtfertigteren Totschlags nachvollziehbarer Mord, weil angeblich nicht nur dem individuellen Seelenheil des betreffenden Menschen größtmöglicher Schaden zugefügt wurde, vielmehr jedoch auch Unheil über die verbliebene Gemeinschaft, also jenes mir zutiefst zuwidere Gemeinwesen, mit sich brachte, die eine solche Entscheidung nun ebenso würde ausbaden, sich entgegen ihren Überzeugungen damit würde arrangieren müssen, was mir allerdings fair scheint, und so darf man verwundert, ja befremdet den Kopf darüber schütteln, dass ein Selbstmord dem Volksglauben nach unweigerlich Hagelschlag, Stürme und Dürre über ein Dorf, eine Stadt, einen ganzen Landstrich bringt, und gewiss steigt der tote Selbstmörder in einer Vollmondnacht auch weiterhin aus seinem Grab, um die redlich Lebenden, sich also in Wahrheit wie die Schweine Gebärenden, zu quälen, sie mit ungustiösen, gar ungustiösesten Krankheiten zu infizieren, und sie schlussendlich zu sich ins klamme Totenreich zu holen, vor welchem einen irgendein Glaube, ein Gemeinwesen, eine Obrigkeit unbedingt zu bewahren versucht, und wer einst (und wohl auch heute) mit Leichen von Suiziden-ten in Berührung kommt, wird ja unverzüglich unrein, wie all die gemästeten Schweine, die man auf engstem Raum eingepfercht auf Farmen hält und die im Übrigen äußerst reinliche und einem Menschen intellektuell durchaus ebenbürtige Tiere sind, ja man läuft weiterhin Gefahr, selbst zum Geächteten innerhalb des dörflichen und städtischen Gemeinwesens erklärt zu werden, was an Absurdität nicht zu überbieten ist, dass also etwa menschliche Leichname, die sich zuvor als Lebende erhängten, verstohlen vom Abdecker oder Wasenmeister oder Sanitäter abgeschnitten und durch ein Fenster, eine Hintertür oder gar die Dachluke ins Freie gezerrt werden, ohne dass ihnen das Recht eingeräumt wird, würdevoll durch die Vordertür ans Tageslicht transportiert zu werden, weil das Eingangsportal nur »ehrlich« verstorbenen Menschen vorbehalten bleibt, damals wie mancherorts heute, und dass diese schändlichen und mit Schande beladenen, sich feige davongestohlenen Toten so noch am Ende den Weg zurück in ihr Haus finden, um den darin Lebenden Schaden zuzufügen, ja zuweilen wurden tatsächlich im Mittelalter Löcher in Außenwände geschlagen, die man nach der Entfernung der Leiche durch diese Öffnung wieder zumauerte, nur um dem möglichen Wiedergänger eine Rückkehr ins Haus zu erschweren, was mir allein schon deshalb widerlichst aufstieß, weil dieser doch zuvor in dem Haus gelebt, es ihm einmal gehört hatte, und die Körper von ertrunkenen Selbstmördern durften etwa nur mit Stangen, Haken oder Netzen aus dem Fluss geholt werden, denn jedwede Berührung galt es tunlichst zu vermeiden, als könnte die suizidale Krankheit wie eine Läuseplage auf einen überspringen.

Ich weiß nur zu gut, wie einfach es für die meisten ist, über andere Gericht zu halten, wo man doch Verurteilungen und vorgefasste Meinungen immer schnell zur Hand hat, sich meistens aus rachsüchtiger Kränkung heraus an anderen vergreift, sich an ihrem Widerstand ergötzt und gebannt verfolgt, wie diese sich dabei winden oder zu entkommen versuchen, und in Wahrheit doch so nur von den eigenen Unzulänglichkeiten, dem eigenen in und de facto Versagen, der einem anhaftenden Schuld ablenkt, die man, charakterschwach und charakterschwächlichst, von sich weist und weisen muss, weil man konsequenterweise sonst versucht sein müsste, sich selbst eine Kugel in den Schädel zu jagen, und die Welt dadurch nicht einmal etwas verloren, vielmehr aber gewonnen hätte, und früher wurde toten Selbstmördern zu allem Überfluss wie anderen Verbrechern ein Prozess gemacht, wo man ernsthaft festzustellen versuchte, ob sich der Betreffende etwa das Leben nahm, um einer allfälligen Strafe zu entgehen, oder ob dieser aus weibischer Verzweiflung oder gar Melancholie heraus gehandelt habe, oder ob alles auf die fast schon übliche Verführung durch den Teufel hindeutete, der einem zuvor allerlei versprochen hatte, bei dem das Himmelreich nicht mithalten konnte, und wurde bei diesen hinfälligen, ja hinfälligsten Gerichtsverfahren ebensolches »festgestellt«, wurde die Familie des Selbstmörders oder der Selbstmörderin unverzüglich enteignet, und in vielen Fällen sogar einer sogenannten »Wüstung« zugeführt, einer mutwilligen und mit allem gebotenen Nachdruck durchgeführten Zerstörung des Hauses samt aller Besitztümer, in welchem der oder die Selbstmörderin ihr Dasein gefristet hatte, obendrein wurde der Leichnam wie der Körper eines lebenden Schwerverbrechers zum Schandanger geschleift, um dort erneut hingerichtet zu werden, und oft genug ging dem Aufhängen oder Enthaupten das allseits beliebte Rädern voraus, bei dem einem alle Gliedmaßen zerschmettert und förmlich unter der Haut zerbröselt wurden, um die Toten daran zu hindern, später einmal in den Vollbesitz ihrer Kräfte zu gelangen, und in voller Körperlichkeit aus dem Grab zu entsteigen, um sich für das ihnen Zugemutete zu rächen, und nicht selten wurden die geschundenen und beinahe schon wie durch den Fleischwolf gedrehten Körper noch gefesselt oder mit Weißdornpfählen durchbohrt, um sie an die ihnen zugewiesenen Plätze zu bannen, man verstreute Dornen über ihre Gliedmaßen, drehte ihre Gesichter nach unten, um die ihnen innewohnenden und schädigenden Kräfte ins Erdinnere abzuleiten, und noch beliebter war es, sie im Sumpf oder Moor zu versenken, und dort, wo solch landschaftliche Vorzüge nicht vorhanden waren, steckte man sie einfach in Fässer und warf diese in den nächstbesten Fluss, was auch als »Rinnen« bezeichnet wurde, damit das Wasser die schädigenden Körper möglichst weit forttreibt, wo sie dann anderen Lebenden nachstellen können, was das Wesen der Menschen nun wirklich gut auf den Punkt bringt, und entkommen konnte man all diesen Prozeduren nur dann, wenn sich jemand fand, der unter Eid vor Gericht erklärte, dass der Selbstmörder vor seinem Tod noch wahrhaftige Reue verspürt habe, und dass es ihm ehrlich schwer gefallen sei, die Welt zurückzulassen, doch lief so einer am Ende freilich auch Gefahr, selbst als Sympathisant entlarvt zu werden, mit ähnlichen, vielleicht nicht ganz so ausgeprägten und offensichtlichen Selbstmordneigungen, die in ihm schlummerten und schon bald vom Teufel wachgeküsst werden würden.

Während man erkennt, dass man selbst an einem seidenen Faden hängt, zieht das Leben an einem vorüber, und es ist nicht viel dabei, was man unbedingt hätte (wieder) sehen müssen, ja ich bin mir nicht einmal mehr sicher, ob alles wirklich jemals so passiert ist, wie es einem der Kopf vorgaukelt, es fühlt sich an, als wäre man einem Vogel gleich in ein Dickicht geflogen, um seinen Häschern zu entkommen, doch rücken die Zweige, Büsche und Stämme so eng zusammen, dass man unweigerlich jedwede Orientierung verliert, man ist da in etwas hineingeraten, das nicht das zu sein scheint, wonach es aussieht, ein verdichtetes Dickicht ohne jedwede Geborgenheit verschluckt einen, eine finstere, undefinierbare und unüberwindbare Masse, die gegen einen selbst entworfen, gepflanzt und kultiviert worden ist, um jeglichen Willen in einem zu brechen, die eine jede Bewegungsfreiheit so verunmöglicht, dass man sich eben wie in Harz gegossen fühlt, jenes harzige Gefühl verinnerlicht, welches einem vom Anfang an wie ein pelziger, gar pelzigster Belag auf der Zunge lag, der sich weder mit Schneide- noch mit Backenzähnen abschaben oder gar vollständig entfernen lässt, während man also spuckend und nach Atem ringend einen vermeintlichen Ausweg sucht, sich an die Handarbeitslehrerin zurückerinnert, die einem in der Schule noch einzubläuen versuchte, dass man sein Leben selbst in der Hand hat, dass man selbst es wäre, der gestaltet und die Entscheidungen trifft, dass man es wahrlich ausleben, darin wachsen und gedeihen kann, und unmittelbar danach schrubbt man schon in der einem von einer Stellungskommission zugeteilten Kaserne schmierige, gar schmierigste Toilettenfluchten, weil das offenbar zur erweiterten Sozialisation innerhalb einer Gemeinschaft dazugehört, eben jener erweiterten Vergemeinwesung, die Menschen und solche, die sich gerne als Mitmenschen ausgeben, immer weiter verdichtet haben, wie anderswo Traktoren die trockener werdenden Felder und Böden verdichten, sie plätten und ertragslos und unbewohnbar machen, wo nach einem jeden noch so unscheinbaren Regenguss alles unter Wasser steht und ertrinkt und vermodert, und jedenfalls verunglimpft wird von allen Seiten, bis dort gar nichts mehr wächst und gedeiht, und man schrubbt und schrubbt die Kasernentoiletten, bis man plötzlich in der letzten Kabine, wo längst schon die fettesten Fliegen kreisen, einen bläulich angelaufenen, mit der Zunge aus dem Mund baumelnden Erhängten auf- und vorfindet, der sich augenscheinlich mit seinem erst unlängst ausgefassten Soldatengürtel zu behelfen wusste, und somit, wie sich noch herausstellen wird, nach drei läppischen, ja läppischsten Wochen seinen Dienst quittierte, den man nun freilich als dafür Zuständiger abzuhängen hat, gleich nachdem die Meldung über den Vorfall an den einem vorgesetzten Offizier vom Dienst übermittelt worden ist, und den man beim Abhängen und Lösen der Gürtelschlinge sorglos umarmt, den Erhängten wohlgemerkt, der einen beinahe mit zu Boden reißt, und man sich zeitgleich ausmalt, dass eben dieser sich nun in den eigenen Händen befindliche Soldatengürtel demnächst schon wieder in den Kasernenfundus zurückwandern, von dort seinen Weg zum nächsten Eingerückten einschlagen, der diesen unbedacht um seine Hüften schlingen, durch seine Hose fädeln wird, freilich ohne zu ahnen, welche Geschichte mit dem guten Stück einhergeht, und wer weiß eigentlich schon, wie oft sich mit diesem Gürtel irgendwer etwas angetan hat, es ist ja nicht so, dass darüber in der Kaserne jemand Buch führen würde, niemand hier weiß, was all die Dinge, die einen umgeben, die man am eigenen Leib trägt, täglich putzt und in den Schrank stellt, bereits angerichtet haben, und ich beschloss also, wenigstens diesen einen unscheinbaren, gar unscheinbarsten Gürtel zu markieren, ihn mit einer stilisierten, auf der Metallschnalle von mir eingeritzten Träne zu versehen, die freilich niemandem was sagen oder weiterhelfen würde, weil keiner daraus auf die weiteren Umstände schließen wird können, doch sollte ich später erneut einberufen werden und in dieselbe Kaserne einrücken müssen, weil ein Krieg oder so kurz bevor stünde, würde ich gewiss beim Ausfassen der Ausrüstung, der Waffe, den Utensilien und so weiter sorgfältigst den Gürtel betrachten, und es würde mich keinesfalls verwundern, dass mich eben dieser jener wiederfände, den ich schon einmal in den Händen hatte, das ist bestimmt kein gutes Omen, würde ich mir natürlich einreden, schon gar nicht wenn man in einen Krieg zu ziehen gedenkt, aber ich würde keinesfalls im Magazin oder beim Vizeleutnant andeuten wollen, dass mir der Gürtel etwa nicht passt, zu klein oder zu groß erscheint und ich einen anderen, passenderen, mir entsprechenderen Riemen haben möchte, der mich in einen Krieg hinein- und auch wieder in einem Stück hinausgeleitet, weil ihm in Wahrheit kein Unglück anhaftet, weil er makellos und ohne Fehl ist, keine schlechten Schwingungen oder so in sich trägt, während ich mir gleich denke, schlechte Schwingungen seien vermutlich sogar besser als gar keine, und dass ich meinen ersten echten Toten unweit unseres Hauses auffand, mitten auf der um diese Zeit kaum befahrenen Straße, als ich mich gerade halbverschlafen zur Schule schleppte, und den ein Auto mit überhöhter Geschwindigkeit erwischt haben muss, so wie der aussah, vermutlich weil er oder der Autofahrer oder vielleicht sogar beide frühmorgendliche Akteure nicht aufgepasst hatten, derjenige im Auto hatte wohl gerade nach einem ihm gefälligen Radiosender gesucht und die Frequenz nicht gleich gefunden, und derjenige, der die Straße querte, war mit seinen Gedanken auch woanders, und vielleicht zog ja schon sein Leben an ihm vorüber, noch bevor ihn das Auto wirklich erfasste und endgültig zu Boden stieß und rasend über- und weiterrollte, doch stellte sich im Nachhinein alles gänzlich anders dar, da der Mann offenbar aus dem Fenster gesprungen oder auch nur unglücklich herausgefallen sei, was einer aus der Nachbarschaft deutlich beobachtet zu haben glaubte, der dann auch demonstrativ Polizei und Rettung verständigte, und zu diesem Zeitpunkt flatterte obendrein ein Vorhang aus einem der oberen Fenster, wie um dessen Aussage zu untermauern, während ich lieber versuchte, einen verstohlenen Blick auf den Mann zu erhaschen, ich hätte ihn ja vielleicht sogar kennen, also identifizieren können, doch ließ sich die Frage nicht mehr beantworten, weil, wie ich deutlich erkennen konnte, dessen Gesicht längst bis zur Unkenntlichkeit entstellt, ja eigentlich nicht mehr vorhanden war, als ihn die Sanitäter langsam auf die Bahre luden und die ganze surreale Szenerie der Feuerwehr überließen, die zunächst das Blut von der Straße schrubbte und es danach mit dicken Schläuchen von der Straße bis zum erstbesten Gully spritzte, sodass ich später am Rückweg von der Schule gar nicht mehr hätte sagen können, wo der Mann genau aufgeschlagen und gelegen hatte, denn nichts deutete mehr auf das Ereignis hin.

Später musste ich daran denken, was wohl etwa im Mittelalter aus ihm geworden wäre, wie sich zunächst eine ungläubige Schar um den noch warmen Leichnam gebildet, wie man zu den Burgzinnen hochgeschaut, hingedeutet und sich lautstark darüber ausgelassen hätte, was diesem Selbstmörder, diesem vermaledeiten Unglücksraben wohl durch den Kopf gegangen sein musste, welch gottloser Frevel, sich dermaßen zu versündigen, ein solch widerwärtiges, gar widerwärtigstes Verbrechen wider das Gemeinwesen und so weiter, und gewiss hätte sich die Stimmung bald noch mehr aufgeheizt, bis man nach den verantwortlichen Personen für ein »Eselsbegräbnis« gerufen hätte, einem gestandenen Henker gar mit Krähenfedern im Haar, welcher den nicht mehr blutenden Leichnam, ohne jedweden Ritus einer kirchlichen Bestattung, also ohne Priester und andere ehrwürdige Gemeindemitglieder, stillschweigend, vielleicht die freie Hand in der Hosentasche an einer Mohnkapsel reibend, mit dieser schmeichlerisch spielend, außer Sichtweite geschleift hätte, auf irgendein Feld oder zum nächstbesten Waldstück vermutlich, weil es in nahezu allen Gegenden damals verboten war, Selbstmörder an gleicher Stelle zu bestatten, wo auch ordentlich Verstorbene ihre letzte Ruhestätte fanden, und dort, wo man das dennoch zuließ, durfte ein solcher Körper nicht durch das Friedhofsportal getragen werden, vielmehr musste man ihn umständlich über die Friedhofsmauer hieven und dabei wiederholt wenden, um ihn zu verwirren, ihn zu desorientieren, wie man es heute ausdrücken würde, um dessen vermeintliche Rückkehr als Wiedergänger zu erschweren, und ich kann mich sogar erinnern, in der eigenen Kindheit einen Aufruhr am hiesigen Friedhof erlebt zu haben, welchen ich freilich damals nicht einzuordnen wusste, doch Jahre später kam mir zu Ohren, dass es Streit darüber gegeben habe, wo genau man denn das Loch für einen ortsbekannten Säufer ausheben sollte, und man hatte in Folge sogar mehrere tiefe Löcher gegraben, worüber schließlich der heftige Streit entbrannte, doch einigte man sich schlussendlich darauf, den stadtbekannten Alkoholiker auf der Friedhofsnordseite, gleich neben der bröckeligen, ja bröckeligsten Friedhofsmauer zu verscharren, die schon im Mittelalter als unheimlich und »dämonisch« gegolten habe, und eigentlich totgeborenen oder ungetauften Kindern vorbehalten war, was freilich niemand mehr wusste.

Wer denkt, dem muss misstraut und der muss verfolgt werden, wonach gern zu allen Zeiten in fürchterlicher, gar fürchterlichster Weise gehandelt wird, da kann man noch so viele Liegestütze oder Kniebeugen einstreuen, um sich fit und wehrhaft zu halten, früher oder später gerät jegliches Aufbegehren zur Farce, und man kommt unweigerlich unter die Räder, weil einem das Mitdenken und Mitbedenken als Schwäche angekreidet wird, und ganz egal, was man geschafft und hinter sich gelassen zu haben glaubt, man hat längst jegliche Druckmittel gegen die Gesellschaft verloren, die einen mit einer Selbstverständlichkeit umzingelt, dass man freilich meinen könnte, die Dinge nehmen nur ihren natürlichen Lauf, dass also das eigene Denken ermüden, ja restlos erlahmen muss, wie einen (mich) überhaupt alles ermüdet und lähmt, all die vermeintlichen Neuigkeiten, die überhaupt keine Neuigkeiten mehr sind, die immer wieder gleichen Mitmenschen in den immer wieder gleichen Verhältnissen und Zusammenhängen, die immer gleichen Gesichter der immer gleich sich auf einen zu und von einem weg bewegenden Landschaft, die immer gleichen, sich immer gleich wiederholenden Voraussetzungen, die klimatischen, freundschaftlichen, feindschaftlichen, politischen, natürlichen, medizinischen et cetera, und man (also ich) ist fortan nurmehr noch andauernd und sozusagen bis ans Ende mit einer immer deutlicheren Schäbigkeit der Welt konfrontiert, wie etwa einem scheinbar intakten Wald, wo ältere Bäume von jüngeren Pflanzenschösslingen verdrängt, wo jüngere Triebe zunächst noch von hochaufgeschossenen Stämmen zurückgehalten und regelrecht dezimiert werden, und erst etwa perfide Würgefeigen in tropischeren Wäldern, die sich als harmlose Winzlinge in den Kronen von Baumriesen festsetzen, um diese allmählich zu ersticken, die deren Silhouetten dazu nutzen, sich an ihnen mit ihrem Wurzelwerk bis zum Boden entlang zu hanteln, sie irgendwann restlos und vollständig ein- und zuzuwickeln, bis der ursprüngliche Baum dahinter verkümmert, und nur noch als »Abklatsch« in Form jener Würgefeige bestehen bleibt, die seine Passform perfekt imitiert, ja dessen einstige Existenz nur mehr als Hohlraum erahnbar bleibt, ja ein Platzhalter bleibt man (ich) für diejenigen, die nach einem (mir) kommen, die unsere Existenzen mit Füßen treten werden.

Ich weiß nicht genau, was ich in meinen Leben hätte anders handhaben, wie ich mich anders hätte positionieren, welches andere und bessere Verhalten ich an den Tag hätte legen müssen, um gar nicht erst in dieses komatöse Gefühl zu verfallen, diesen an- und schleichenden Zustand der mentalen, gar mentalsten Verwahrlosung, die mich zusehends dazu brachte, überall und bei jeder Gelegenheit zu versagen, unfähig mich an Gegebenheiten anzupassen, etwa die Eltern, vollends egal wer und wie sie waren, sie also einfach zu akzeptieren, sie anzunehmen in ihrer ihnen zu eigen gewordenen Natur, diverse Freundschaften zu pflegen, die über eine flüchtige Belanglosigkeit hinaus Bestand haben konnten, nicht, dass ich es nicht wiederholt versucht oder gewagt hätte, Freundschaften anzuregen, mit der Welt in Verbindung zu treten, Frauen nahe zu kommen und mich auf Mitmenschen einzulassen, wo immer ich sie auch traf, doch fragte ich mich zugleich, inwieweit und ob diese Versuche jemals die Ernsthaftigkeit in sich vereinten, die unbedingt notwendig und unumgänglich gewesen wäre, um dabei nicht zu versagen, wohl auch nicht vollends zu scheitern, in Anbetracht ständiger und ständigster Rück- und Rundumschläge, die einem jedwede Zuversicht wiederholt abspenstig machen, und man ja in Zustände verfällt, die jedes zarte und zärtlichste Grün an den dürren und ausgedorrten Synapsensträngen zunichte machen, die einen innerlich entlauben und einem jedwede Lebensgrundlage und jedweden Lebenswillen entziehen, bei den einfachsten Lebensumständen zu reüssieren, was selbst Fräulein Gretchen, bei allem naiven Wohlwollen mir gegenüber, schon recht früh zu beanstanden wusste, sich wie alles und jede von mir abwandte, als würde mein Leben einer fast schon höllischen Gleichung unterliegen, die unweigerlich und immer zu den selben Ergebnissen führen muss, ganz egal welche neuen Einflussfaktoren man auch in diese Gleichung ein- und mitbringt, und selbst im modrigen Schießkeller, wo ich anfänglich meinte, freilich aus einer Not heraus, gut aufgehoben zu sein, mit anderen leicht ins Gespräch zu kommen, die wie ich ihre Gewehre und Revolver und Pistolen im Anschluss an die Schusseinheiten penibel reinigten, in einem eigens dafür vorgesehenem Raum, welcher noch penetranter nach Schießpulver und Waffenöl roch als der eigentliche Schießkeller selbst, war dies ein Trugschluss, es erinnerte mich bestenfalls an die Zeit im Kohle- und Überhauptkeller der Eltern, welcher sich nach wie vor neben oder eher doch unter den schießkellerlichen Gewölben erstreckte, freilich heute nicht mehr so ohne Weiteres zugängig, weil nach den behördlichen Umbauten vieles aus der alten Zeit verschüttgegangen und durch bauliche Zwangsmaßnahmen längst anders geregelt und gestaltet und modernisiert worden ist, und wir also immer im Putzraum des Schießkellers herumsaßen, als würde in dessen Mitte ein gemütliches Feuer lodern, während wir unsere Waffen zerlegten, sie reinigten und wieder zusammenbauten, penibel darauf aus, uns dabei keinerlei Blößen zu geben, und wie eine homogene Waffenbruderschaft zu wirken, wo doch keine einzige Frau jemals im Schießkeller aufgetaucht wäre, freilich mit Ausnahme einer sich für kurze Zeit dort einfindenden echten, also fast schon olympischen Sportschützin, die mit einer kleinkalibrigen, allerdings äußerst präzisen Waffe konzentriert ihr Schusstraining absolvierte, um für anstehende Wettbewerbe in Form zu bleiben, doch verließ sie den Keller natürlich bald, weil ihr die Gesellschaft insgesamt nicht behagte, weil ihr nicht zusagte, wer sich dort regelmäßig tummelte, was nun weniger mit mir persönlich zu tun haben dürfte, der sie wirklich nur aus dem Augenwinkel beobachtet und obendrein ihre Schussleistung bewundert hatte, doch gab es weniger dezente Charaktere vor Ort, die ständig ihr Maul (und den Hosenstall) offen ließen, ja keinerlei Gelegenheit ausließen, sich über das »Mannweib« zu echauffieren, ihre bunte Leggins, das Stirnband, ja ihr gesamtes, auf uns alle befremdlich wirkende »Schießoutfit« war gleich einigen ein Dorn im Auge, als wäre es nicht vollkommen egal, was man trägt, wenn man Waffen abfeuert, vor allem wenn man eine Trefferquote aufweist, die wahrlich alle anderen Schussleistungen im Keller überragte, wo vermutlich die eigentliche Ursache für die offen zur Schau getragenen Ressentiments lag, jedenfalls verließ sie alsbald unseren Keller, was mich nicht groß verwunderte, und beinahe hätte es sogar noch am letzten Tag einen unerfreulichen Streit darüber gegeben, als sie einer der Schießkellerstammgäste dazu aufforderte, sich abschließend seine große »Wumme« genauer zu Gemüte zu führen, ja sie war auch nach ihrem Ausscheiden aus dem Sportschützenverein »Germania« noch eine ganze Weile eines der Hauptthemen im Putzraum, wo zotige, gar zotigste Gespräche darüber geführt wurden, wozu Frauen eigentlich taugen, und nicht, dass ich mittlerweile anders darüber denken würde, doch bin ich mir wenigstens darüber im Klaren, dass Männer noch zu weitaus weniger taugen, und dass man von diesem Standpunkt aus vermutlich jeden x-beliebigen Menschen sofort erschießen könnte, der einem über den Weg läuft, weil es unmöglich einen großen Verlust für die Welt bedeuten kann, und oft hatte ich mir ja gedacht, dass jeder Mensch problemlos einen anderen Menschen töten dürfen sollte, weil es ohnehin kaum zu verhindern ist, ein jeder von uns hat, wenn man so will, einen Mord, beziehungsweise mindestens einen Mord frei zu seiner Verfügung, weil man ja diesbezüglich nie auffällig geworden ist, und man ein solches Vorhaben schließlich aus dem Kopf in die Realität übertragen, es »Fleisch werden« lassen kann, und wenn ein jeder von dieser immer greifbaren Möglichkeit Gebrauch machen würde, sähe die Welt natürlich schon wieder ganz anders aus.

Ich werde auch ihn niemals vergessen, diesen blässlichen Jungen aus meiner Schule, und dass ich ihn wiederholt dabei beobachtet habe, wie er sich allerlei Insekten fing, beziehungsweise wie er sie beiläufig in der Wiese aufzuklauben wusste, als gehöre ihm die sich in Reichweite seiner Hände befindliche Welt, um den Tieren im Anschluss putzmunter, dabei fröhliche Lieder trällernd und vor sich hinglucksend, die Flügel und Beine und Fühler auszurupfen, nur bei Schmetterlingen sah er von der immer gleichen Vorgangsweise ab, denn letzteren strich er beinahe vorsichtig über ihre zuckenden Flügelpaare, um die Finger sorgfältig in ihre Farbpigmente »einzutunken«, er präpariere so seine »Griffel«, wie er diesen Vorgang nannte, um sich im Anschluss mit den Fingerkuppen ins noch blässliche Gesicht zu fahren, damit Wangen und Augenpartien ordentliche Farbe abbekämen, und Schmetterlingsstaub im Gesicht aufzutragen, das erschien auch mir einen Moment lang schön, doch sobald man die ihrer Farbe beraubten Tiere dabei beobachtete, wie sie taumelnd zwischen den Grasbüscheln zu entkommen versuchten, ihrer Flugfähigkeit und allem, was sie soeben noch ausgemacht hatte, beraubt, das war dann ein entsetzlicher, ja entsetzlichster Anblick, der in keinster Weise ein kindliches Bedürfnis nach etwas Farbe im Leben rechtfertigen durfte, oder erst diese Sache mit den anderen Kreaturen, die der »Blässliche« mit Heftklammern, in Ermangelung einer Luftdruckpistole, malträtierte, vornehmlich Igel, die in besonderem Maße geeignet zu sein schienen, sie mit Heftklammern, Nadeln und Nägeln zu spicken, als würde man sie dadurch fälschlicherweise komplettieren, als würde man ja vielleicht aus einer kindlichen Naivität heraus annehmen, dass Tiere mit Stacheln schmerzunempfindlicher sein müssten, was freilich noch viele andere Tiere betrifft, von denen sich in Anbetracht mangelnder Artikulation, genau wie der Igel, auch niemand je adäquat dazu geäußert hat, und man offenbar Tieren alles in den Bauch oder Kopf oder überall in den Körper rammen darf, weil sie nie widersprechen, ja ganz im Gegenteil sogar, mit ihrem aufgesetzten Schweigen signalisieren sie förmlich ihr Einverständnis, und all das Pfeifen, Quietschen, Quieken und Schnaufen, das danach folgt, darüber sieht man beflissentlich hinweg, und ich erinnerte mich also, wie dieser blässliche Henkersjunge mit den spitzen Gegenständen herumhantierte und sie einsetzte, als hätte er nie etwas anderes getan, dem Igel etwa einen »Hunderternagel« in den Rücken rammte, mit nicht allzu kräftigen Hammerschlägen, und sich dieser Nagel nahezu harmonisch in den Igelkörper einfügte, nicht zuletzt, weil dieser ja nichts gegen die Behandlung unternahm, diese vielleicht als Akupunktur erachtete, eine ihm zuteil gewordene »Heilsamkeit«, die ihn in die Lage konzentrierter, ja konzentriertester Empfindung versetzte, wozu Schmerzen ja durchaus taugen können, und ich konnte nichts davon verhindern, mich nicht mal rühren, erkannte einerseits meine Ohnmacht, andererseits seine ungeheuerlichen Kräfte, einerseits meine Bewegungslosigkeit, andererseits seinen Bewegungsdrang, einerseits meine vollkommene Untätigkeit und Beobachtungsfähigkeit, andererseits seine Entschlusskraft und Rücksichtslosigkeit, und ich fragte mich unentwegt, wie dieser Junge bloß das Blut an seinen Händen los wird, während mir zumeist Tinte an den Fingern haftete, wenn ich etwa Hausaufgaben oder anonyme Briefe an meine Mitschülerinnen verfasste, an die Klara oder die Herta zum Beispiel, die dem Geschreibsel selbstredend keinerlei Beachtung schenkten, doch wusste ich immerhin, dass ich sie verfasst habe, weil diese Tinte an meinen Fingern klebte, wie bei anderen Mörtel oder Kalk, Staub, Ruß, Blut oder Schießpulver, was mich damals mit ihnen gleichsetzte, auch an meinen Händen befand sich etwas, das sich nur schwer abwaschen ließ, und ich war vor allem dadurch wohl weiterhin ein Mensch, untrennbar mit der Welt verbunden und dieser ausgesetzt, so sehr ich es auch vermeiden wollte, wobei ich durchaus meinte, insgesamt weniger Grausames verbrochen zu haben, was ich mit der Tinte an den Händen sogar beweisen konnte, freilich ohne dass mich dieser Beweis vor irgendetwas würde bewahren können, doch möchte ich unbedingt festhalten, dass ich niemals Tiere gequält oder ihnen sonstwie Leid zugefügt habe, was sich vor einem Gericht positiv auswirken müsste, das dürfte doch gar nicht anders sein, und auch aus den Briefen wäre man nicht imstande, mir einen Strick zu drehen, selbst wenn sich schon damals reichlich Wut in mir aufgestaut, sich in mir zum Entladen gegen meine Mitmenschen bereit gemacht hatte, sei es nun die Klara oder die Herta oder sonst eine der anderen Gören, die mich in der Schule links liegen und in ihrer unmittelbaren, gar unmittelbarsten Nähe förmlich verhungern ließen, ich meine, der Verstand ist sehr wohl in der Lage, alles Notwendige, das nicht existiert, schlicht zu erfinden, vor allem dann, wenn man mutterseelenallein durch die Dunkelheit taumelt, doch ein Ersatz für die Liebe ist das gewiss nicht.

24. März, 11:09 Uhr

Verinnerlichung, die … alle einer Person zukommenden Bewusstseinsvorgänge, Gedanken und Emotionen im Unterschied zu der sich außer ihm befindlichen Welt, eine Gesamtheit seelischer Regungen und Motivationen einer Lebensform, ein unwirtlicher Ort der Bestrafungen, einen als Schicksalsmacht warnende und mahnende Stimme inmitten einer niemals zuvor gekannten Verderbtheit, vulgo das unmittelbare Verhängnis.

Hatte ich immer schon so ein Gefühl im Mund gehabt, wie Insekten auf einer Windschutzscheibe, dieses sich in meinem ganzen Körper ausbreitende, mich nahezu einebnende Gefühl, eher doch eine Gewissheit, den schmierigen Film niemals mehr loszuwerden, vollkommen egal, wie sehr und wie oft man sich auch mit den unterschiedlichsten Markenprodukten die zusehends gelblicher werdenden Zähne putzt, und eigentlich ist alles beinahe so, wie gar nicht zu leben, vielmehr das Leben wie unzählige bereits vergilbte, gar vergilbteste Fotografien in einem Theaterfoyer anzustarren, vor denen man innehält, weil man nach einer unauffälligen Beschäftigung sucht, und darauf aus ist, aktiv etwas zu seiner Zerstreuung beizutragen, vielleicht irgendetwas auf den Fotografien zu entdecken, wo einen doch andere Menschen unentwegt dabei beobachten und sich ihr schändliches, gar schändlichstes Maul darüber zerreißen, dass man alleine ins Theater geht, denn immer ist diese Gestalt (also ich), die manchmal mit dem Hintergrund zu verschmelzen droht, auf sich allein gestellt, sich im schummrigen Licht des Foyers förmlich auflösend, den Brustkorb hebend und senkend, hebend und senkend, als wäre es nicht längst offenkundig, dass so einer in der Welt der Lebenden nichts mehr verloren hat, während man (also ich) die unzähligen, in goldenen Rahmen für die Ewigkeit aufbewahrten Aufnahmen mustert, ob man dort vielleicht ein bekanntes, einem in der Kindheit oder Jugend bereits unter- oder sonstwie aufgekommenes Gesicht entdeckt, irgendwelche vermeintlichen Größen aus unserem Viertel, oder im Theater einst für ein Gastspiel engagierte B- oder C-Promis, deren Namen man natürlich vergaß, wie etwa diesen einen, ja sogar einigermaßen begabten Schauspieler, der, wenn man dem früheren Gerede des Vaters Glauben schenken mochte, es schon immer auf Mutter abgesehen gehabt hatte, dass ich vermutlich gut und gern dessen Sohn hätte sein können, so einer mit stechend blauen Augen und »gemeschtem«, demnach mit blonden Strähnchen versehenem Haar war das, während man (also ich) von der Mutter nur die blasse Haut und später auch ein paar Allergien geerbt zu haben scheine, gegen Tomaten und gegen das Sonnenlicht, gegen Chlorwasser und Birken etwa, die wiederum mit ihren schwarz-weißen Rinden früher die schönsten aller Bäume im Schwarz-Weiß-Fernsehen waren, wie der Vater gerne anzumerken wusste, wenn ihm mal der Gesprächsstoff mit mir ausging und Mutter wieder zu schlafen schien, um sich jedweder häuslichen Interaktion zu entziehen, sie hätte ein Burn-out von unseren Gesichtern, wie sie es nannte, die ja so viel Hitze abzustrahlen schienen, dass sie sich aus einem Überlebensinstinkt heraus zurückziehen und noch mehr von uns abkapseln musste, ja ich begegnete ihr damals sogar zum ersten Mal im Keller, den sie früher niemals zu betreten gewagt hätte, aus unterschiedlichsten, insgesamt naheliegenden, beispielsweise aber olfaktorischen Gründen, und sie nahm mich dabei weder wahr, noch hätte ich gewusst, was ich ihr im Keller auch hätte vorspielen sollen, vielleicht so etwas wie, dass ich sie nunmehr verstünde und wir beide in diesen Keller gehörten, weil wir für die Welt dort draußen einfach nicht geschaffen waren, über keinerlei Ressourcen verfügten, ihr zu- und anzugehören, was sie freilich auf mich und den Vater schieben würde, und ich schob dann in meiner damals bereits deformierten Gemütsverfassung ebenso alle Verantwortung weiter, als ließe sich so alles Ungemach weg- und dadurch vielleicht ins Gegenteilige verkehren.

Ich weiß nicht, ob mir die Kindheit und Jugend als mildernde Umstände hätten angerechnet werden können, da sie doch alles weitere förmlich bedingten, weil sich ja ohne diesen Unterbau, ohne diesen einzementierten Sockel, auf den ich wohl oder übel Platz hatte nehmen müssen, mich dort drehend und wendend und früher noch nach den richtigen Posen oder Haltungen suchend, nunmehr jedoch ausschließlich kraftlos kauernd, nichts aus- und weitergeformt hätte, wo doch eine jede Existenz auf diesem Planeten schließlich auf einem Fundament zu gedeihen gedenkt, bis man ihr jegliche Hoffnung auf ein Leben, das sie selbst gerne führen wollen würde, austreibt, wobei ich freilich erst später, wenn überhaupt jemals dazu in der Lage gewesen wäre, gedanklich das Leben zu entwerfen, das ich wirklich hätte führen wollen, und es bleibt dabei bemerkenswert, wie man eine falsche Entscheidung nach der anderen treffen kann, ohne dass einen jemand dabei aufhält, der wiederum selbst aufgehalten werden müsste, in und mit seinen ebenso desperaten Entscheidungsfindungen, oder dass sich einem nicht irgendeine höhere Macht in den Weg stellt, für die es ja ein Leichtes wäre, uns alle auf- und von der Verdammnis fern- und abzuhalten, eine gewiss irrationale Macht, die wirklich den kosmischen, ja kosmischsten Durchblick besäße, der mitnichten dazu angetan wäre, unser aller Leben zu ver- oder gewiss doch auszubessern, anstatt sich (wie ich) in einer gefühlt postmortalen Vernehmung einer obskuren Gerichtsverhandlung wiederzufinden, die zwar von Engeln geführt zu werden scheint, die auf meinen Schultern sitzen, ohne jedoch auch nur ansatzweise um Erlaubnis gefragt zu haben, als wären meine Schulterblätter aus gebeiztem Eichenholz geschnitzte und für eben solche Verhandlungen vorgesehene Gerichtsstühle, oder als wäre mein gesamter Körper plötzlich in einem Stück von einem zu dieser Verhandlung zugelassenem Untier verschluckt worden, das mich in seinem Magen einerseits zu zersetzen, andererseits (die harten Teile) mit irgendeiner Harzschicht zu ummanteln versucht, wie Pottwale beispielsweise, die doch riesige Kopffüßer verschlucken, um deren scharfe Schnäbel in ihren Mägen mit einer Art Wachs zu überziehen, damit diese geschmeidig im Körperinneren entlanggleiten, ohne eben irgendwo anzuecken, und welche dann obendrein später ausgeschieden werden, bis sie von der Brandung an Küsten gespült und dort sehnlichst erwartet, ja unverzüglich von gierigen Menschen eingesammelt werden, um diese als »Amber« bei der Parfümherstellung einzusetzen, was mir paradox und zugleich nachvollziehbar scheint, dass sich der Mensch mit etwas einparfümiert, das durch Verdauungsträkte gewandert ist, jedenfalls, die Engel fliegen alsdann wie Täubchen auf, und ich denke sogleich, ach wie schön, die wollen meine Bandscheiben entlasten, was für ein Urteilsvermögen, das erspart mir freilich einen späteren Besuch beim Chiropraktiker, während einem plötzlich der Teufel höchstpersönlich in den Nacken fällt, der einem (mir) mit seine Schenkeln den Hals ein- und abquetscht, mir die Halsschlagader und Nervenbahnen abklemmt, als gäbe es noch gesundes Blut und Gespür in mir, während mir doch das Pech längst aus jeder Haarspitze tropft, und ganze Rinnsale pechschwarzer und freilich auch pechbeladener Flüssigkeit sich über den Boden verteilen, was nur schwer vorstellbar bleibt, weil kein Fußboden mehr unter meinem Körper existiert, und sich also die Flüssigkeiten eher in meinen »eingedepschten« Kopf wie in einem übervollen Klärbecken sammeln, als wäre überhaupt der ganze menschliche Schädel eine fatale, gar fatalste Fehlkonstruktion, ein lässliches und eigentlich hierfür konstruiertes Auffangbecken für all den Dreck, der nun mal in einem durchschnittlichen Leben anfällt, und man kann dieses sichtbare und auch unsichtbare Pech, selbst unter Aufbietung all seiner Kräfte, später niemals restlos abscheuern, selbst wenn man sich redlichst darum bemüht, mit Maurerkellen, Schaufeln oder den bloßen Händen, seinen Kopf folglich leer- und auszuschöpfen und blankzuputzen versucht, diesen ganzen zähflüssigen, ja zähflüssigsten Schlamm abladen, ihn auf den nahen Feldern oder in den Kellern verteilen und loswerden möchte, um wie mit Gülle den Boden ordentlich einzudüngen, sofern dieser überhaupt etwas in sich aufnehmen und in unbedenklichere Stoffe transformieren kann, und wenn man sich nur ganz kurz ausmalt, was aller Wahrscheinlichkeit nach auf solchen Feldern und Böden wachsen, was dort vermutlich nach dem ganzen Pechgelage austreiben würde, wird einem schlagartig bewusst, dass wirklich alles, was aus einem menschlichen Körper, aus einem Kopf rinnt und quillt, wie giftigster Sondermüll entsorgt werden müsste, nur gibt es dafür (wie für so vieles) keinen universellen Masterplan, also sieht man (die

Gesellschaft) achselzuckend davon ab, und belässt das Pech, den Schlamm, die Schlierklumpen lieber in den Köpfen, verschreibt Kopfweh- und Schmerztabletten, wohlwissend, dass die gesamte Teerbrühe eines Tages unweigerlich überlaufen, dass sie sich wie ein teuflischer Harzwulst um die ganze Welt legen muss.

Ich weiß nicht mehr genau, wie ich mich in diese Lage hatte hineinmanövrieren lassen, mehrheitlich sind es wohl die Kleinigkeiten im Leben, die das Fass früher oder später zum Überlaufen bringen, als wäre man dann unweigerlich verloren, wenn man einmal nur einen abwegigen, ja nicht einmal sonderlich abwegigsten Gedanken fasst, also plötzlich etwa einem x-beliebigen Mann zu folgen, der einem vollkommen zufällig über den Weg läuft und der ohne Unterlass die unterschiedlichsten Menschen, ja Menschenausprägungen auf den Straßen anspricht, um Geld von ihnen zu erbetteln, vielleicht ja auch nur in aller Höflichkeit zu erbitten, obwohl ein gewisser Grad an Verwahrlosung auf ersteres schließen ließ, und ich weiß noch genau, wie ich mir dabei dachte, ganz egal, wie lange ich mich auch entscheiden würde, ihm nachzusteigen, freilich ohne dass er mich jemals bemerkt, dass ich wohl nie werde nachvollziehen können, nach welchem Auswahlverfahren und welchen Auswahlkriterien er vorgeht, weil er immer doch Personen anhält, sich ihnen in der Regel sogar äußerst frech in den Weg stellt, die ich niemals anhalten und schon gar nicht um Geld bitten würde, wohingegen solche, die ich sehr wohl als solche erachtet hätte, die schon mal die eine oder andere Münze springen lassen würden, vom besagten Mann vollkommen außer Acht und links liegen gelassen, ja vielleicht sogar bewusst gemieden wurden, was mich sogleich an seiner und eigentlich doch meiner Menschenkenntnis zweifeln ließ, und sogar der Gedanke in mir aufkam, dass er nur aus purer Bosheit diejenigen belästigen will, die nichts geben und ihn Almosen am Ende gar nicht wirklich interessierten, oder ob ich vielleicht doch vollkommen danebenlag und die für mich in eine engere Auswahl Kommenden gar nichts und unter keinen Umständen jemals hätten etwas springen lassen, ja vielleicht wären diese sogar regelrecht ungut geworden, wenn ich sie angesprochen hätte, was ich mit meinem mir zur Verfügung stehenden Sensorium offenbar nicht und nie hatte durchschauen können, jedenfalls, Faktum blieb allemal, dass während dieser Stunden und gefühlt einhundert angehaltenen Personen niemand auch nur irgendetwas zu geben gehabt hatte, einmal glaubte ich lediglich so etwas wie einen Ratschlag, be- und vermerkt zu haben, allemal wurde mit der Hand in eine bestimmte Richtung gedeutet, doch schlug der Mann danach den entgegengesetzten Weg ein, was ihn für mich sympathischer machte, wobei mir sein Schicksal (und das aller übrigen) ja völlig egal war, wie im Übrigen auch das Schicksal der auf der Straße flanierenden Frauen, denen ich aus (männlicher) Gewohnheit zwar hinterherschaute, beziehungsweise sie aus purer Gewohnheit genauer in Augenschein nahm, und dabei immer nur dachte, nichts, aber auch wirklich rein gar nichts unterscheidet sie von meiner verfluchten Mutter, stets nur an sich und ihren eigenen Vorteil denkend, sich anmutig und belanglos gebend, was diese grundsätzlich von den flanierenden Männern unterschied, deren plumpe, gar plumpeste Gesichtslefzen ich mir nicht einmal dann hätte merken können, wenn ich stundenlang mit ihnen in einem Raum eingeschlossen gewesen wäre, und selbst die der Frauen verschwammen bald in meinem Gedächtnis, immer die gleichen Lippen und mandelförmigen Augen und wellenwerfenden auffriesierten, ja auffriesiertesten und aufgeföntesten Haare in den üblichen Farben, die sich obendrein freiwillig gemeinsam abstrusen Modediktaten unterwarfen, während mir ja Menschen generell und überhaupt seit jeher widerlich aufstießen, als würde ich auf den Straßen förmlich wie ein Staubsauger ihren Gestank in mich aufsaugen, als müsste ich diese wie nutzlose Schulaufgaben verinnerlichen, wie früher Balladen und diverse Rechenbeispiele, die ich nie wieder aus dem Kopf bekommen sollte, und dieser über all dem, über diesem ganzen Planeten wabernde Gestank rührte eben davon, dass ich nicht mehr anders konnte, als mir diesen Gestank unentwegt und omnipräsent auszumalen, wie die gesamte Menschheit zwischen den Beinen und unter den Achseln und tief drinnen und an der Kopfhaut riecht, was mich nur weiter in der Meinung bestärkte, kein Mensch sein zu wollen, und selbst äußerlich attraktive Frauen, also solche wie das Fräulein Gretchen und jene, die viele aus Gewohnheit als hübsch erachtet hätten, auch die konnte ich nicht mehr riechen, als würden sie mir unentwegt in vulgärster Weise ihre stinkenden Ärsche vors Gesicht halten, um mir den Blick auf den Himmel und die Sonne zu verstellen, oder mich einfach nur hämisch nach einem langen Tag mit ihren Ausdünstungen konfrontieren wollen, weil sich zwangsläufig in ihren Mündern und Rachenräumen allerlei Bakterien zu vermehren gewusst haben, die alle gewöhnlichen Menschen befallen, Frauen und Männer zu gleichen Teilen, und ich freilich so gar nichts mit diesen symbiotischen und biologischen und immer doch körperlichen Verbindungen zu tun haben wollte, die sich in den Gestankwolken, die über dieser

Welt lagen, manifestierten, die selbst in zivilisiertesten Umgebungen fühl- und spürbar blieben, und erst doch an Orten, die mir später geläufiger werden sollten, in all den Ecken und Abgründen, in all den außer Kontrolle geratenen, gemütszersetzenden Verhältnissen, wo nur noch das Recht des Stärkeren galt, und man also rechtens töten und getötet werden konnte, ja in solchen unmenschlichsten, ja animalischsten Umständen also verdichtet sich dieser Gestank dann erst zu jener harzigen, gar harzigsten Masse, die einen (und mich) von allen Seiten umschließt, und aus der es freilich nie ein Entrinnen geben kann, weil einen solche Umstände immer zu absorbieren wussten, und man selbst nur noch ein unbedeutendes Geruchsmolekül in dieser massiven, gar massivsten Masse an Molekülketten darstellte, aktiv dazu beitragend, sich gleichsam dazu herablassend, der Welt mitzuteilen, welches Stündlein nunmehr geschlagen habe, als hätte man ein Leben lang vergeblich versucht, diesen Moment hinauszuzögern, ihn niemals Realität werden zu lassen, was man durch die Abwendung von allen mit Menschen in Verbindung stehenden Dingen zu erreichen versuchte, nur um später unweigerlich die Rechnung dafür präsentiert zu bekommen, dass man auch darin versagen musste, weil das allgegenwärtige Versagen die einzige uns alle einende konstante Größe zu sein scheint, der wir jederzeit und unbedingt gerecht werden können.

Wenn ich doch bloß einen sich mir offenbarenden Lebensinhalt erkannt, mir diesen mit aller gebotenen Zielstrebigkeit erarbeitet, diesen gehegt und gepflegt hätte, der obendrein auch noch dazu angetan gewesen wäre, aus tiefstem Herzen heraus so etwas wie Zuversicht, und also einen unleugbaren Lebenswillen zu empfinden, der jenem Zustand der permanenten, gar permanentesten Missachtung und Überfrachtung, eigentlich doch Erschöpfung, entgegen hätte wirken können, um den an mir zerrenden, mich verzehrenden Kräften einen endgültigen Riegel vorzuschieben, um mir so einen schmalen, durchaus paradiesischen Grat (am Abgrund freilich) zu erschließen, auf welchem ich dann einigermaßen unbehelligt hätte leben können, ohne mich selbst und mein Dasein jener weltlichen Destruktivität auszusetzen, ja es hätte sich vielleicht alles anders gefügt und angefühlt, womit wirklich viel gewonnen gewesen wäre, und ich hätte die auf mir lastende, gemütstranchierende Erschöpfungsüberfrachtung gegen eine andere, einen weniger zerhäckselnde und sich also durchwegs gnädiger zeigende Stimmung ein- und umgetauscht, die freilich keine Wunderdinge bewirkt hätte, mein Leben wäre zweifellos nicht vollkommen anders verlaufen, und doch hätte es sich weniger desperat ausgestaltet, dessen bin ich überzeugt, weil ich mich mit allem besser hätte arrangieren, mich also vor allem besser hätte regenerieren können, und mich nicht ständig um die einfachsten und selbstverständlichsten Dinge wie das Aufstehen oder freundliches Grüßen hätte bemühen müssen, ich wäre schlicht heiler oder in einem einigermaßen heileren Gesamtstück verblieben, während mich stattdessen jene Existenzen verschlingende und ver- und zerstörende und vor allem ganze Existenzen auslöschende Erschöpfung, die ich obendrein viel zu spät an mir hatte lokalisieren, ja vielleicht sogar als eine behandelbare Depression hätte diagnostizieren können, diesen einen in alle verfluchten Winde zerstreuenden Zustand, der das Leben förmlich von einem ver- und absprengt, es förmlich verschluckt, bis ich nicht mehr zu sagen vermochte, wer ich eigentlich war, und der Suche nach den dabei ständig verloren gehenden Teilchen meiner Selbst zu viel Beachtung schenkte, was keinesfalls eine Erleichterung mit sich brachte, was es ja durchaus hätte tun können, und als würde ich (oder man) also fortan eine verträglichere Form der Demenz pflegen, die alles, was aus dem Kopf verschwindet, zu einem Akt der Friedfertigkeit erklärte, doch lag die Sache freilich anders, und diese Erschöpfung, die auf mir lastete, war von einer Destruktivität durchzogen, die mich niemals zur Ruhe kommen ließ, als wäre es mein einziger Lebensinhalt, immer und überall zu versagen, und dort, wo mir das nicht gelang, für das Versagen anderer zu sorgen, ihnen sprichwörtlich die Pest auf den Hals zu hetzen, weil ich weder mit ihnen leben, noch mit und unter ihnen sterben wollte, und falls ich doch endlich alles zu meiner vollsten Zufriedenheit vollbracht hätte, es auch keinerlei Ausweg aufgezeigt, ja es nicht im Geringsten etwas an meiner Lage geändert hätte, weil ich weiterhin ein Phantom blieb, ein unverbesserliches, mit seiner Kette rasselndes, gar klischeehaftes Gespenst, das mit der Borniertheit und Desperatheit und Ausweglosigkeit und Frustriertheit einer ganzen Welt gefüttert worden ist, als würden mich wie ums Verrecken nur die Gefühls- und Stimmungsschwankungen heimsuchen, die mich mit Wut aufluden, als würden immer nur die bissigsten und grindigsten Hunde auf mich zulaufen, an meinen Schuhsohlen immer nur die widerwärtigsten Kaugummis kleben bleiben, die unbedachte Mäuler irgendwo aus reiner Faulheit hinspuckten, und es ja in Wahrheit auch egal wäre, ob sie überhaupt Kaugummis kauen und diese auf die Straßen spucken würden, weil all diese (und viele andere) Unzumutbarkeiten auch ohne ihr aktives Zutun wie triefende, und voller Bakterien vor sich hinwimmelnde Himmelsspucke auf mich ein- und niederprasselten, ja die Engel im Himmel höchstpersönlich lassen wohl ihren Rotz und »Schlatz«, wie es einmal einer im Schießkeller zu benennen wusste, auf mich niederströmen, und die Teufel unter meinen Fußsohlen feuerten erst wahre Spucksalven nach oben ab, aus allen Rohren, bin ich geneigt zu behaupten, die sich dann wie klebrigster Teer um meine Knöchel und Waden legen, diese verätzten und weiter abschwächten, bis ich den täglichen Belastungen nicht mehr gewachsen war, bis sich alles wie in einem Harzblock eingeschlossen anfühlte, ja ich war einfach nur noch erschöpft, ich war die harzgewordene, desolateste Erschöpfung dieser Welt, mit welcher zu leben und zu sterben mir unmöglich war, ein Lamento sondergleichen.

Fatalerweise war es mir schon immer schwer gefallen, mich für etwas aus tiefster Überzeugung zu begeistern, etwas wirklich und aus aufrichtigstem Herzen heraus zu wollen, was meine Wut auf die Gesellschaft und ihre vermeintliche Entscheidungs- und Entschlussfreudigkeit ja vielleicht erklären mag, weil ich mich darin nie einfügen, und dort nie mitspielen wollte, als wäre ich ein einem völlig anderen Puzzle entstammendes Stück, das nun mal nicht in diese Welt passte, und auch nicht irgendwie passend gemacht werden konnte, und ich schwieg also weiterhin beharrlich, wo ich etwas hätte sagen müssen, und sprach nur dann, wenn es keinen Sinn mehr ergab, sprach sogar mit mir selbst, diesem verfluchten, gar verfluchtesten Mistkerl überhaupt, um mir endlich ein aussagekräftiges Geständnis zu entlocken, um so den obligatorischen Stöpsel im Kopf, im Sinne einer Absolution, ziehen zu können, damit dieser Kopf endlich Linderung erfuhr, und all der schändliche Gedankenschleim, ja diese schändlich überflüssigste Gedankenjauche aus mir heraus-, ab- und einfach wegströmte, womöglich um den ausgelaugten Boden unter mir wirklich zu düngen, und ich mich also dann in diesem Moment getrost vom Abgrund hätte abwenden und wegbewegen können, ein paar Schritte nur leicht zur Seite, um nicht unentwegt in dieses unendliche Schwarz stieren zu müssen, welchem niemals Gutes entschlüpft, welches den Tod wie eine zuckersüße Geburtstagstorte erscheinen lässt, auf welcher man die reihum gesetzten Kerzen eigenhändig (also »eigenmündig«) zum Erlöschen bringen muss, sich also mit einem letzten angestrengten und verzweifelten Ausatmen selbst das Lebenslicht ausbläst, bevor man gänzlich den Verstand verliert, was selbst unter günstigsten Umständen mit der Hölle auf Erden gleichzusetzen wäre, also sucht man unentwegt wie ein in die Enge getriebenes, wild um sich schlagendes und geiferndes Tier nach vermeintlicher Linderung, redet sich dieses Schwarz am Ende schön, dem doch vielleicht auch brauchbare, fast schon philosophische Gedanken zu entschlüpfen vermögen, die einem wie tapsige Gänseküken nachsteigen, jedenfalls stellt man sich diesbezügliche, sich ins Unendliche verzweigende Fragen, bohrt und bohrt überall nach, bis man schon aufgrund der bohrenden Pein halb verrückt geworden ist, und immerzu sucht man noch nach weiteren, einem geeignet, ja geeignetst scheinenden Schuldigen, denen man das eigene Versagertum ankreiden kann, dieses überbordende, einem wie mit teuflischen Pflügen eingekerbte Versagertum, damit wenigstens in manchen Momenten alles er- und verträglich scheint, wobei man sich hierbei keinerlei Illusionen hingeben darf, wohin das alles führte, man hütet sich wohlweislich ein Leben lang davor, das offen zuzugeben, weil man schließlich um die Gewissheit, nichts anderes zu tun, als auf den Tod zu warten, unverrückbar weiß, also versucht man stattdessen, sich während seiner irdischen Existenz zu wappnen, sich allerlei Ablenkungen gefügig zu machen, man lässt sich verprügeln oder prügelt auch nur selbst auf andere ein und verinnerlicht dabei, dass es in dieser Welt keine anderen als fortwährend und lebenslänglich in dieser Ablenkung herumirrenden und -taumelnden Geschöpfe gibt, was naturgemäß deren (und meine) Entwicklung in den Tod beschleunigt.

Ich wünschte, ich hätte anderes verinnerlicht, als mich immerzu im Kreis zu drehen, eine Windmühle zu sein, die alles und jeden fortweht, der sich ihr nähert, der es von frühester Kindheit an beschieden war, bekämpft zu werden, ohne ihr freilich dabei jemals den Todesstoß zu versetzen, was nicht zuletzt eine Entschlossenheit erfordert hätte, an der es der Welt vielfach mangelt, etwa doch die sinnlosen Beatmungs- und Reanimationsmaschinen abzuschaffen, die den Augenblick, in welchem das Leben an einem vorüberzieht, in unerträgliche, gar unerträglichste Längen ziehen, Jahre vielleicht gar, die einen zum Insassen der eigenen Gehirnwindungen erklären, und die einen Wahnsinn an die Oberfläche zu befördern verstehen, der mir nunmehr aus allen Poren quillt, der sich als klebrigstes Harz unmerklich weiter in der Welt aus- und verbreitet, bis es für niemanden mehr ein Entkommen geben und alles unweigerlich zum Stillstand kommen wird, ein ganzes Universum wenn man so will, was freilich auch unumkehrbare Tatsachen schaffen würde, eine längst überfällige Endgültigkeit, derer wir uns nicht mehr entledigen werden können.

Vielleicht habe ich mein Unglück stets unter der Oberfläche verstecken, es unsichtbar machen können, wie dieser in der Versenkung verschwindende Zauberer im sich am Ende vielleicht gar in der eigenen Bauchhöhle befindlichen Theater, und die zugehörige Garderobe wäre demnach nur ein weiterer Hohlraum, gewissermaßen vom Zwerchfell von allem anderen im Körper abgetrennt, wie bei normalen Säugetieren für gewöhnlich üblich, während sich etwa Fische für einen völlig anderen evolutionären Weg entschieden, und sich mit einem einzigen Hohlraum begnügt hatten, um freilich mit einem kühnen Handgriff restlos ausgenommen werden zu können, wonach auch ich mich lange Zeit gesehnt habe, weil es fortan eine Hülle von mir gegeben hätte, die sich keinerlei Gedanken mehr machen müsste, ich mich also nicht damit hätte aufhalten brauchen, zu erklären, was mir im Leben alles seltsam vorgekommen war, dieser leidige, gar leidigste Zustand, seinen Körper wie einen Mantel abzugeben, während man sich doch an keinem realen Ort befindet, weil man selbst dieser Ort geworden ist, das Körperinnerste, wenn man so will, ein unlösbarer Widerspruch mag das für die meisten sein, der allemal und in aller Deutlichkeit veranschaulicht, wie schwer es ist, von sich und seinem Innersten zu sprechen, weil sich keines der dort beheimateten Gefühle in vorgefertigte Formen gießen lässt, die andere dann aufgrund ihres Aussehens erkennen und somit ein- und zuordnen und für sich begreifbar machen können, wo also ein Zebra ein Zebra, und wo ein Löwe unzweifelhaft ein Löwe ist, und alle auch wissen, was das bedeutet und wie es zusammenhängt, und je unglücklicher ich in Wahrheit im Leben gewesen bin, desto weniger von diesem Unglück war an mir und in mir zu be- und vermerken gewesen, meine Körperhülle funktionierte tadellos als Tarnfläche, die Gefühle ließen sich fast schon mechanisch addieren und subtrahieren, und wenn man addierte und ein Ist-gleich-Zeichen setzte, war es Wut, und wenn man subtrahierte und ein Ist-gleich-Zeichen setzte, war es Gleichgültigkeit, und weil sich mein Wesen nicht mehr veränderte, weil es ja längst verharzt und mumifiziert worden ist, scheine ich auch außerhalb der »Körperzeit« existieren zu können, die sich wie die »Raumzeit« zwar beschreiben, aber nicht eindeutig erfahrbar machen lässt, weil sich ein dreidimensionaler Körper und die eindimensionale Zeit in einer vierdimensionale Struktur eben nicht so ohne weiteres nachvollziehen lassen, weil man als Mensch Ort und Zeit immer tunlichst voneinander zu trennen versteht, und eine Wirkung nicht vor der Ursache auftreten kann, womit ich also meine, endgültig begriffen zu haben, dass in meinem Körper etwas wirkt, vielleicht ja auch schon nach- oder auch nur etwas bewirkt, was ohne Ursache real zu werden versteht, und es somit kein Initialereignis gibt, das mein Leben an mir vorüberziehen lässt, sondern es mir lediglich gelingt, meinen tatsächlichen inneren, gar zutiefst innersten Zustand zu verdecken, mit einem nach außen gezeigten und projizierten Film, der über meinen tatsächlichen zutiefst innersten Zustand keinerlei Aufschluss gibt, und diese Fähigkeit verhindert wohl mein ganzes Leben, und diese Erkenntnis ist in Wahrheit eine große Erleichterung.

24. März, 11:10 Uhr

Abtötung, die … ein traditioneller, bildhafter und mehrdeutiger Ausdruck im Bereich des öffentlichen Gemeinwesens, der vielfach durch gemilderte Ausdrücke ersetzt wird wie Veränderung der Lebensweise, Selbstbeherrschung oder Willensbild; eine unter anderem als aktiv angesehene, innere und äußere Verzichtsleistung, im eigentlichen Sinne auch geeignet, um die Verminderung gegenwärtiger und zukünftiger Fehler anzuregen; eine vom Menschen künstlich durch besondere Verfahren herbeigeführte übergangsweise Konservierung, ohne dass die dauerhafte Erhaltung des Körpers dabei von vornherein eine Zielsetzung darstellt; ein fleischfressender Zustand, der verhindern soll, dass weiterhin radioaktive Partikel unkontrolliert in die Atmosphäre gelangen.

Ich fühlte mich, als wäre ich förmlich bei lebendigem Leib von meinen in mich eingepflanzten Wünschen und Begehrlichkeiten, den vielen ungelösten und unausgesprochenen und durch und durch widersinnigen, gar widersinnigsten Gedankengängen ausgehöhlt und freilich in letzter Konsequenz aufgefressen worden, weil man niemals doch, ja keiner von uns vermag das, aus seiner Haut schlüpfen kann, vollkommen egal wie sehr man sich auch um Schadensbegrenzung be- und redlichst abmüht, die letzten tief in einem noch innewohnenden Reserven mobilisierend und sich immer wieder am sprichwörtlichen Riemen reißend, was längerfristig nur dazu führt, dass man sich und andere Personen immer mehr und aus tiefstem Herzen zu verabscheuen lernt, weil sich selbst kleinste Erfolge nicht einstellen wollen, die irgendeine fulminante Kehrtwende in diesem omnipräsenten, gar omnipräsentesten und kannibalistischsten Schlund markieren könnten, dass man sich also endlich nicht mehr im freien, gar freiesten Fall wähnt, einer ständigen und ständig einem vor Augen geführten Nahtoderfahrung, als wäre man förmlich im Augenblick der unvermeidbaren Geburt aus einem Flugzeug geworfen worden, und während sich dieses wie die Mutter mit ausgebreiteten Armen immer höher und höher schraubt, dem Himmel stetig näher kommend, rast man selbst verzweifelt und nach Luft schnappend auf den feindlichen Erdboden zu und verflucht, verständlicherweise, die Flugzeuge über sich, welche der Schwerkraft zu trotzen scheinen, und noch mehr verflucht man insgeheim sich selbst, dieses mängelige, quengelige Lebewesen, zu dem man nun geworden ist, und die eigene und tatsächlich infernale Lage, diesen eigenen und somit inakzeptablen Fall, der sich von jenem aller anderen Fallenden und längst Gefallenen auch dadurch zu unterscheiden weiß, dass man ihm (also sich) einen höheren Wert beimisst, dass man insgeheim mehr wert ist und Besseres verdient hätte, dass es somit weder mit rechten noch gerechten Dingen auf Erden zugehen kann, da das eigene und einem auferlegte Leid dergestaltige Ausmaße aufweist, sodass man also diesen Fall nicht einmal ansatzweise abbremsen oder sonstwie zu verlangsamen versteht, und das Leben mit seinen mannigfaltigsten Unzulänglichkeiten und Belanglosigkeiten und Verunmöglichungen aller Art schließlich wie ein Meteor an einem vorbeirast, ohne allerdings diesen bei einem Meteor gewichtigen, beziehungsweise in seiner Fatalität schon wieder anmutigen Eindruck zu hinterlassen, wo doch gegen den Einschlag solcher Himmelskörper nichts einzuwenden bleibt, schließlich und endlich waren sie im und stammen sie aus dem Himmel, aus für uns unvorstellbaren, gar unvorstellbarsten kosmischen Gefilden, und ihr Fall kann niemals nur ein entbehrlicher Unfall sein, wie etwa meine Geburt oder die Geburten von so vielen anderen, die sich zeitlebens möglicherweise sogar erfolgreich einzureden wussten, dass sie keinen solchen menschlichen Unfall darstellen, dass sie von den Eltern vielmehr gewollt und ihnen willkommen waren, was zunächst den Tatsachen entsprechen mag, doch bleibt das Leben keinesfalls dieses Geschenk, als welches es von kleingeistigen Naivlingen gerne tituliert wird, es entwickelt sich unweigerlich zu einer kaum noch handhabbaren und ausgesprochenen Bürde, die alle Kraft und Zuversicht aus einem zu befördern versteht, die einen früher oder später definitiv zu Fall bringt, und man also plötzlich in einem Krankenhaus oder sonstigem Bettgelage oder an noch widersinnigeren Orten zu sich kommt, nur um bald erneut besinnungslos zu werden, von inneren und äußeren Schmerzen und Zerwürfnissen gepeinigt, von windigen Ungeheuerlichkeiten ver- und zerblasen, weil es zu kühl, zu heiß, zu trocken, zu ausgehöhlt in einem ist, als dass sich die strauchelnde Hülle noch selbst aufzurichten wüsste, und man folgerichtig nur tot sein möchte, ja man wünscht es sich so sehr, dass man sich diesen Zustand in allen Farben ausmalt, als hätte man in Wahrheit alles schon hinter sich, den widerlichen Körper und das ganze verunfallte, ja verunfallteste geistige Lebensdesaster, das sogenannte Mitmenschen paradoxerweise und unbelehrbar in ständigen Anflügen von Lobhudeleien zu beschönigen wissen, was sich psychologisch oder metaphysisch sicherlich ausführlichst begründen ließe, und irgendeine Absolution wird einem scheinbar stets zuteil, doch bleibt am Ende ein gebrochener und von sich selbst und dem Leben vergewaltigter Körper in irgendeiner dreckigen Ecke zurück, ja man wird förmlich dazu genötigt, dabei zuzusehen, wie die noch einigermaßen gesunden Körperzellen immer weniger werden, bis man einen (also mich) wie von Zauberhand (auf ärztliche Anweisung) gegen andere Körper und andere verunfallte, vielleicht ja sogar noch verunfalltere Leben austauscht, die nun plötzlich das Krankenbett belegen, in welchem man doch gerade selbst noch lag, wobei es eine unglaubliche Schwierigkeit bleibt, solche Ungeheuerlichkeiten aus dem Kopf heraus auf die Zunge und freilich die Stimmbänder zu übertragen, sie in halbwegs verständliche Wörter und Wortfetzen zu übersetzen, auf die sich andere einen Reim machen können, und tatsächlich war ich sogar restlos davon überzeugt, dass ich gegen einen nicht einmal mehr als Körper erkennbaren »Körperballen« ausgetauscht worden bin, wie einst in der früheren Kriminologie üblich, wo sie die Leichen durch irgendetwas Sichtbares ersetzen mussten, um späteren Besuchern eines Tatortes etwas von jenem Verbrechen oder Unfall zu veranschaulichen, also bediente man sich dabei menschlichen Körpern frappant ähnlich scheinenden, ja diesen perfide gleichenden Strohsäcken, die man früher auf einem jeden ordentlich, also eigentlich unordentlich geführten Dachboden leicht entdecken konnte, während die echten Körper in Anbetracht der einsetzenden und sich bestenfalls durch eine kühlere Lagerung etwas aufhaltenden Verwesungsprozesse, möglichst fristgerecht in die Hände von Bestattern übergeben werden mussten, und natürlich auch heute noch diversen Bestattungsunternehmen (und in deren Hände) übergeben werden, wie sie den nicht alle heißen wollen und mögen, wie ich mich einmal in einer in besagter Branche verbreiteten Fachzeitschrift überzeugen konnte, wo man zugleich durchaus einiges Wissenswerte über die Tätigkeiten von Bestattungshäusern anzumerken wusste, also den *Discount Bestattungen Lindau* etwa, oder doch so viele anderen diesbezüglichen Dienstleistern wie den *Brotkorb Bestattungen Witten*, den *Dunkelmann Bestattungen Dinslaken*, den *Pietät Dötenbier Bestattungen Kassel*, den *Bestattungen Elendt* in Ludwigsfelde, dem *Bestattungsinstitut Fröhlich Neustadt*, dem *Beerdigungsinstitut Glitsch Bonn*, dem *Bestattungsinstitut Hackspiel Mindelheim*, den *Hellfeier Bestattungen Castrop-Rauxel*, dem *Bestattungsinstitut Hopp Timmendorfer Strand*, den *Hünemörder Bestattungen Bornhöved*, den *Kiste Bestattungen Garmisch-Partenkirchen*, dem *Beerdigungsinstitut Kummer Fulda*, dem *Bestattungsunternehmen Loch Traunstein*, dem *Bestattungsinstitut Freudensprung Bamberg*, der *Schweigstill Grabmale GmbH Lübeck*, dem *Bestattungsdienst Wurm Friedrichshafen* oder dem *Bestattungshaus Möse Falkenhagen*, wobei es etliche mehr zu erwähnen gäbe, was wie überhaupt fast alles freilich nichts zur Sache tut, wenn das Leben aus einem entweicht, und man zu keinem anderen Urteil je gelangen könnte, als dass nur eine Frage bleibt, nämlich, warum zum Teufel es dennoch so lange andauern musste und das eigene Ableben nicht bereits wesentlich früher vonstattenging.

Ich hatte wohl schon immer dieses pelzige Gefühl auf der Zunge, den Geschmack zerquetschter Insekten am Gaumen, die hinterhältigsten und widerlichsten Gedanken, derer ich mich irgendwann nicht mehr wie der Kindheit oder Jugend entledigen konnte, oder wie beispielsweise altersschwacher, ja altersschwächster Spielzeuge, die ich eines Tages kurzum während eines damals längst überfälligen, gar überfälligsten Friedhofbesuches vor dem Grabstein der Eltern aufgestapelt, und, unter Zuhilfenahme eines Benzinkanisters, in Brand gesetzt hatte, dabei dämlich grinsend und von einem Bein aufs andere steigend, in den Hüften sogar ansatzweise wippend, abwartend und immer wieder Benzin ins Feuer spritzend, es war ja verwunderlich, dass sich niemand über mich beschwerte, was doch hätte passieren müssen, weil andere Friedhofsgänger schließlich an mir vorbeigeeilt waren, doch keiner von denen war scheinbar in der Lage gewesen, ein Phantom zu erkennen, ein Kreuzzeichen zu schlagen oder einfach nur die Polizei zu rufen, um diesen augenscheinlichen Vandalenakt, ja vermeintlichen Spuk einzudämmen, um eines der dort gewiss vorhandenen Phantombilder meiner Person zuzuordnen und mich dorthin zu verfrachten, wo ich hingehörte, in irgendein dunkles Kellerloch, aus dem ich einst hervorgekrochen und in welchem ich sichtlich beheimatet bin, in den dunklen, ja dunkelsten Löchern, die sich finden lassen, doch nichts davon geschah auch nur im Entferntesten, und ich konnte unbehelligt und in aller Ruhe abwarten, bis alle Mitbringsel bis zur Unkenntlichkeit verbrannt waren, meine ganze Kindheit und Jugend und das Erwachsenendasein, welches ich ganz zuletzt vor dem Grab der Eltern ausbreitete und in Flammen setzte, allerlei Fotografien, Postkarten, Zeitschriften und sonstige Andenken an irgendwelche vormaligen Mitmenschen (Vroni etwa), ja selbst die mir bis zuletzt durchaus »heiligen« Rechnungsbelege aus dem Stammwirtshaus, welche Fräulein Gretchen immer doch mit einem Smiley für mich zu signieren gewusst hatte, um mir ein Lächeln abzuringen, um mich gar etwas entspannter lächeln zu lassen, wie sie es ausdrückte, ja selbst die mir bis zuletzt durchaus »nahestehenden« Postkarten, die ich mir ein Leben lang selbst geschrieben und von unterschiedlichsten Orten aus zugeschickt hatte (zumeist überfrankiert, um auf Nummer sicher zu gehen), versehen mit Durchhalteparolen wie »Nicht durchdrehen« oder »Lass es mal ruhiger angehen« oder »Du bist ein wertvolles Mitglied der Gesellschaft, Thom!«, als könnten solche Erinnerungen jemals etwas zum Besseren wenden und darüber hinwegtäuschen, wie es in Wahrheit gekommen und was passiert beziehungsweise was ja nicht passiert war, was sich schlussendlich als wesentlich schlimmer erweisen sollte, weil man es zu den frustrierenden, ja frustrierendsten Dingen zählen musste, die einem überhaupt je widerfuhren, dass also nichts oder schlicht viel zu wenig Gutes in einem Leben geschieht, um all das Leid auch nur ansatzweise rechtfertigen zu können, das es mit sich bringt.

Es war beinahe, als hätte etwas unwiderruflich von mir Besitz ergriffen, mich zu diesem widerwärtigen Phantom gemacht, das ich heute bin, eine sich in der auflösenden Welt manifestierende Ungeheuerlichkeit, freilich dabei in allem so leise wie möglich, und auch so undeutlich wie nur denkbar, als hätte bloß der Hauch einer abstrusen Idee, oder auch nur ein irregeleitetes und gänzlich von seiner Bahn abgekommenes Gefühl von sich aus beschlossen, den Kopf zu verlassen, um die Welt auf- und heimzusuchen, und die Schwierigkeit eines solchen Vorganges besteht keineswegs darin, so etwas im Kopf zu haben, denn alle hätten doch immer nur das Ungeheuerlichste im Kopf, und das sogar ununterbrochen bis an ihr Lebensende, das ungeheuerlichste und zugleich schon wieder durchschnittlichste Grauen, das überhaupt denkbar ist, wenn man so will, doch läge die Schwierigkeit eindeutig darin, dieses Etwas aus einem Kopf heraus in und über die Welt zu bringen, weil ehrlicherweise im Kopf allein nichts wirklich von Bedeutung ist, alles muss erst irgendwie Fleisch werden, was zugleich für mich die einzig legitime, ja legitimste Begründung unterstreicht, dass etwas überhaupt jemals Fleisch werden will, weil es ja erst dann und mit allem Nachdruck, jene Ungeheuerlichkeiten beweisen und diese hervor- und auf- und zu einem bringen kann, die in finstersten Himmeln und Milchstraßen und überhaupt weit entfernten und noch viel weiter entfernteren Galaxien zwar existieren, doch auf fleischlicher Ebene keinerlei Entsprechung im Kosmos haben, sie schlummern bestenfalls vor sich hin.

Ich hätte mich nach dem ersten Tag im Schießkeller Germania unmittelbar zu einem Bahnhof begeben, mich irgendwo, wo mich keiner kennt, als Jäger (oder vielleicht auch Förster) anwerben lassen sollen, weil es nirgendwo eine große Sache zu sein scheint, von einem solchen Jäger (oder Förster) an- oder abgeschossen zu werden, und Gerichte einen zumeist freisprechen oder grad mal zu lächerlichen Freiheitsstrafen verurteilen.

Ich hätte mich als Phantom vor eine Tür stellen und diese blockieren können, um allen Mitmenschen ein für allemal zu verdeutlichen, dass sie sehr leicht von einem für sie vermeintlich klaren und nahezu fast schon schicksalshaft vorgezeichneten Weg abgebracht werden können.

Ich hätte definitiv schreien sollen, als sich das Harz am Himmel abzuzeichnen und sachte auf die Erde zu tröpfeln begann, und es durchaus noch hätte sein können, dass ein Warnruf irgendwen (und mich) errettet.

Insgeheim dachte ich, die halbe Menschheit müsste mich dafür bewundern, wie ich dabei einen Zahnstocher zwischen den Mundwinkeln hin- und herschiebe.

Ich hätte der Mamba zweifelsohne ihre Giftzähne ziehen müssen.

Was soll ich sagen, Ungeheuerliches geschieht.

Danksagung

Thomas Bernhard
Regina Kammerer
Katrin Köhler
Monika Külper
Literar Mechana
Bundesministerium Kunst, Kultur, öffentlicher Dienst und Sport (Sektion IV – Abteilung 5)
Amt der Niederösterreichischen Landesregierung (Abteilung Kunst und Kultur)
Stadt Wien (MA 7, Kultur)

MIX
Papier | Fördert gute Waldnutzung
FSC® C014496

Penguin Random House Verlagsgruppe FSC® N001967

1. Auflage

Neumarkter Str. 28, 81673 München
Umschlaggestaltung: buxdesign | München
Satz: Uhl + Massopust, Aalen
Druck und Einband: GGP Media GmbH, Pößneck
Printed in Germany
ISBN 978-3-630-87673-3

www.luchterhand-literaturverlag.de
facebook.com/luchterhandverlag